完全對應新日檢

N1
文法特訓

集中要點◎全力衝刺 N1 文法對策
密集練習◎了解類似表現

Japanese-Language
Proficiency Test

行田悅子│深谷久美子│渡邊攝 ◎著　　王文萱 ◎譯

新日本語
能力測驗

- 配合新制日檢，收錄約200項文法句型

- 整理文法要點，以機能語為重心，
  再延伸學習相關語彙及慣用語。

- 反覆練習文法條目，確認自己是否
  理解，打下穩固日文基礎。

前言

　　本書是為了欲參加新制日本語能力測驗 N1，提升日本語能力者為對象所寫的文法書。近年，日語考試種類增加，坊間有組織辦了以企業社交為主的日語考試，也有為了升學大學的日本留學試驗等。但若站在學習日語的立場，該如何選擇呢？若要證明自己的日語能力，還是應該以歷史最悠久、已舉行二十年以上，同時也是最多人參加的「日本語能力測驗」為目標。

　　修改過的新制日本語能力測驗，比起從前的日本語能力測驗一級程度還要來得更高。修改的重點在於測定「能夠執行議題的語言溝通能力」。為了能夠用日語執行各類議題，基本的文法能力是很重要的。

　　但實際上，當然不必使用所有的日語文法。N1 的文法當中，有些是目前只要理解即可的文法。

　　所謂「一種米養百樣人」，每個人的學習方式都不盡相同。最快的做法，便是找出適合自己的讀書方法、學習方式，並且習慣這樣的學習過程。或是請教日文程度較高的前輩們。本書將文法的形式、意義、用法等等，用易於理解的方式寫成。至於怎麼使用，因人而異，重要的是為了提早達到目標，不僅是文法本身，還要善用閱讀短文來理解文法。本書就是為了配合這樣的目標所寫成的。

　　本書雖以通過日本語能力測驗 N1 為目標，但除此之外，能夠夠實際使用所學，來做溝通，才是最重要的。

> ①必要內容必須熟記
> ②依照關聯性來做有效記憶
> ③目標是理解在何種狀況下使用

　　學習日語，理解及記憶兩方面都很重要。請不只一次閱讀本書，而是在好好閱讀、理解之後，稍微用些時間來熟記必要的部分。

　　作者們打從心底願各位能夠達到目標，實現夢想。

行田　悅子
深谷　久美子
渡邊　攝

本書使用方法

1 對象及目的

本書是以欲通過新制日本語能力測驗 N1 的讀者為對象。

由「日本國際教育支援協會」、「國際交流基金」所主辦的新制日本語能力測驗，其中 N1 包含了言語知識（文字、語彙、文法）、讀解 110 分，及聽解 60 分。文法本身所佔比重不多，但讀解及聽解部份，沒有良好的文法能力，便無法獲得好成績。N1 的句型，是在原本的基礎文法之上，更添加了稱作「機能語」的助詞、動詞、單字等所組成，因此並不單純，必須充份理解。本書不只是幫助理解文法，想要再度複習時也能派上用場。關於新制考試，詳情請見日本語能力測驗網頁（http://www.jlpt.jp）。

2 本書構成

- ・ 第 1 章至第 5 章是以「機能語」來分類的內容
- ・ 第 6 章～第 8 章是同樣類型的內容
- ・ 第 9 章是在句子之中加入的詞彙，以及各種慣用辭彙

每項目都有「複習問題」，每章結尾有「歸納問題」。本書最後有「綜合問題」。

各章的學習項目，根據難易度及重要度不同，會標上 A 或 B 記號。A 為難易度較高者。

3 学習方法

❶首先理解機能語的意思。
❷思考例句的意思。
❸機能語的接續方法會寫在（　）當中，再用例句來確認。
❹注意用法，包括何時使用、常與哪些語彙同時使用、有哪些語彙不可一同使用。
❺解答複習問題、歸納問題及綜合問題。

請以上述的過程來學習。建議將機能語的意思，配合形態的關聯來記憶。接著在「歸納問題」的文章當中，確認之前在短句中所理解的語彙。最重要的是要出聲朗讀例句，這是為了正確地一個個讀出漢字及假名。並且建議各位挑選與自己有關的句子來記憶。每一個機能語都選一個句子來背，這對今後學習日語非常有效。本書漢字上面標有假名，可藉此來學習漢字的讀音。請一面確認讀法，一面出聲朗讀。

4 關於接續方法的說明

1）品詞的表現方式

❶動詞────　第一類：5 段活用的動詞　〈例〉書く・読む
　　　　　　　第二類：1 段活用的動詞　〈例〉見る・寝る
　　　　　　　第三類：する・来る　此二動詞
❷形容詞───　・い形容詞（い形）：以「～い」的形式來接續名詞　〈例〉大きい・うれしい
　　　　　　　・な形容詞（な形）：以「～な」的形式來接續名詞　〈例〉きれい・元気
❸名詞────　・用來表示物、人、事情　〈例〉えんぴつ・山田 ・ 事件
　　　　　　　・動作性名詞後接「する」（する名詞）　〈例〉開始・出發
　　　　　　　・動詞的マス形，或是い形容詞用「～さ」的形式，也會成為名詞。　〈例〉驚き・広さ
　　　　　　　☆上述的（　）之內，是省略後的寫法

活用的表現方式

❶在本書中，有關動詞、形容詞的活用，稱呼如下表。

動詞的基本原形稱辭書形（查字典時的形態），い形容詞也是一樣。な形容詞則是以「きれい」、「元気」之類形態為接續基本形。名詞並沒有活用變化，但如同下一頁所述，名詞會有接續形態。其基本形如「雨」、「食べ物」等等形態。

●動詞

第一類

語幹	か
ナイ形	書か（ない）
マス形	書き（ます）
辞書形	書く
バ 形	書け（ば）
ウ 形	書こう
テ 形	書いて
タ 形	書いた
可能形	書ける
受身形	書かれる
使役形	書かせる
使役受身形	書かされる／書かせられる

▼第二類

たべ
食べ（ない）
食べ（ます）
食べる
食べれ（ば）
食べよう
食べて
食べた
食べられる
食べられる
食べさせる
食べさせられる

▼第三類

し（ない）	こ（ない）
し（ます）	き（ます）
する	くる
すれ（ば）	くれ（ば）
しよう	こよう
して	きて
した	きた
できる	こられる
される	こられる
させる	こさせる
させられる	こさせられる

●形容詞與名詞

	い形容詞	な形容詞	名詞
語幹	大き	きれい	雨
ナイ形	大きく（ない）	きれい＋ではない	雨＋ではない
辞書形	大きい	きれい	雨
ク 形	大きく	——	——
バ 形	大きけれ（ば）	きれいなら（ば）	雨なら（ば）
ウ 形	大きかろう	——	——
テ 形	大きくて	きれいで	雨で
タ 形	大きかった	きれいだった	雨だった

❸）接續形

❶普通體

動詞	
書く	書かない
書いた	書かなかった

い形容詞	
大きい	大きくない
大きかった	大きくなかった

な形容詞	
きれいだ	きれいではない
きれいだった	きれいではなかった

名詞	
雨だ	雨ではない
雨だった	雨ではなかった

❷名詞修飾形 　動詞、い形容詞的「名詞修飾形」與普通體相同

動詞	
書く	書かない
書いた	書かなかった

い形容詞	
大きい	大きくない
大きかった	大きくなかった

な形容詞	
きれいな	きれいではない
きれいだった	きれいではなかった

＋とき

名詞	
雨の	雨ではない
雨だった	雨ではなかった

＋と

（「～ではない」在會話中有時會使用「じゃない」）

❸接續的例外

　「＊」是指接續時會有例外。　〈例〉＊名詞也可附加「である」

4）用語說明

❶〈例〉雨が降ったので、私は家にいました。

・前文：指「複句」前半部份的句子 ── 雨が降った

・後文：指「複句」後半部份的句子 ── 私は家にいました

❷**主語**：句中進行動作的人或事物等，稱為主語。

〈例〉車が走る。➡「走る」一事的主語為「車」

　　　田中さんは合格した。➡「合格した」的主語是「田中さん」

❸其他

・疑問詞───なに・だれ・どこ・いつ・どんな・いくら等等

・沒有表示品詞的「普通體」及「名詞修飾型」，表示套用於所有的動詞、形容詞、名詞

・名詞＋名詞➡用「～の○○」表示

5）記號說明

❶對照單字➡ cf. かねる（P.70）

Contents

第 **1** 章

同時・立刻

在做了什麼之後發生，或是幾乎同時發生。

1

使用頻度 ★★★

その後で

在那之後

～が最後・～てからというもの・～あかつきには・～羽目になる

表示某兩件事情發生的時間順序。前句中的事情結束後，後句中的事情接著發生。

---

1 ～が最後
（動詞夕形＋が最後）

如果～　**B**

意味と用法 意思為「如果做了～」。是說話者向對方表現出「如果做了～的事情，會很糟糕」的心情。

チャンス＝機会

例
❶チャンスは一度逃したが最後、二度と訪れないかもしれない。
❷この子はデパートでほしいおもちゃを見つけたが最後、買ってもらえるまで、そこを離れようとしない。
❸おしゃべりな彼女に話したが最後、あした中には君の秘密は社内に知れ渡るよ。

---

2 ～てからというもの
（動詞テ形＋からというもの）

自從～後　**B**

意味と用法 意思為「～後，持續著後句的狀況」。表示由於前句的這個理由、原因、契機，與之前相比發生了很大變化。

例
❶事件が起きてからというもの、通学にはスクールバスが利用されている。
❷母は退院してからというもの、寝たり起きたりの状態が続いている。
渋滞：traffic jam
❸家の近くに遊園地ができてからというもの、道路の渋滞がひどくなった。
❹息子は志望校に合格してからというもの、ちっとも勉強しなくなった。

---

3 ～あかつきには
（動詞夕形＋あかつきには／する名詞＋のあかつきには）

到～時
到～之際、
～之時　**A**

意味と用法 意思是「～之後，接著會發生這樣的好事情」。

例

❶「このプロジェクトが成功したあかつきには、君は部長だよ」と言われた。
❷問題が解決したあかつきには、みんなでパーっと温泉にでも行こう。
❸永住権が取れたあかつきには、いい仕事も見つかるだろう。
❹「私が当選のあかつきには、この村にも新幹線の駅ができます」と候補者は叫んだ。

〜権：the right
永住：permanent residence
候補者：candidate

4　〜羽目になる
（動詞辞書形・ナイ形＋羽目になる）

竟然〜、竟然到了〜的地步、窘境

A

意味と用法 意思為「〜到了這樣糟糕的地步」。表示由於某個原因，成了預料之外、令人困擾的結果。

例

❶ゲーム大好きの青年がゲームを買うお金ほしさに、盗みに入り犯罪者となる羽目になった。
❷他人の仕事も引き受けてしまって、結局、3日も満足に寝られない羽目になった。
❸授業をサボりすぎたので、試験前は徹夜する羽目になりそうだ。
❹商品の納入が遅れ、契約違反を指摘されて、違約金を支払う羽目になった。
❺契約に失敗して、大阪へ左遷される羽目になった。

サボる：to play truant
違約金：penalty
左遷する：to relegate

復習問題

問題 ❶ 〔　　　　〕の中の言葉を一度ずつ使って（　　　　）に入れなさい。
[が最後　てからというもの　あかつきには　羽目になった]
1. 高校の時、友人に誘われタバコを吸って、停学処分を受ける（　　　）。
2. 走る楽しさを覚え（　　　）毎日駅までバスに乗らず走っている。
3. 宝くじが当たった（　　　）、みんなをハワイに連れて行くね。
4. 父がだめだと言った（　　　）、絶対に望みはない。

問題 ❷ 正しい文には〇、そうでない文には×をつけなさい。
1. （　　）食べたが最後、お腹がいっぱいになった。
2. （　　）子供が生まれてからというもの、夫の帰宅が早くなった。
3. （　　）一軒家を建てたあかつきには、庭に桜を植えたい。
4. （　　）レポートの送信が遅れて、先生のお宅まで届ける羽目にする。
5. （　　）娘が結婚したあかつきには、さびしくなるねえ。
6. （　　）ジョギング中に転んで、入院する羽目になった。

こたえ 問題❶ 1)羽目になった 2)てからというもの 3)あかつきには 4)が最後
問題❷ 1)× 2)〇 3)〇 4)× 5)× 6)〇

2

使用頻度 ★★

ついでに

順道

~かたがた・~がてら・~かたわら・~にかこつけて

此項表現是指同樣的時間帶當中，同一個人做了兩樣事情。學習時請注意該使用在何種狀況。

---

1 ~かたがた
（する名詞＋かたがた）

同時也~ **B**

改まった：formal

意味と用法 意思為「也順便~，也做其他目的的事情」。可使用在較正式的場面，並常使用來當信件中的招呼語。

例
❶母は一人暮らしの私が心配で、管理人にお願いかたがた、様子を見に来た。
❷卒業の報告かたがた、高校の時の先生のお宅をみんなで訪ねた。
❸結婚のご挨拶かたがた、近況をお知らせいたします。
❹父は私の結婚式で上京かたがた、昔の友人たちにも会うようだ。

---

2 ~がてら
（動詞マス形・する名詞＋がてら）

順便~ **B**

意味と用法 意思為「做~時順便，一起做其他的事情」。使用在「做一個動作時，同時達成兩個目的」的場合。

例
❶父はいつも近くの公園を散歩がてら、趣味の俳句のネタを探す。
❷たまにはホテルでお花見がてら、みんなとランチでもしませんか。
❸リハビリ中の母は、運動がてら、一人で買い物にも出かけるようになった。
❹新しく購入した機械をテストがてら、使ってみた。処理が速くてなかなかいい。

★ネタは材料のこと

リハビリ（リハビリテーション）：
rehabilitation 機能回復訓練

---

3 ~かたわら
（動詞辞書形＋かたわら／する名詞＋のかたわら）

一面~一面~ **B**

意味と用法 意思是「做~的空隙（閒暇之時），也做其他事」。前句是當事者的工作等等，也就是經常從事的事情。

株：stock

非常勤講師：part-time lecturer

例
❶主人は勤めのかたわら、地域の少年サッカーチームの世話をしている。
❷最近では家事のかたわら、ネットで株取引する主婦が増えているそうだ。
❸スポーツ選手として活躍するかたわら、指導者になる勉強もしている。
❹小説を書くかたわら、大学で非常勤講師も務めている。

4　～にかこつけて
（名詞修飾型＋のにかこつけて）＊名詞不加「の」

托故、藉口　**A**

意味と用法 意思為「以～為理由」。表示「藉此機會（對自己有利）來好好利用」的心情。是由動詞「かこつける」（藉故）引伸而來。

例
❶サッカーの応援にかこつけて、若者は大声を出し、騒ぐ。
❷デパートはバレタインデーにかこつけて、チョコレートをたくさん売る。
❸仕事が忙しいのにかこつけて、母は家事をさぼっている。
❹店員が見ていないのにかこつけて、万引きする子供がいた。

万引き：shoplifting

Check Point
「かたがた・がてら」的兩樣事情是在完全相同的時間裡行動。
「かたわら」是在做一樣事情時，空閒的時間再做其他事。

復習問題

問題 ❶（　　　）の中の正しい方を選びなさい。
1. コンビニで（バイトする・バイト）がてら、客の観察研究をした。
2. 担当になった会社へ（挨拶・挨拶する）かたがた、新製品のカタログを持参した。
3. 引越したばかりなので、（散歩する・散歩）がてら、周辺を見て回った。
4. （主婦業の・主婦業）かたわら、ボランティア活動にも精を出している。
5. 本屋に行き（かこつけて・がてら）、レンタルDVDを返してきた。
6. 大雪に（かこつけて・がてら）、会社をさぼった。
7. 子供のころ、弟や妹の世話の（がてら・かたわら）勉強したもんだ。
8. 会社勤めの（かたわら・かこつけて）、夜間の大学院に通った。

問題 ❷〔　　　〕の中から適当な言葉を選んで（　　　）に入れなさい。
〔　かたわら　がてら　かたがた　にかこつけて　〕
1. 駅前でティッシュを配るバイトをし（　　　）、通る人を観察した。
2. 弁護士事務所で働く（　　　）、司法試験の準備をした。
3. 先輩に就職の世話になったので、お礼（　　　）、お宅を訪ねた。
4. 勉強（　　　）、家の手伝いをしない。

こたえ 問題❶ 1)バイト 2)挨拶 3)散歩 4)主婦業の 5)がてら 6)かこつけて 7)かたわら 8)かたわら
問題❷ 1)がてら 2)かたわら 3)かたがた 4)にかこつけて

3

すぐ①

立刻①

〜が早いか・〜そばから・〜なり・〜とみるや

表示某件事結束之後，中間尚無空檔，立刻發生接下來的事情。

---

1 〜が早いか
（動詞辞書形・タ形＋が早いか）

才剛〜就〜　**B**

意味と用法 意思為「和〜幾乎同時」。表示接著立刻發生接下來的事情。

例

❶子供は朝ご飯を食べるが早いか、かばんを持って駆け出していった。
❷答案を書き終わったが早いか、提出して教室から出ていった。
❸おなかがすいた猫は小鳥を見つけるが早いか、飛びかかった。
❹電車で座席が空くが早いか、立っていたおばさんが座った。
❺ボールを取るが早いか、選手はドリブルで相手エリアへ走り、シュートした。

答案：answer sheet

ドリブル：dribble
シュートする：to shoot

---

2 〜そばから
（動詞辞書形・タ形＋そばから）

一〜就　**B**

意味と用法 指「不論〜幾次，都立刻」之意。經常用來表示說話者並不喜歡的事情一再發生。

例

❶子供のころ母がてんぷらを揚げるそばから、手を出して食べてしまった。
❷習うそばから、忘れるようでは、これ以上習っても無駄だと思いますが。
❸開店した当時は、客が帰ったそばから、次の客が来たもんだった。
❹私が捨てるそばから、おじいさんが粗大ごみを拾ってくる。家のゴミが減らない。
❺「僕、今日から勉強するよ」と言ったそばから、息子は友達に誘われて、外出する。

---

3 〜なり
（動詞辞書形＋なり）

馬上〜　**B**

意味と用法 「一～馬上～」之意。用在發生了意料之外的事情時。較常用來描述第三者在～之後，馬上做了預料之外的事情。（前後同一主詞）後句不接意志、命令及推量句。

例

毒：poison

❶ 帰宅するなり、パソコンを立ち上げた。野球の結果が気になったのだ。
❷ 客はコーヒーを飲むなり、苦しみ出した。犯人が毒を入れておいたのだ。
❸ 若い女性は電車に乗って座るなり、化粧を始めた。
❹ 息子は「時間がないよ」と言うなり、弁当も持たずに、飛び出していった。

レジ（レジスター）：cash register

❺ レジの店員は客から現金を受け取るなり、その一万円札を調べ出した。

---

4 **～とみるや**

（普通体＋とみるや）＊名詞・な形有時也加「である」

一發現～立刻 **A**

意味と用法 形式為「AとみるやB」，表示「判斷是A之後，馬上做B」之意。表示下判斷之後很快做行動。

例

～党：(political) party

❶ 本屋は写真集が売れるとみるや、すぐに仕入れて、店頭に並べた。
❷ A党が圧勝だとみるや、次々にA党の事務所に人が集まり始めた。
❸ 万引き犯は警官から逃げ切れないとみるや、ナイフを出して抵抗した。
❹ 母は隣町のスーパーのほうが安いとみるや、自転車で飛んでいった。

復習問題

問題❶ （　　　）の中の正しい方を選びなさい。
1. 帰宅（する・した）なり、エアコンのリモコンを押した。
2. カメラはご遠慮くださいと（言う・言って）そばから、フラッシュがたかれる。
3. 子供はおなかがすいたと（言う・言い）が早いか、ケーキに手を出した。
4. 食事が（済んだ・済む）とみるや、ウエイトレスは皿を持っていった。
5. 自分の意見が（通らない・通る）とみるや、先輩は会議を欠席した。

問題❷ （　　　）の中の正しい方を選びなさい。
1. 電車に乗りこむ（なり・とみるや）、携帯でメールを始める若者が多い。
2. 新しいゲームソフトが発売になる（が早いか・とみるや）、売り切れてしまった。
3. 妻が家を出た（とみるや・そばから）、冷蔵庫からビールを取り出した。
4. 母は私の成績表を見る（そばから・なり）、顔色が変わった。
5. ビールをグラスにつぐ（そばから・とみるや）、空になる。よく飲むなあ。
6. 兄は家に帰り着いた（そばから・が早いか）、トイレに駆け込んだ。

こたえ 問題❶ 1)する 2)言う 3)言い 4)済んだ 5)通らない
問題❷ 1)なり 2)が早いか 3)とみるや 4)なり 5)そばから 6)が早いか

すぐ②

立刻②

〜拍子に・〜や／〜や否や・〜もそこそこに

此處要學習的表現方式同前一節的「すぐ①」，也是學「在前句事情結束之後，立刻發生了接下來的事情」的表現。接下來所發生的事情，有時可能與說話者本身的意願想法並無關係。

---

5 〜拍子（ひょうし）に

（動詞タ形＋拍子に／する名詞＋の拍子に）

才剛〜時候（結果）、同時 **A**

意味と用法 形式為「A 拍子に B」，表示「與 A 同時，意想不到地，成了 B 的狀況」。B 是表示發生了預料之外的事情。

例

❶堅（かた）い食（た）べ物（もの）をかんだ拍子に、歯（は）が欠（か）けた。
❷転（ころ）んだ拍子に、財布（さいふ）や携帯電話（けいたいでんわ）がかばんから飛（と）び出（だ）した。
❸ふとした拍子に、忘（わす）れていたことを思（おも）い出（だ）したんです。
❹何（なに）かの拍子に、腕（うで）が上（あ）がらなくなったんです。（慣用的使い方）

慣用的：idiomatic

---

6 〜や／〜や否（いな）や

（動詞辞書形＋や）

一〜立刻 **A**

意味と用法 指「一〜，馬上」之意。使用在「幾乎同時間內，某件事發生、或是第三者做了什麼事」時。

第三者：a third party

例

❶減収情報（げんしゅうじょうほう）が流（なが）れるや否や、株（かぶ）の値段（ねだん）が下（さ）がり、売（う）りが殺到（さっとう）した。
❷子供（こども）は親（おや）が留守（るす）の間（あいだ）泣（な）いていたが、母親（ははおや）の姿（すがた）を見（み）るや泣（な）きやんだ。
❸トラブルが解決（かいけつ）するや否や、また次（つぎ）のトラブルが起（お）こる。状況（じょうきょう）は同（おな）じだ。
❹雑誌（ざっし）でこの店（みせ）が紹介（しょうかい）されるや否や、連日（れんじつ）のように行列（ぎょうれつ）ができた。
❺ステージにロックシンガーが登場（とうじょう）するや否や、会場（かいじょう）から黄色（きいろ）い声援（せいえん）が飛（と）んだ。

減収：decreased
⇔ revenue：増収

黄色い声援：shrill voice

---

7 〜もそこそこに

（名詞＋もそこそこに）

隨便〜馬上 **B**

意味と用法 「〜不充份，接著馬上」之意。用在急著做下一件事時使用。

前面接續動詞時，用法為「～のもそこそこに」。

例

❶息子は朝食もそこそこに家を飛び出した。あと 10 分早起きすればいいのに。

❷仕事もそこそこに、いそいそと会社を出た。彼は今夜デートらしい。

❸弁護士事務所を訪ね、挨拶もそこそこに、早速相談に入った。

❹部下からの説明もそこそこに、上司はコートを持って、外出の準備をした。

❺彼女は好きなコーヒーを飲むのもそこそこに立ち去った。

Check Point

到 N2 為止表示「ずく」意思的詞：

意思雖然為「立刻」，但各有不同。有些是同個人做的、有些是反覆發生的、有些是在某個場合經常使用的。

- 「～たとたん」箱を開けたとたん、おもちゃが飛び出した。

  剛把箱子打開，玩具就跳了出來。

- 「～かと思うと」タバコを止めたかと思うと、また、始めた。

  正想他是不是把煙戒了，結果又開始了。

- 「～かないかのうちに」手紙を読むか読まないかのうちに、泣き出した。

  才剛讀信，就哭了出來。

- 「～た瞬間」カメラのシャッターを切った瞬間、フラッシュがつく。

  剛按下照相機快門的瞬間，就亮起閃光燈。

- 「～次第」ご注文の商品が入荷次第、お知らせいたします。

  訂購的商品進貨之後，會通知您。

復習問題

問題 ❶ （　　　　）の中の正しい方を選びなさい。

1. 当選の連絡を（聞く・聞いた）や否や、支援者達がお祝いを言いにやって来た。
2. 子供は（支払い・支払う）もそこそこに、お菓子の袋を開けて食べ始めた。
3. （もち上げた・もち上げる）ひょうしに、買い物袋が破れた。
4. 自己紹介も（ひょうしに・そこそこに）早速、商談に入った。
5. チケットは予約が始まる（ひょうしに・や否や）、電話が鳴り出した。
6. 電車のドアが開く（もそこそこに・や否や）、乗客が乗り込んだ。
7. 契約条件の話（もそこそこ・もそこそこに）、サインしてしまった。

問題 ❷ 〔　　　　〕の中の言葉を使って（　　　　）に入れなさい。

[ひょうしに　や否や　もそこそこに]

1. ぶつかった（　　　）、携帯電話を落とした。
2. 化粧（　　　）、会社に行った。
3. 車に乗る（　　　）、エンジンをかけ、出かけた。
4. ふとした（　　　）、甘いものが食べたくなった。

こたえ　問題❶　1)聞く　2)支払い　3)もち上げた　4)そこそこに　5)や否や　6)や否や　7)もそこそこに
問題❷　1)ひょうしに　2)もそこそこに　3)や否や　4)ひょうしに

まとめテスト帰納問題

1 〔　　　　〕の中から適当な言葉を選んで（　　　　）に入れなさい。＊一回しか使えません。

① 〔　とみるや　そばから　が早いか　や否や　なり　〕

彼は少年のころからサッカーを始めた。毎日、授業が終わった（　　　）、グランドに飛び出し、ボールと遊んだ。高校に入ったとたん、レギュラーになった。彼の動物的勘はすばらしく、ゴール前でボールを持つ（　　　）、もうシュートしているし、パスを受ける（　　　）、味方の選手のところにボールを回す。また、スペースが空いた（　　　）、自らドリブルをして敵の陣地に切り込んでいく。しかし、彼の母親はときどき嘆く。朝、洗濯する（　　　）、ユニフォームの汚れ物がでるからだ。

② 〔　がてら　にかこつけて　かたわら　のあかつきには　からというもの　〕

特にどの会社に就職したいと言う気持はなかった。買い物（　　　）、銀座に行ったとき、初めてその店を見た。その店構えを見て（　　　）、私の働く場所はここだと思うようになった。私は買い物（　　　）、何度も店の様子を見に行った。店員は客の相手をする（　　　）、他の客にも目を配っている。その店や店員の気配りを見て、私もそうなりたいと心底思った。大学卒業（　　　）、店に立っているという自分を想像している。

③ 〔　なり　かたわら　からというもの　たあかつきには　羽目になる　〕

「賞をもらっ（　　　）、世の中から小説家と認められる」と兄は考えていたらしい。初めて書いた小説が新人賞をもらって、自分は小説家になれると勘違いをした。サラリーマンの（　　　）、小説を書くぐらいならいいが、賞をもらって（　　　）、会社を休んでいる。これでは、もう会社を辞める（　　　）のは時間の問題だ。賞をもらった次の小説はつまらないものは書けないと思っているようで、帰宅する（　　　）、パソコンに向かっている。

④ 〔　や否や　そばから　もそこそこに　とみるや　からというもの　〕

日本のテレビに昼のワイドショーと言われる番組が始まったのはいつごろだろうか。始まる（　　　）、高い視聴率を取った。昼ごはん（　　　）テレビの前に座る。この番組が始まって（　　　）、専業主婦たちが、テレビで紹介された食べ物を買うようになったと言われる。スーパーも店長も同じ番組を見る。売れる（　　　）、その食品をすぐに店頭に並べる。並べる（　　　）、売れていく。まさに情報化社会だ。

2 （　　　　）の中の正しい方を選びなさい。

①病気にかこつけて、（会社を休んだ・まじめに仕事をした）。
②通信販売では、開封したが最後、返却（しましょう・できません）。
③大学に合格したあかつきには、車を（買ってあげる・買いません）と母は約束した。
④先輩が注ぐ酒を（断って・断れなくて）、酔っ払う羽目になった。

⑤酒好きの父は仕事仲間とのつきあいにかこつけて、酒を（飲んで・断って）帰宅する。

⑥野菜の品種改良の研究をするかたわら、自宅でも野菜料理を（研究している・研究できた）。

⑦娘の入学祝いのお礼かたがた、祖母に娘の写真を（送った・送ってもらった）。

⑧手に力を（入れる・入れた）拍子に、卵を割ってしまった。

⑨電車が駅に到着（する・した）や否や、乗客が乗り込んできた。

⑩「お母さん、早く早く」と言われ、（お化粧・お化粧する）もそこそこに、出かけた。

⑪初マラソンで、完走を目指すと言った手前、（がんばる・がんばった）つもりだ。

3 a〜dの中で正しいものを選びなさい。

①十分、取材を（　　　　）からでないと、新聞に書けない。

　a. する　　b. して　　c. した　　d. しよう

②お世話になった方々へお礼かたがた、（　　　　）。

　a. 退職の挨拶をした　　b. 退職した　　c. 退職します　　d. 退職をもらった

③一流のスポーツ選手は、試合に出るかたわら（　　　　）。

　a. 有名になった　　b. トレーニングを続ける　　c. 金持ちになった　　d. 結婚した

④4月になるや否や、桜が（　　　　）。

　a. きれいですねえ　　b. 写真を撮ります　　c. お花見に行きます　　d. 咲いた

⑤社長は部下の報告を聞くなり、（　　　　）。

　a. 大声でどなった　　b. 怒るだろう　　c. 部下が謝った　　d. 電話をかけたい

⑥就職が決まったあかつきには、（　　　　）。

　a. 引っ越した　　b. 仕事が好きだ　　c. ごちそうするよ　　d. 酒を飲んだ

⑦予約したが行かなかったので、（　　　　）を払う羽目になった。

　a. 直前　　b. キャンセル費　　c. キャンセル料　　d. 予約料

⑧雪で帰宅できないのにかこつけて、（　　　　）。

　a. 勉強した　　b. 友人と飲み明かした　　c. タクシーで帰った　　d. 自宅に電話した

⑨先生は教室に入るなり、（　　　　）。

　a. 電話がかかった　　b. エアコンが動いた　　c. 電気が消した　　d. テストを配った

⑩客が買いそうであるとみるや、店員は（　　　　）。

　a. 笑顔になった　　b. 売りそうになった　　c. 売れると感じた　　d. 買ってもらった

⑪ふとした拍子に、（　　　　）。

　a. 思い込んだ　　b. 思い出した　　c. 覚えている　　d. 思っている

⑫戸締りもそこそこに、（　　　　）。

　a. 家を飛び出した　　b. 鍵をかけた　　c. ドアを開けた　　d. ドアを閉めた

⑬この仕事が成功した（　　　　）、君は部長だよ。

　a. 羽目になる　　b. が最後　　c. あかつきには　　d. かこつけて

⑭友人を駅まで送り（　　　　）、夕飯の買い物をした。

　a. や否や　　b. かたわら　　c. かこつけて　　d. がてら

⑮レポートを提出する（　　　）、次の課題のレポートが出される。

　　a. が早いか　　　b. そばから　　　c. なり　　　d. とみるや

⑯階段で転んだ（　　　）、足を骨折した。

　　a. そこそこに　　　b. や否や　　　c. そばから　　　d. 拍子に

4　①～⑤の（　　　）に入る適当な文を、a～dから選びなさい。

①本日は開店のお知らせかたがた、ご近所の皆様に（　　　）。

　　a. ご挨拶できます　　　　　　　　b. ご挨拶をもらった

　　c. ご挨拶された　　　　　　　　　d. ご挨拶に参りました

②会社勤めのかわたら、（　　　）。

　　a. 趣味の写真撮影に取り組んでいる　　b. 写真がきれいに取れます

　　c. カメラを買った　　　　　　　　　　d. カメラマンです

③営業の外回りにかこつけて、（　　　）。

　　a. 熱心に商品を売り歩いた　　　　　　　　b. 喫茶店で商品を売った

　　c. 喫茶店でオリンピックのテレビ中継を見た。　d. 喫茶店でお昼ご飯を食べた。

④駅の階段で転倒した拍子に、（　　　）。

　　a. 眼鏡が落ちて、割れてしまった　　b. 久しぶりに友人に会った

　　c. 切符を買った　　　　　　　　　　d. 荷物を友達に持ってもらった

⑤（　　　）、私は面接もそこそこに採用された。

　　a. 会社は採用試験をして　　　　　　b. コンビニはよほど人手が不足していたのか

　　c. レストランは暇なのか　　　　　　d. 求人広告を出して

第**2**章

理由・逆接・假定

用來表示說話者敘述了理由，或是表明相反的事情，或表示自己的假設。

1

理由

理由

〜手前・なまじ〜（ものだ）から・〜ことだし（〜ましょう）・〜ゆえ（に）／〜がゆえ（に）・〜こととて

這裡介紹的是「說明理由及原因」的表現方式。本章介紹的表現，重點不在於理由本身，而著重的是「因為有了理由，所以才做某事、才發生了之後的事情」。

---

1 〜手前
（名詞修飾型＋手前）

顧慮到〜、考慮到〜、當著〜面　　**A**

意味と用法 意思為「因為有〜的理由…」、「在〜立場上（自己）必定」。表示若不做後句這樣的事情，會有問題、或是會感到慚愧。

例

❶生鮮食品を販売している手前、常に手を洗うよう気をつけている。
❷「参加します」と約束した手前、飲み会をすっぽかすなんてできないよ。
❸自分が一番若い手前、みんなのお茶を入れるのは当然だ。
❹夫がA電気に勤めている手前、他社の製品がよくても買えない。
❺子供の手前、夫婦ゲンカをするわけにもいかない。

---

2 なまじ〜（ものだ）から
（なまじ＋名詞修飾型＋ものだから）＊名詞為「＋なものだから」

正因為〜所以　　**A**

意味と用法 是用來表示「〜因為有這樣的理由，反而變得更麻煩」。說話者的感情是「若是如此，不要〜比較好」。

例

❶なまじ家が広くて空間があるものだから、母はなんでもかんでも捨てずに取っておく。
❷なまじコピーという便利なものができたものだから、学生は自分で書かずに、人が書いたものをコピーして読むだけになる。
❸なまじ英語ができるから、外国人の客の応対を全部させられる。

---

3 〜ことだし（〜ましょう）
（動詞普通体＋ことだし）

好不容易〜（〜吧）　　**A**

意味と用法 意思是「好不容易成為～特別的狀態，所以…吧」。

例
❶道子の結婚に全員そろうことだし、久しぶりに家族写真でもとろう。
❷高速道路の料金も下がることだし、今度は車で実家に帰ろうと思う。
❸高いパソコンとプリンターを買ったことだし、今年こそ年賀状は自分で作る。

理由・逆接・假定

---

4 ～ゆえ（に）／～がゆえ（に）　　因為～　A

（名詞修飾型＋ゆえに）＊前面接續名詞時，有時也不加「の」。「がゆえに」
則用「であるがゆえに」的形式，前面接名詞、な形。

★ゆえ＝故

意味と用法 「因為～」之意。表理由及原因。由於是較舊的說法，因此
使用在較艱澀的文章當中。形容詞常使用「～さゆえに」（❶）。

例

過ちを犯す：
to commit an offence

差別：discrimination

❶若さゆえに、失敗や過ちを犯してしまうことがある。
❷この島は離島であるがゆえに、不便ではあるが、静かで落ち着いている。
❸昔は女性であるがゆえに、差別を受けることがあった。

---

5 ～こととて　　由於是～　A

（名詞修飾型＋こととて）＊名詞有時也使用「＋であることとて」的形式

意味と用法 以「Aこととて B」的形式，意指因為A，所以造成B是理
所當然、沒辦法的（❶❷）。也有「～雖然如此，但」的意思（❸❹）。

例

❶田舎のこととて、何もありませんが、どうぞ、召し上がってください。
❷急なこととて、連絡が遅れまして、申し訳ありません。
❸開店早々で不慣れなこととて、お客様を怒らせたのはまずかった。

怠る：to neglect

❹連休だったこととて、連絡を怠ったのは、こちらの責任です。

復習問題

問題 ❶ 正しい文に○、そうでない文に×をつけなさい。

1. （　　）おいしいがゆえに、もっと食べて。
2. （　　）晴れていたこととて、富士山がよく見えた。
3. （　　）なまじ安いものだから、余分に買ってしまう。
4. （　　）情報量の多さゆえに、混乱することも多い。
5. （　　）知ってると言った手前、私がやらざるを得なくなった。
6. （　　）新しいドレスも買ったことだし、パーティーに行った。
7. （　　）慣れないこととて、ご迷惑をおかけしました。
8. （　　）なまじ字が上手なものだから、私が書きます。

こたえ 問題❶　1)× 2)× 3)○ 4)○ 5)○ 6)× 7)○ 8)×

2

使用頻度 ★★

けれども…

但：

〜と思いきや・〜とはいえ・〜だけは〜が・〜ながら（も）・〜かいもなく／〜がいもなく

這裡介紹的是逆接的表現方式。前句及後句意思相反，雖然與「けれども」
一樣都是「但是」之意，但是請注意是使用在什麼心情、什麼狀況之下

---

1 〜と思いきや

想説〜結果　A

（普通体＋と思いきや）＊な形及名詞常常不加「だ」

意味と用法 為「雖然想〜，但意外地」之意，表示結果與預想相反。

例

❶今日は早く帰れると思いきや、5時前に部長が来て急な仕事を頼まれてしまった。

❷寝坊したので、遅刻と思いきや、時計が進んでいて何とか授業に間に合った。

❸新製品は便利だと思いきや、機能がいろいろあって、使い方が複雑だ。

---

2 〜とはいえ

雖説〜但　B

（普通体＋とはいえ）＊名詞、な形容詞常常不加「だ」

意味と用法 「雖然是這麼說」。指「雖然的確是〜，但不過……」之意

例

リストラ：

restructuring, downsizing, layoff

＝首になる

❶予想していたとはいえ、こんなに早くリストラされるなんて。

❷兄は医者だから、休みの日とはいえ、いつ病院から呼び出されるかわからない。

❸いくら仕事とはいえ、こう毎日帰りがおそいのでは、体をこわすのも無理はない。

---

3 〜だけは〜が

雖然〜但　B

（動詞辞書形＋だけは＋動詞タ形＋が）

意味と用法 意指「事情是〜不過」。表示「的確是做了〜但沒辦法達到
能夠滿足的結果」。

2

理由・逆接・仮定

例

❶セール中のデパートに行くだけは行ったが、目的のものは買えなかった。
❷会長に会議の連絡をするだけはしましたが、出席してくださるかどうかわかりません。
❸レポートを期限までに提出するだけはしたが、内容については自信がない。

---

4 **〜ながら（も）**

（動詞マス形・形容詞・名詞＋ながら／動詞・形容詞ナイ形＋ないながら／名詞＋ではないながら）

不過〜

B

cf：ながらに（P.133）

意味と用法 「不過〜」、「但〜」之意。前句與後句主語相同。常與表示狀態的「ある」、「いる」、「〜ている」一同使用。

例

❶彼は学生でありながら、会社を起こし、20代とは思えない収入がある。
❷たばこは体に悪いとわかっていながら、吸っている人が多い。
❸会社に入って2カ月。自信がないながらも、毎日がんばっています。

---

5 **〜かいもなく／〜がいもなく**

（動詞タ形＋かいもなく／名詞＋のかいもなく／動詞マス形＋がいもなく）

雖然〜但（沒有效）

B

意味と用法 「就算努力，還是沒有得到期望的結果」之意。

例

❶応援したかいもなく、うちの高校は負けてしまった。
❷がんばったかいもなく、試験に落ちた。また、来年だ。
❸プロテニス選手は、足の骨折の手術のかいもなく、2度とテニスができなくなった。
❹この仕事に出会うまでは、生きがいもなく毎日を過ごしていた。

復習問題

問題❶ （　　　　）の中の正しいほうを選びなさい。

1. 会社の命令で、いやいや（ながら・とはいえ）単身赴任をした。
2. 努力（のかいもなく・と思いきや）失敗した。
3. このまま行けば優勝できる（とはいえ・と思いきや）、最後の5分で逆転された。
4. お金をためて、小さい（ながらも・かいもなく）、自分の家を持つことができた。
5. 親の転勤だから、仕方がないこと（とはいえ・と思いきや）、転校はつらかった。
6. 携帯電話を持つ（だけは・とはいえ）持ったが、かける相手がいない。
7. 彼女は熱がある（かいもなく・とはいえ）、休めない状況だった。

こたえ 問題❶ 1)ながら　2)のかいもなく　3)と思いきや　4)ながらも　5)とはいえ　6)だけは　7)とはいえ

3

「もし、〜」①

「如果，〜」①

〜ていたら〜た／〜なかったら〜た・〜うものなら・〜でもしたら・〜くらいなら・〜ばそれまでだ

使用在「實際上並非如此，但若假設〜」的場合。「假設因為沒有做某事而會發生〜」、「假設現實上還沒有的事情」等等較高層次表現的練習。

---

1 〜ていたら〜た／〜なかったら〜た
（動詞テ形＋いたら〜た／
動詞ナイ形＋なかったら〜た）

如果〜就、
如果沒有〜就

B

意味と用法 假設與實際上已發生的事情相反的表現。

例

❶高校の時、もっと勉強していたら、入学試験でこんなに苦労することはなかった。

❷去年の冬山登山を途中で引き返していなかったら、今頃はあの世に行っていたよ。

❸赤信号を無視していたら、間違いなくトラックと衝突していたよ。

---

2 〜うものなら
（動詞ウ形＋ものなら）

假如〜

A

意味と用法 表現出說話者的心情「（雖然實現的可能性低但）如果做了〜，就會成為糟糕的狀況吧」。

例

ガン：cancer

ガンの特効薬：

a sovereign remedy for cancer

❶頼まれた買い物を忘れようものなら、妻に晩御飯を食べさせてもらえないよ。

❷回収の前夜にゴミを出そうものなら、近所の人による犯人探しが始まる。

❸研究中のガンの特効薬が完成しようものなら、大金持ちになれるだろうね。

---

3 〜でもしたら
（動詞マス形＋でもしたら／する名詞＋でもしたら）

如果〜之類的話〜

B

意味と用法 意指「舉例來說，如果做了〜這樣的事情，就會成為糟糕的狀況」。

例

単位：unit, credit for study

❶指導教授の意見に反論でもしたら、単位をもらえないのは確実だ。

❷汚い手で目をこするんじゃない。失明でもしたら、どうするんだ。
❸借りたカメラを壊しでもしたら、大変だから、子供には触らせないようにしよう。

---

4 〜くらいなら

（動詞辞書形＋くらいなら／動詞ナイ形＋ないくらいなら）

既然〜乾脆　　**B**

意味と用法 形式為「A くらいなら B」，用來表示「（如果要選一邊）比起 A，B 比較好」。用來強調說話者「不想要 A」的心情。

例
❶飲んで気持ちが悪くなるくらいなら、初めから飲まないことです。
❷田中さんと行くくらいなら、一人で行きます。そのほうが気が楽だ。
❸食べるのを我慢するくらいなら、ダイエットしたくない。

---

5 〜ばそれまでだ

（動詞・形容詞・名詞のバ形＋ばそれまでだ）＊な形・名詞有時也使用「＋であればそれまでだ」的形式

如果〜也無濟於事　　**A**

cf. ばきりがない (P.107)

意味と用法 「如果〜的話，那在那個時間點上，全部都白費了，只得宣告終了」之意。是用來假定負面的狀況，用在想表示「必須注意」的場合。

生命保険：life insurance
特許：patent
不潔：unclean

例
❶多額の生命保険に入っても、死んでしまえばそれまでだ。自分はもらえない。
❷大発明でも特許を取らなければそれまでだ。人にまねされる。
❸おいしい料理でも店が不潔であればそれまでだ。客は二度と来ない。

復習問題

問題 ❶ 〔　　　　〕の中から適当な言葉を選んで入れなさい。

[ものなら　なかったら　ていたら　それまでだ　くらいなら　でもしたら]

1. 残す（　　　　）、私が食べるわよ。もったいない。
2. 急行電車で行っ（　　　　）、遅れなかったかもしれない。
3. 一度練習を始め（　　　　）、何時間も続ける。
4. 相談しないで決定（　　　　）、あとで怒られる。
5. 株を買っても、下がってしまえば（　　　　）。旅行なんかできない。
6. 深夜に洗濯しよう（　　　　）、階下の住民からすぐに止めるよう電話がかかる。
7. 捨てる（　　　　）私にください。
8. 会社が倒産し（　　　　）、今頃は楽に暮せたのにねえ。

こたえ 問題❶ 1)くらいなら　2)ていたら　3)でもしたら　4)でもしたら　5)それまでだ　6)ものなら　7)くらいなら　8)なかったら

4

「もし、〜」②

「如果，〜」②

いかに〜うと／が・うと〜まいと／〜うが〜まいが・〜たところで・〜はいいとして

用來表明說話者「就算做了〜，也有可能不會發生預期的結果」的想法。
在會話中時常使用。

---

6 いかに〜うと／が
無論多麼〜也〜、不論怎麼〜也〜

（いかに＋動詞・い形ウ形＋と／いかに＋な形・名詞＋だろうと）

A

意味と用法 「就算〜也」、「即使〜也」之意。

例
❶いかに働こうと、生活は全然よくならない。
❷親や友人がいかに心配しようと、本人は全く気にしていない。
❸いかに謝ろうが、口でお詫びしただけでは、許してもらえないだろう。
❹今はいかに元気だろうと、もうお年ですから、無理をしないほうがいいですよ。

---

7 〜うと〜まいと／〜うが〜まいが
不論有沒有〜

（動詞ウ形＋と＋グループ1・2動詞辞書形＋まいと／グループ2動詞ナ
イ形＋まいと）　＊若使用動詞「する」，有時也做「すまい」

B

意味と用法 「就算〜也，沒有〜也」之意。例舉兩個相反的事情，用來
表示不論做哪項，結果都是相同的。

例
❶雨が降ろうが降るまいが、テニスと違ってサッカーは中止にならない。
❷酒を飲もうと飲むまいと、同窓会の参加費が同額なのはおかしい。
❸勉強しようがしまいが、その結果の責任は自分にある。
❹「仕事が増えようが増えまいが、僕には関係ない」と、手伝ってくれない。

同窓会：reunion

---

8 〜たところで
即使〜也

（動詞タ形＋ところで／動詞ナイ形＋なかったところで）

B

意味と用法 「即使〜也」之意。用來表現「即使做了〜也無法符合期待，
沒有用」的心情。

例
❶電車の発車まで2分しかないから、今から走ったところで、間に合わない。

コネ：connection, 人脈

❷面接の練習をし、熱心に就職活動したところで、コネのあるやつには勝てない。

❸お客さんに今ごろ謝ったところで、もう2度とうちの店に来てくれないだろう。

❹今日は曇っているから、展望台に昇ったところで、富士山は見えないよ。

9 〜はいいとして

(名詞修飾型＋のはいいとして) ＊名詞不加「の」

先不論〜

A

意味と用法 「雖然〜沒有問題，但其他…」之意。表示擔心後面的事情。

テーマ：theme, 主題

例

❶論文を書くのはいいとして、まだ、テーマも何も決まってないのが問題だ。

❷娘の医学部への進学はいいとして、その費用をどこから出すかだ。

❸誰も部長のお宅へ行けないのはいいとして、それをどううまく話すかだ。

❹テレビ画面が大きいのはいいとして、テレビを置くとベッドが置けないよ。

❺「ネコの首に鈴をつける案はいいとして、問題は誰が、それをするかだ」とネズミたちは話し合った。

復習問題

問題 ❶ （　　　　）に適当なことばを選んで入れ、必要なら形を変えなさい。

[料理　言う　いくら　困難　ロボット　一番　する　飲む]

1. 息子にだめだと（　　　）ところで、やはり会社を辞めるだろう。
2. 参加（　　　）うが、（　　　）まいが、払った会費は返金されない。
3. いかに人間と同じことができようと（　　　）だから、言葉は理解できない。
4. 飲み放題というのは、たくさん（　　　）うが、（　　　）まいが、1時間半の料金は同じです。
5. 運動会で（　　　）はいいとして、このテストの成績はひどすぎるんじゃない？
6. 新鮮なのはいいとして、上手に（　　　）しなければまずいのは当然だ。
7. いかに（　　　）だろうと、欲しいものは、欲しい。

問題 ❷ （　　　　）の中の正しい方を選びなさい。

1. 急いで行ったところで、だれも（来ていないだろう・来ていなかった）。
2. 赤ん坊にお金をあげたところで、その価値は（わからない・わかる）。
3. 会議の準備はいいとして、議論内容の不安は（ない・残る）。
4. いかにサービスしようと、要求に合わなければ満足（する・しない）。
5. 「助けてー」と叫ぼうと叫ぶまいと、誰も（来ない・来る）。

こたえ 問題❶ 1)言った 2)しよ し／す 3)ロボット 4)飲も 飲む 5)一番 6)料理 7)困難
問題❷ 1)来ていないだろう 2)わからない 3)残る 4)しない 5)来ない

まとめテスト帰納問題

1 （　　　）に適当なことばを〔　　　〕から選んで入れなさい。

① 〔　くらいなら　なまじ　しがいがない　ばそれまでだ　ものだから　うが　まいが　〕

期末試験が迫っている。Ａ先生の試験は（　　　）ノートと辞書持込可な（　　　）、勉強する気に
なれない。勉強しよ（　　　）、する（　　　）、同じような気がする。勉強（　　　）のだ。もち
ろん、単位を落とせ（　　　）が、悪い点をもらう（　　　）、不合格でもいい。次の年に取り直そ
ばいいから。

② 〔　ものだから　ましょうか　うものなら　かいもなく　なまじ　くらいなら　手前　ことだし　と思いきや　〕

父の60歳の誕生日、還暦を家族で祝うという話が出た。久しぶりに全員そろう（　　　）、その日は温
泉でも行き（　　　）と母は提案した。父も賛成する（　　　）、ゴルフの約束があるなどと言い出した。
弟は家族と行く（　　　）、友人と行ったほうが楽しいなど、生意気なことを言う。兄は（　　　）出
世した（　　　）、忙しくて時間が取れないと言う。私は母に洋服を買ってほしいと頼んだ（　　　）、
嫌だとも言えなかった。嫌だと言お（　　　）、絶対買ってもらえないからだ。しかし、母の提案の
（　　　）、家で夕飯を食べるだけになった。

2 （　　　）の中の正しい方を選びなさい。

①店員（の・で）手前、子供にお金がなくて、お菓子を買えないと言えなかった。
②私自身が「マナーが悪い」と（言う・言った）手前、ペットボトルを道に捨てられなかった。
③なまじ歩けるようになった（ものから・ものだから）、病院から食堂で食べてくださいと言われた。
④図書館で勉強しようと思ったが、なまじ（静か・静かな）ものだから、かえって集中できない。
⑤試験も終わったことだし、みんなで飲みにでも（行った・行こう）よ。
⑥子供は（元気・元気な）がゆえに、物を壊してしまうこともある。
⑦15年（ぶり・ぶりの）こととて、街はすっかり変わっていた。
⑧景気が上向きに（なりそう・なった）と思いきや、他国の銀行の倒産でまた悪くなった。
⑨いくら若向きファッションが好きとはいえ、自分の年齢を（考えなかった・考えた）。
⑩メールで知らせるだけは（知った・知らせた）が、返信はない。
⑪自宅にプリンターを持っていながら、会社で印刷（する・しない）。
⑫警察が洪水の危険を（知らせる・知らせた）かいもなく、住民に死者が出た。
⑬あの時、けがさえしていなかったら、（勝てた・勝てる）はずだ。
⑭先輩にため口を（利いた・利こう）ものなら、なぐられる。
⑮タバコを止めるよう（言い・言う）でもしたら、かえって止めなくなる。
⑯いかに感謝（する・しよう）と、特別今回だけですよ。
⑰水にぬれようが（ぬれない・ぬれ）まいが、丈夫さは変わりません。
⑱酒を飲む（のは・のが）いいとして、だれが代金を払うのだ？

30

3 a〜d の中で正しいものを選びなさい。

①食べ放題で同じ値段（　　　）、皿に食べ物が大量に残っているのは恥ずかしい。
　a. 手前　　b. とはいえ　　c. ことだし　　d. ゆえに

②親である（　　　）、子供に対して恥ずかしくない態度でいたい。
　a. 手前　　b. とはいえ　　c. ことだし　　d. こととて

③なまじ晴れている（　　　）、掃除しろと母に言われる。
　a. けど　　b. のに　　c. ながらも　　d. ものだから

④大雪が（　　　）、高速道路が通行禁止になった。
　a. がゆえに　　b. ゆえに　　c. こととて　　d. ことだし

⑤電話連絡の（　　　）、連絡ミスが起こったことをお詫びします。
　a. がゆえに　　b. ことだし　　c. 手前　　d. こととて

⑥人形のプレゼントを喜ぶ（　　　）、娘はすでに同じ物を持っていた。
　a. と思いきや　　b. とはいえ　　c. ながらも　　d. かいもなく

⑦大学を卒業していない（　　　）、給料を低く抑えられている。
　a. 手前　　b. こととて　　c. ことだし　　d. がゆえに

⑧夏（　　　）こんなに暑いのでは、外出もしたくない。
　a. とはいえ　　b. と思いきや　　c. ながらも　　d. だけは

⑨先生の講義を聞く（　　　）聞いたが、さっぱりわからなかった。
　a. とはいえ　　b. だけは　　c. ばかりは　　d. かいもなく

⑩心を込めて料理した（　　　）、みんなからまずいと言われた。
　a. ながらも　　b. と思いきや　　c. だけは　　d. かいもなく

⑪あの時、預金をはたいて、株を買っ（　　　）、今頃は大金持ちだったなあ。
　a. てものなら　　b. てもしたら　　c. てくらいなら　　d. ていたら

⑫子供のころは父に口答え（　　　）、晩御飯は抜きになった。
　a. ていたら　　b. でもしたら　　c. ようものなら　　d. くらいなら

⑬まずい酒を飲む（　　　）、水を飲んだほうがましだよ。
　a. くらいなら　　b. それまでだ　　c. でもしたら　　d. だところで

⑭いかにやさしく丁寧に（　　　）、この理論は普通の人にはわからないだろう。
　a. 書くと　　b. 書こうと　　c. 書けば　　d. 書くまいが

⑮品物が（　　　）売れまいが、本部にライセンス料を払わねばならない。
　a. 売れても　　b. 売れなくても　　c. 売れようが　　d. 売れるが

⑯1ヵ月前の事件を、今さら新聞を読ん（　　　）、わかるはずがない。
　a. でもしたら　　b. でいたら　　c. だところで　　d. でまいが

⑰イベントの準備（　　　）、果たして客がどのくらい来てくれるかだ。
　a. はそれまでだ　　b. しようが　　c. したところで　　d. はいいとして

4 正しい文には〇を、そうでない文には × を付けなさい。

① （　　　）元気になった手前、そろそろ仕事に復帰しなければならないだろうな。

② （　　　）元気になったことだし、仕事も忙しくなる。

③ （　　　）なまじ頭がいいから、成績がトップだ。

④ （　　　）これはデザインがすばらしいと思いきや、他人をまねしたものだった。

⑤ （　　　）最近のこととはいえ、もう忘れている人が多い。

⑥ （　　　）山田さんの顔を知っているだけは知っているが、どんな人か知らない。

⑦ （　　　）社長の顔を忘れようものなら、写真を見ればいい。

⑧ （　　　）他人がいかに事件のことを忘れようと、当事者は忘れられない。

⑨ （　　　）上手に説明できないのはいいとして、調査が不十分とはどういうことだ。

⑩ （　　　）今ごろ調査したところで、正しいことはよくわかる。

5 ①〜⑤の（　　　）に入る適当な文を、a 〜 d から選びなさい。

①子供の手前、親の私たちは言葉遣いに（　　　）。
　a. 気にしない　　b. 問題ない　　c. 問題が起こる　　d. 気をつけている。

②なまじ仏文科の学生なもんだから、フランスへのメールを（　　　）。
　a. 書かせられる　　b. 書いたほうがいい　　c. 書かれた　　d. 書きたい

③下の息子も社会人になったことだし、夫婦で旅行でも（　　　）。
　a. 行った　　b. 行く予定だった　　c. 行こうか　　d. 行かなければならない

④入ったばかりの新入社員のこととて、お客様にはご迷惑（　　　）。
　a. でした　　b. をおかけしました。　　c. をしました　　d. をされました

⑤社長の息子とはいえ、まじめに働いてもらわないと（　　　）。
　a. 困る　　b. 大丈夫です　　c. 困らない　　d. 大丈夫に違いない

まとめテストのこたえ

1 ①なまじ　ものだから　うが　まいが　しがいがない　ばそれまでだ　くらいなら
②ことだし　ましょうか　と思いきや　くらいなら　なまじ　ものだから　手前　うものなら　かいもなく

2 ①の　②言った　③ものだから　④静かな　⑤行こう　⑥元気　⑦ぶりの　⑧なった
⑨考えた　⑩知らせた　⑪する　⑫知らせた　⑬勝てた　⑭利こう　⑮言い　⑯しよう　⑰ぬれ　⑱のは

3 ①b　②a　③d　④b　⑤d　⑥a　⑦d　⑧a　⑨b　⑩d　⑪d　⑫b　⑬a　⑭b　⑮c　⑯c　⑰d

4 ①〇　②×　③×　④〇　⑤〇　⑥〇　⑦×　⑧〇　⑨〇　⑩×

5 ①d　②a　③c　④b　⑤a

第 **3** 章

表現目的或驚訝

本章學習「表現意思、目的、驚訝」，以及「依照場合不同」、「像是～」這樣的表達方式。

目的・意思・意識①

～まい／～まいか・～まいと・～うにも～ない・～んがため（に）／～んがための

學習否定意思「絕對不做」的表現，以及表達目的之方式。要注意使用表現意思的詞「～まい」、「～ん」時，動詞用何種形式接續。

使用頻度 ★★

---

1 **～まい／～まいか** 　　　　絕對不～、應該不～吧 **B**
（グループ１・２動詞辞書形＋まい／グループ２動詞ナイ形＋まい）＊グループ３動詞使用「するまい・しまい・すまい・こまい・くるまい」形式

★ ２類動詞
用「辞書形、ナイ形」接續

誓う：to swear

意味と用法 表示說話者「絕對不做～」的否定意思（①）。以及「絕對不～吧」的否定推量（②③）。「～まいか」等於「應該不～吧」（④）

例
❶酒やタバコを「二度とやるまい」と誓っても、やめられない人が多い。
❷まじめな田中さんがそんなことをするまいと信じている。（＝しないだろう）
❸約束の時間から30分も遅れている。今さらもう来まいと、一人で出かけることにした。
❹予定だともうそろそろ到着してもいい頃だが、事故にでもあったのではあるまいか。（＝あったのではないだろうか）

---

2 **～まいと** 　　　　不想～ **B**
（グループ１・２動詞辞書形＋まいと／グループ２動詞ナイ形＋まいと）＊３類動詞使用「するまいと・しまいと・すまいと・こまいと・くるまいと」

いじめる：to bully

意味と用法 表示「不想～」之意。顯示出強烈決心。

例
❶試合に負けた後、もう二度と負けまいと、今まで以上に厳しいトレーニングを始めた。
❷学校でいじめられている子供は、家族に心配をかけまいと、相談できないことが多い。
❸台風で強い風が吹いていたので、傘を飛ばされまいとしっかり押さえた。

---

3 **～うにも～ない** 　　　　就算～也 **B**
（動詞ウ形＋にも＋動詞ナイ形＋ない）

意味と用法 「想要做〜，卻沒辦法」之意。時常使用同個動詞ウ形及可能形的組合。

例

意図：intention
恐怖：fear

❶ 国の料理を作りたいが、材料がないので、作ろうにも作れない。
❷ 彼の質問の意図がわからなかったので、答えようにも答えられなかった。
❸ 助けを呼ぼうにも、恐怖で声が出なかった。

3

表現目的或驚訝

---

4 **〜んがため（に）／〜んがための**

（動詞ナイ形＋んがため）＊「する」使用「せんがため」

為了想〜

A

意味と用法 「想要做〜這樣的目的」之意。是比較文言、艱澀的表現。

例

金メダル：gold medal
合併する：to merge

❶ 選手達は金メダルを取らんがために、寝る時間も惜しんで練習に励んだ。
❷ 最近は一つでも多くの製品を売らんがための宣伝ばかりだ。
❸ 父が作った会社を再建せんがために、他の会社との合併の道を選んだ。
❹ 母は幼い3人の子供を抱えて、生きんがために夜遅くまで働いた。

復習問題

問題 ❶ （　　　）の中の動詞を適当な形に変えなさい。

1. このようなばかなことは二度と（する→　　　）まい。
2. その子は他の子におもちゃを（取られる→　　　）まいと、しっかりと握りしめた。
3. 彼は成功（する→　　　）がために、考え得るあらゆる方法を試してみた。
4. 母の病気が治るまでは、お酒は（飲む→　　　）まい。
5. もう終電が行ってしまったので、（帰る→　　　）にも（帰る→　　　）ない。

問題 ❷ （　　　）の中の正しい方を選びなさい。

1. 今日はこんなに青空が広がっているのだから、まさか雨は（降る・降らない）まい。
2. 彼らだけ入会金が免除されるとは、不公平ではある（まい・まいか）。
3. 母親は受験前の子供に風邪を（うつさんがため・うつすまいと）、気をつかっているようだ。
4. 彼女は田舎者とばかに（されまいと・されようにも）、精一杯おしゃれをしてきた。
5. 彼の連絡先を知らないので、連絡（せんがため・しようにも）できない。
6. 大雪で、交通機関がすべてストップしているので、（出かけろう・出かけよう）にも出かけられない。
7. 市民の要望に（応えんがため・応えるまいと）、駅前開発の計画が進められている。
8. 田中さんは親になるべく負担を（かけんがために・かけるまいと）、アルバイトを始めた。
9. おぼれる子供を（助けん・助かん）がために、彼は川に飛び込んだ。

こたえ 問題❶ 1)する／す／し　2)取られ／取られる　3)せん　4)飲む　5)帰ろう／帰れ
問題❷ 1)降る　2)まいか　3)うつすまいと　4)されまいと　5)しようにも　6)出かけよう　7)応えんがため　8)かけるまいと　9)助けん

2

目的・意思・意識②

～たらんとする・～分には・～てみせる・～覚えはない

表達目的、表達強烈決心、以及強烈表示自己想法「不可能會如此」的○
類表現方式。有比較生硬的表現，也有較偏會話的表現，請衡量各種表現
所用的場合，並閱讀例句。

---

5 ～たらんとする
（名詞＋たらんとする）

想成為～ 　A

ふさわしい：suitable

意味と用法「以～為目標」之意。「～」之前所擺的是適合做為目標的
事物。

リーダー：leader, 指導者

例

❶リーダーたらんとする者が、そんな弱気でどうするんだ。

❷このような悪い経済状況の時こそ、優良企業たらんとする強い意思が
必要だ。

❸一流たらんとする選手は、私生活でも自己管理を怠らない。

❹彼女が仕事を辞めたのは、よい母たらんとする意思の表れとも言える。

---

6 ～分には
（動詞辞書形＋分には）

只是（為了）～ 　B

意味と用法「如果只是～的目的」、「如果只是～的程度」之意。經常
用來表現「超過這個限度，就沒辦法達成的心情」。

例

❶個人で楽しむ分には、コピーしても問題ないだろう。

❷手伝ってやる分には問題はないけど、宿題を全部はしてあげられない。

❸スポーツは、見ている分にはいいけど、実際にやってみるとなると結構
大変だよ。

❹このシャツ、家で着る分には悪くないけど、外には着ていけないな。

---

7 ～てみせる
（動詞テ形＋みせる）

絕對會～（給～看） 　B

意味と用法 用來表示決心「絕對要做～」。

宝くじ：lottery

別荘：villa, cottage

例
❶今度の試合には、必ず勝ってみせるから、応援に来て。
❷将来必ず有名なピアニストになってみせる。
❸宝くじを当てて、別荘を買ってみせるから、待っててね。
❹研究を続けて、必ず新薬を開発してみせる。

8 ～覚えはない
（動詞タ形・受身形＋覚えはない）

不記得有～、不記得該～

B

意味と用法 意指「不記得做了～」。照理說不會做了這樣的事情，因此想表示自己的行為正當，自己沒有錯（①②）。此外還用在想責怪對方「沒有～的理由（證據）」（③④）時。

何様のつもり：

who do you think you are?

例
❶この車を買うなんて言った覚えはないよ。契約もしていないし。
❷彼女なんで怒っているんだろう。怒らせるようなことをした覚えもないし。
❸「この仕事明日までにしてね」「何様のつもり！お前に命令される覚えはない。」
❹失敗したのは、私のせいですって？　そんなこと彼に言われる覚えはない。

復習問題

問題❶ abcd を適当な順番に並べ、（　　　）の中に入れなさい。
1. この学校は将来、（　）（　）（　）（　）若者が集まっている。
   a. リーダー　b. ビジネス界　c. たらんとする　d. の
2. 私は法律に触れるよう（　）（　）（　）（　）はない。
   a. ことを　b. 覚え　c. した　d. な
3. 今は小さな役しかもらえないが、いつかは大舞台に（　）（　）（　）（　）。
   a. 立てる　b. みせる　c. 役者に　d. なって
4. 音楽は趣味で（　）（　）（　）（　）仕事にすると大変だ。
   a. けど　b. 分には　c. やる　d. いい

問題❷ （　　　）の中の正しい方を選びなさい。
1. この靴は本格的な登山には向かないが、ちょっとしたハイキングに行く分には（十分だ・不十分だ）。
2. 返せって言われても、君にお金を（借りる・借りた）覚えはないよ。
3. 彼はよき父親（たらんと・にたらんと）、彼なりに努力している。
4. 彼女、今年中に結婚（してみせる・たらんとする）なんて言っていたけど、もう12月だよ。
5. 最近、無言電話がよくある。人に（恨まれる・恨まれた）覚えはないんだけどなあ。
6. 絶対にこの世界で成功（たらんと・してみせると）、彼はみんなの前で誓った。

こたえ 問題❶ 1)bdac 2)dacb 3)acdb 4)cbda
問題❷ 1)十分だ 2)借りた 3)たらんと 4)してみせる 5)恨まれる 6)してみせると

3

使用頻度 ★★

驚き

驚訝

~といったらない／~ったらない・~（とい）ったらありゃしない・~とは・~のなんのって・~も何

是想要傳達「非常~」、「無法置信」這類驚訝的心情。主要用在會話當中，有許多是用在與友人之間較輕鬆的對話。

---

1 ~といったらない／~ったらない　~不知該如何形容~

（い形容詞・動詞辞書形・夕形・名詞＋といったらない／な形容詞＋だといったらない）＊な形有時不加「だ」

B

意味と用法 用來表現驚訝及感嘆的心情，「厲害得不知該如何形容」、「非常~」之意。

例

❶試験を返された時の彼の顔ったらなかった。よほど悪かったのだろう。
❷あの店のラーメンはまずいったらない。よくあれで客が入るなあ。
❸突然爆発音がしたので、驚いたといったらなかった。

---

2 ~（とい）ったらありゃしない　~不知該如何形容才好

（い形容詞・動詞辞書形・夕形・名詞＋といったらありゃしない／な形容詞＋だといったらありゃしない）＊な形有時不加「だ」

B

くだけた：informal

意味と用法 意思與「~といったらない」相同，用在不正式的對話當中。大多使用在形容負面的場合。

例

❶最近忙しいといったらありゃしない。たまには遊びに行きたいよ。
❷彼の言うことはいつもばかばかしいったらありゃしない。
❸また田中に仕事を押しつけられたよ。腹が立つったらありゃしない。

---

3 ~とは　還真是~

（基本体＋とは）＊名詞・な形容詞有時不加「だ」

B

意味と用法 用來表現發生了意料之外的事，「不可置信」的驚訝心情。也使用在句尾（①②）。敘述過去發生的事時，動詞也常用辭書形。若使用ウ形，有更為強調之意（③）。

例

❶あのいつも泣いていた秋子ちゃんが、こんなに立派になるとは、驚いた。

❷大学の出願手続きがこんなに大変なものとは、思いもしなかった。
❸あの大企業がまさか倒産することになろうとは。

3 表現目的或驚訝

4 〜のなんのって

〜極了、〜不得了 **B**

（名詞修飾型＋のなんのって）＊名詞為「な＋のなんのって」形式

★名詞は「形容詞＋名詞」
となる

意味と用法 意指「非常〜，令人無法言喻」。使用在朋友之間的對話當中。

凍え死ぬ：to freeze to death

例
❶あそこの店のカレーはおいしいのなんのって。他の店では味わえないよ。
❷冬の山中は寒いのなんのって。凍え死ぬかと思ったよ。
❸朝起きたら、目覚ましが止まってたよ。焦ったのなんのって。

5 〜も何も

別說〜 **B**

（普通体＋も何も）＊名詞・な形容詞不加「だ」

打ち消す：to deny

意味と用法 用「Ａも何もＢ」的形式，否定對方所說的Ａ內容，表達出Ｂ。表現出對說話者來說，Ａ是不對的。

例
❶貸したお金を返せと言われたけれども、返すも何も借りた覚えなんてないよ。
❷「あの人誰か知ってる？」「知っているも何も、うちの社長だよ！」
❸レポートを提出するも何も、提出期限はとっくに過ぎてますよ。

問題 ❶ 正しい文に〇、そうでない文に ✕ をつけなさい。
1. （　　）今朝は早く起きたったらなかった。
2. （　　）会社を首になったときの彼のショックといったらなかった。
3. （　　）最近の朝の寒さといったらありゃしない。
4. （　　）いくら最近体力が落ちているからといって、腕ずもうで子供に負けるとはね。
5. （　　）この小説、悲しいも何も、泣けたよ。

問題 ❷ （　　　　）の中の正しい方を選びなさい。
1. まさかちょっと目を離したすきに、かばんを盗まれる（とは・のなんのって）。
2. こんな失敗をするなんて、情けない（とは・ったらありゃしない）。
3. ネットを見てたら、私の写真が知らないサイトに出てたの。驚いた（のなんのって・とは）。
4. 父親から留学を許してもらった時の彼女のうれしそうな顔（のなんのって・といったらなかった）。
5. 「あしたのパーティー、行くでしょ？」「えっ？（行く・行かない）も何も、聞いてないよ」

こたえ 問題❶ 1)✕ 2)〇 3)〇 4)〇 5)✕
問題❷ 1)とは 2)ったらありゃしない 3)のなんのって 4)といったらなかった 5)行く

4

場合によって

依照場合

~ようによっては・~いかんだ／~いかんでは・~によらず・~(の)いかんによらず／~(の)いかんにかかわらず／~(の)いかんを問わず

用來表現「依照狀況而有所不同，或是與狀況無關皆相同」。有些表現方式較生硬，有些也許不常聽到，請一邊閱讀例句一邊確認意思。

---

1 ~ようによっては
（動詞マス形＋ようによっては）

依照~不同　**B**

意味と用法 「依照方法~」、「依照方式不同~」之意。用來表示「依照方法不同，什麼樣的可能性都有」。

例

❶「この絵何に見える？」「見ようによっては、花瓶にも、女性にも見えるね」
❷考えようによっては、ストレスをためながら働くより転職した方が得かもしれない。
❸新製品は、使いようによっては便利かもしれないけど、場所を取るよね。
❹お詫びの手紙は、書きようによっては、言い訳ばかりになる。

ストレス：
stress, 精神的緊張
得：profit ⇔ 損

---

2 ~いかんだ／~いかんでは
（名詞＋いかんだ）

就看~　**A**

意味と用法 表示「依照~來決定結果」之意。有慣用句型，「いかんともしがたい＝怎麼做都沒辦法」，以及「いかんせん＝無論怎麼做也~，很遺憾」。

例

❶部長になれるかどうかは、今月の営業成績いかんだ。
❷相手の対応いかんでは、裁判をすることになるかもしれない。
❸明日のイベントは天候いかんでは中止になります。
❹早く相談してくれればよかったのに、今となってはいかんともしがたい。
❺趣味で絵を描き始めたが、いかんせん時間がなくて、ゆっくり取り組むことができない。

裁判：trial
イベント：event, 行事

---

3 ~によらず
（名詞＋よらず）

與~無關、與~不同　**B**

★「見かけによらず」是常用表現

北極星：Polaris

| 意味と用法 | 「與〜無關」之意。 |

例

❶彼女は見かけによらず、意思が強くて頑固だ。
❷「物体の落下速度は、物体の重さによらず一定である」って習ったなあ。
❸北極星は季節や時間によらず、いつも真北の方向に見えます。
❹ここのアルバイトの時給は、仕事の内容によらず、一律である。

3
表現目的或驚訝

4　〜（の）いかんによらず／〜（の）いかんにかかわらず／〜（の）いかんを問わず
（名詞＋（の）いかんによらず）

不論〜

A

★常用語彙：「理由・事情・結果」等等

| 意味と用法 | 「無論〜都無關」之意。是較生硬的表現。 |

例

❶一度提出した書類は、理由のいかんによらず、お返ししません。
❷事情のいかんにかかわらず、人の物を盗むことは許されない。
❸この活動は、国籍のいかんを問わず、どなたでも参加できます。
❹検査の結果いかんにかかわらず、しばらく通院が必要だということだ。

復習問題

問題❶ 正しい文に○、そうでない文に × をつけなさい。

1. （　　　）節約したが、やりようによっては無理だった。
2. （　　　）田中さんは見かけによらず、スタイルがいい。
3. （　　　）天候のいかんでは、旅行の予定を変更せざるを得ない。
4. （　　　）この映像のコピーは、目的のいかんによらず、禁止されている。
5. （　　　）表現しようによっては、人を傷つけるようなことを書いてはいけない。
6. （　　　）送料は購入金額によらず、無料です。
7. （　　　）あしたは寒さいかんにかかわらず、絶対出かけようね！
8. （　　　）手伝ってあげたいのだけど、いかんせん、専門外なので何ともしがたい。

問題❷ （　　　）の中の正しい方を選びなさい。

1. 当日の参加者の状況（ようによっては・いかんでは）、内容を変更しなければならないだろう。
2. 少子化を抑えるためには、性別の（いかんによらず・いかんでは）育児休暇などが使える環境を整えなければならない。
3. 趣味で陶芸を始めたのだが、（いかんせん・いかんを問わず）不器用で、なかなかいいものができない。
4. 一度は断られたけれども、（頼む・頼み）ようによっては、手伝ってくれるかもしれない。
5. 田中さんに連絡するように頼まれたが、（連絡先を知らないので・さっき別れたばかりなので）いかんともしがたい。
6. お客さま相談窓口の電話番号は、曜日・時間帯によらず（いつでも通話可能です・込み合い具合は変わりません）。

こたえ 問題❶ 1)× 2)× 3)○ 4)○ 5)× 6)○ 7)× 8)○
問題❷ 1)いかんでは 2)いかんによらず 3)いかんせん 4)頼み 5)連絡先を知らないので 6)いつでも通話可能です

5

使用頻度 ★★★

みたいだ

像是

～とばかり（に）・～んばかり（に）・～（が）ごとく／～（が）ごとき・～かのごとく／～かのごとき

與「みたい」的表現方式相同，是用來表示實際上也許不是這樣，但看起來如此。以下所列舉的，大多是比起「～みたい」、「～ようだ」更為艱澀的表現。

---

1 ～とばかり（に）
（普通体＋とばかりに）　＊名詞及な形容詞有時不加「だ」

像是在說～　**A**

意味と用法「像是在說～」之意。實際上可能並沒有如此說出來，但態度和樣子，看起來像是正是這麼說。

例

❶何か意見はありませんかと聞くと、彼女は「待ってました」とばかりに文句を言い始めた。

❷バレンタイン前になると、菓子業界ではここぞとばかり、チョコレートの宣伝を始める。（＝今こそチャンス）

❸国会で首相が失言すると、この時だとばかりに野党が責任を追及した。

❹ゲームで遊んでいると、父は「そんな暇があったら勉強しろ」とばかりに僕をにらむ。嫌だな。

---

2 ～んばかり（に）
（動詞ナイ形＋んばかりに）　＊「する」使用「せんばかり」

幾乎像是～　**A**

★「～と言わんばかりに」
＝「～とばかりに」

倒産する：to become bankrupt

土下座する：
to kneel down on the ground

融資：business loan

意味と用法「現在也像是要做～」之意。或是並沒有這麼做，但程度上看起來像是如此。由於是表示說話者所看到的狀況，所以不能用來描述說話者自己的樣子。

例

❶倒産しそうになった社長は、土下座せんばかりに、必死に融資を頼んだ。

❷クリスマス商戦に入った店には、あふれんばかりの品物が並んでいる。

❸彼は見てくださいと言わんばかりに、初めての子の写真を机に並べた。

---

3 ～（が）ごとく／～（が）ごとき
（動詞辞書形・タ形＋（が）ごとく／名詞＋のごとく）

如同～、像～　**A**

★～ごとき＋名詞

意味と用法 「像是～」之意。是比較文言的生硬表現。「ごとき」的後面接名詞。名詞後面如果沒有「の」，例如「私ごとき」、「お前ごとき」，是表示「～なんか」像～這樣之意，用來表示否定（③④）。

例

❶上に述べたごとく、役員会で決定されました。
❷桜の花びらが舞うがごとく散っている。
❸お前ごときに、負けるはずがない。（＝あなたのような弱い人に）
❹どんなに体調が悪くても、子供ごときに山田さんが負けるわけがない。

3

表現目的或驚訝

---

4 ～かのごとく／～かのごとき

宛如～

（普通体＋かのごとく）※前面接續名詞及な形時使用「＋であるかのごとく」

A

★～かのごとき＋名詞
（普通体＋かのごとく）

意味と用法 「宛如～一樣」之意。是比較文言的生硬表現。

例

❶彼女は、初めて会ったにもかかわらず、昔から知っているかのごとき態度で話をする。
❷私が何か悪いことをしたかのごとく、人に言うのはやめてください。
❸汚職事件が発覚したが、幹部達は自分には関わりがないかのごとく振る舞っている。

汚職：corruption
幹部：executive

復習問題

問題 ❶ 正しい文に〇、そうでない文に × をつけなさい。

1. （　）夜中にトイレに起きた子供は、おばけでも見たかのごとき、突然泣き出した。
2. （　）選手は、審判に殴りかからんばかりの勢いで抗議した。
3. （　）あのロック歌手は、彼にとって神様のごとき存在のようだ。
4. （　）このアニメは大人ごときが見るようなものではない。
5. （　）休憩時間が終わり、田中さんは、「さあ、やるぞ」とばかりに勢いよく立ち上がった。
6. （　）何にでも効くかのごとく宣伝をしているが、あの薬、本当に効くのだろうか。
7. （　）彼女は疲れんばかりに、ソファで眠っていた。
8. （　）この料理は一流レストランとばかりに、おいしい。

問題 ❷ （　　　）の中の正しい方を選びなさい。

1. 私ごときには、このような大役は（無理・簡単）です。
2. ニュースでは、すぐにでも戦争が始まる（のごとき・かのごとき）報道を繰り返している。
3. 父は今にも怒りが爆発（しん・せん）ばかりだった。
4. その話を聞いて、彼女は今にも（泣き出さんばかり・泣き出すごとき）だ。
5. 仕事中、一息ついていたら、さっさと（やった・やれ）とばかりに上司ににらまれた。
6. 「合格だよ」と言われ、彼はやった（ごとく・とばかりに）、両手を上げた。
7. 彼は初めて（聞いたかのごとく・聞かんばかりに）言っているが、前にも何回も言ったことがある。

こたえ 問題❶ 1)× 2)〇 3)〇 4)× 5)〇 6)〇 7)× 8)×
問題❷ 1)無理 2)かのごとき 3)せん 4)泣き出さんばかり 5)やれ 6)とばかりに 7)聞いたかのごとく

1 （　　）に適当なことばを〔　　〕から選んで入れなさい。

① [　まい　みせる　とばかりに　覚えはない　といったらありゃしない　]

将来は外交官になるつもりだと言ったら、田中のやつが、あきれた（　　）、笑い出した。失礼（　　）。彼に笑われる（　　）。「だって、英語が苦手なくせに、よく言うよ。それに頭もよくなくちゃね」。よし、絶対にあきらめる（　　）。外交官になって（　　）。そう心に誓った。

② [　にも　とは　まいか　いかんでは　いかんせん　たらんとする　んがために　]

彼は、自分の店を持た（　　）、一生懸命お金をため、また料理人として修行を積んでいる。一流の料理人（　　）者は、自分の舌に自信を持たなければならないと、あちこちの店も食べ歩いている。だから、料理人としてはそろそろ独立してもいいのではある（　　）と思う。しかし、（　　）、資金がないので、まだ持とう（　　）持てない。お金でこんなに苦労する（　　）。計画の内容（　　）お金を貸すと言ってくれる銀行もあるので、それも考えてみるつもりだ。

2 a～dの中で正しいものを選びなさい。

①25歳も年上の結婚相手を見て、父はソファから（　　）んばかりに驚いた。
　a. 飛び上がる　　b. 飛び上がらない　　c. 飛び上がら　　d. 飛び上がった
②授業中に急に大声を出すんだもん。驚いた（　　）。
　a. とは　　b. も何も　　c. のなんのって　　d. まいか
③どんなにお金がなくても、二度と借金などする（　　）。
　a. まい　　b. まいか　　c. まいと　　d. まいだ
④彼女は、お化けでも（　　）顔で、僕のことを見た。
　a. 見んがための　　b. 見たいかんの　　c. 見んばかりの　　d. 見たかのごとき
⑤この部屋は、夫婦2人で住む（　　）いいけれども、子供が生まれると、ちょっと狭いな。
　a. も何も　　b. いかんでは　　c. とばかりに　　d. 分には
⑥次の大会では、絶対に3位以内に（　　）。
　a. 入るまい　　b. 入ってみせる　　c. 入るとは　　d. 入らんとする
⑦仕事をしながら、子供を育てるのがこんなに大変（　　）。
　a. とは　　b. のなんのって　　c. な覚えはない　　d. といったらない
⑧初めて一人暮らしをしたときの（　　）といったらなかった。
　a. うれしい　　b. うれしく　　c. うれしさ　　d. うれしかった
⑨前にちゃんと言ったのに、彼女は初めて聞いた（　　）顔をした。
　a. ごとく　　b. ごとき　　c. とばかりに　　d. とばかりな
⑩一度支払われた会費は、理由（　　）返金できませんので、ご了承ください。
　a. も何も　　b. ようによっては　　c. の分には　　d. のいかんによらず

①部下に仕事を頼もうとしたら、嫌だと（　　　　）向こうを向いてしまった。
　　a. ごとく　　　b. いわんがために　　　c. ばかりに　　　d. いったらなく
②突然バイクが飛び込んできたので、（　　　　）逃げられなかった。
　　a. 逃げるにも　　　b. 逃げたいにも　　　c. 逃げようにも　　　d. 逃げられるにも
③話を（　　　　）かまわないけど、お役に立てるかどうかわからないな。
　　a. 聞きようによっては　　　b. 聞くまいと　　　c. 聞くも何も　　　d. 聞く分には
④彼は、成功（　　　　）に、考え得るあらゆる方法を試してみた。
　　a. しんがため　　　b. せんがため　　　c. すんがため　　　d. するんがため
⑤出席もぎりぎりだし、今度の試験の結果（　　　　）、進級できないかもしれない。
　　a. いかんでは　　　b. ようによっては　　　c. ごとく　　　d. 問わず
⑥よく見たら、左右違う色の靴をはいてきてたよ。恥ずかしい（　　　　）。
　　a. も何も　　　b. のなんのって　　　c. いかんだ　　　d. 覚えはない

3 ［　　　　］の中から動詞を選び、適当な形にして（　　　　）に入れなさい・＊1回だけ

［　する　使う　言う　入れる　入る　流す　泣く　汚す　］

①息子が希望の大学に合格したと聞いて、彼女は涙を（　　　　）んばかりに喜んだ。
②彼は長年の夢を実現（　　　　）んがために、留学を決意した。
③この旅行かばん、確かに大きくはないけれども、（　　　　）ようによっては、結構入るよ。
④（　　　　）まいと思ったけれども、みんなとはもう会えないと思うと、涙が出てきた。
⑤絶対に試験に合格して、あの大学に（　　　　）みせる。
⑥新しい靴なので、（　　　　）まいと、気をつけて歩いた。
⑦だれにも迷惑をかけていないのだから、文句を（　　　　）覚えはない。
⑧趣味で（　　　　）分には、このくらいのカメラで十分だと思うよ。

4 （　　　　）に適当なことばを〔　　　　〕から選んで入れなさい・

［　いかんだ　とばかりに　まいか　まいと　とは　分には　によらず　たらんとする　］

①彼女、ローンも組まず、現金で家を買った（　　　　）、すごいね。
②重要な打ち合わせだから、絶対に忘れ（　　　　）赤字で予定表に書き込んだ。
③今回の仕事は経験の有無（　　　　）、だれでも応募できる。
④よき指導者（　　　　）者は、ぜひこの本を読んでおくべきだ。
⑤成績が伸びるかどうかは、本人の今後の努力（　　　　）。
⑥こちらのソフトはフリーソフトですので、個人で使用する（　　　　）、ご自由に使っていただいて
　かまいません。
⑦散歩に行こうと立ち上がったら、愛犬が「連れていって」（　　　　）、飛びついてきた。
⑧言葉ができて初めて、その国の文化が理解できるのではある（　　　　）。

①a. あしたは何時に起き<u>ようによっては</u>、遅刻する可能性がある。

　b. あの雲、見<u>ようによっては</u>、パンダみたいに見えるね。

　c. 大変な仕事だけど、黒木君なら、頼み<u>ようによっては</u>、引き受けてくれるかもしれないよ。

②a. 30分も待っているのに友人はまだ来ない。腹が立<u>つったらありゃしない</u>。

　b. 初めて雪を見たときのパーンさんの顔<u>ったらありゃしなかった</u>。

　c. まじめな田中さんが、学校に遅刻する<u>ったらありゃしない</u>よ。

③a. うちに帰る<u>も何も</u>、もう終電、行っちゃったよ。

　b. 感想<u>も何も</u>、私、その映画見たことないから。

　c. 掃除<u>も</u>洗濯<u>も何も</u>、時間がかかるったらありゃしない。

④a. 専門家によると、今後、失業率は下がっていく<u>ごとく</u>の予想だ。

　b. 大型トラックが通った時は、まるで地震があったかの<u>ごとく</u>揺れる。

　c. 上述の<u>ごとく</u>、この病気の原因としては、さまざまなものが考えられる。

まとめテストのこたえ

1 ①とばかりに　といったらありゃしない　覚えはない　まい　みせる
　　②んがために　たらんとする　まいか　いかんせん　にも　とは　いかんでは

2 ①c　②c　③a　④d　⑤d　⑥b　⑦a　⑧c　⑨b　⑩d　⑪c　⑫c　⑬d　⑭b　⑮a　⑯b

3 ①流さ　②せ　③入れ　④泣く　⑤入って　⑥汚す　⑦言われる　⑧使う

4 ①とは　②まいと　③によらず　④たらんとする　⑤いかんだ　⑥分には　⑦とばかりに　⑧まいか

5 ①a　②c　③c　④a

第 **4** 章

強調及並列

學習想要特別強調某事時的表現，以及舉例時的表現。

1

使用頻度 ★★

限定と強調①

限定及強調①

~にして（も）・~にしてはじめて・~てこそはじめて

限定「只有這個」、「只有這種狀況」，並加以強調的表現方式。以下三個項目，形式及使用方法都很類似，請確認意思等相異處，並閱讀例句。

---

1 ~にして（も）
（名詞＋にして）

就連~也、同時也是~

A

意味と用法 指「連~都…沒辦法、很難」之意。也有「~同時~也是」之意（⑤）。

例

素人：amateur ⇔ 玄人

遺跡：remains

❶専門家の彼にして、解決できないのだから、素人の私には無理だ。
❷現代の医学にしても、治せない病気がある。
❸古代遺跡の中には、現代の科学にして、解けない謎がたくさんある。
❹一番の技術を持つ会社にして、「困難な開発だった」と言わせるほどの製品だった。
❺彼は会社の社長にして、数学者でもある。（×にしても）

---

2 ~にしてはじめて
（名詞＋にしてはじめて）

正因為~才能夠、到了~才

A

意味と用法 「正因~才能夠」之意。「~」的部份是人，表示「除~以外不行」（①~④）之意。以及「~之後才第一次」之意（⑤⑥）。此時可以只用「にして」（⑤）。

例

知りつくす：
to have full knowledge of

技：skills

シェフ：chef, 料理長

司法試験：bar exam

弁護士：lawyer

❶これは、専門家の山田さんにしてはじめて気づく問題だ。（＝山田さん以外はできない）
❷この動物記は、動物とともに暮らし、自然を知りつくしている彼にしてはじめて書けた本だ。
❸さすがすばらしい勝ち方ですね。横綱にしてはじめてできる技ですね。
❹この微妙な味は、有名レストランで修行したシェフにしてはじめて出せる味だ。
❺3回目にして、やっと司法試験に合格した。これで弁護士になれるぞ。
❻35歳にしてはじめてクラッシック音楽のコンサートを聴きに行った。

3 〜てこそはじめて
（動詞テ形＋こそはじめて）

直到〜才　**A**

cf. ばこそ（P.50）
こそすれ（P.65）

頭を下げる：to apologize
平社員：subordinate officer

意味と用法 「直到〜才可能」之意。表示「若不做〜沒辦法…」之意。

例

❶失敗してこそはじめて、この仕事の難しさが本当にわかるだろう。
❷社長が頭を下げてこそはじめて、お客も許してくれるんで、平社員が謝ってもね。
❸親元を離れ一人で生活してこそはじめて、親のありがたさがわかる。
❹人一倍努力してこそはじめて、得られた優勝だ。
❺自然などあるのが当たり前だと思っていたが、失ってこそはじめてその価値がわかる。
❻情報は、知るべき人が知ってこそはじめて、役に立つ。その情報をどう生かすかだ。

4 強調及並列

復習問題

問題 ❶ （　　　）の中の正しい方を選びなさい。

1. ベテランの田中さん（にして・にしてはじめて）解決できない問題なんだから、新人の僕には無理だよ。
2. 母は50歳（にしてはじめて・にしてこそはじめて）海外旅行に行くことになり、浮かれている。
3. 自分の考えや気持ちは言葉（にしてこそはじめて・にしても）他人に理解してもらえる。
4. 今は大企業にして（倒産しない・簡単に倒産する）時代だ。
5. 日本語の自然な使い方は、日本で勉強してこそはじめて（身につく・身につかない）ものだと思う。

問題 ❷ a〜cの中から（　　　）に入れる適当なものを選びなさい。

1. 何百回と舞台を踏んだことのある俳優にしても（　　　）。
   a. 緊張するはずがない
   b. 緊張することがある
   c. 今回初めて緊張した
2. このプロジェクトはみんなが協力し合ってこそはじめて（　　　）。
   a. 成功するものだと思う
   b. うまくいかない可能性はある
   c. 失敗できない
3. 技術を身につけた職人にしてはじめて、（　　　）。
   a. 私は教えてもらいたいと思うのだ
   b. この工芸品の修復は無理なのだ
   c. こんなに細かい仕事ができるのだ

こたえ 問題❶ 1)にして　2)にしてはじめて　3)にしてこそはじめて　4)簡単に倒産する　5)身につく
問題❷ 1)b　2)a　3)c

2

使用頻度 ★

限定と強調②

限定及強調②

～ばこそ・～なくして（は）～ない・～なしに／～なしに（は）・～あっての

學習「繼續、以及強調」的表現。以及「沒有～便沒辦法」這樣的形式，用來強調重要性。

---

4 **～ばこそ** 正因為～ **B**
（動詞・い形容詞バ形＋ばこそ）＊名詞及な形使用「＋であればこそ」

強調する：to emphasize
cf. てこそはじめて（P.49）
　　こそすれ（P.65）

意味と用法 形式為「ＡばこそＢ」，表示「只有Ａ這種狀況，會成為Ｂ」之意，用來強調Ａ。

例
❶「どうしてあんなに厳しいんだろう」「愛していればこそ、時には厳しくする必要があるんだよ」
❷人間であればこそ、言葉を使ってコミュニケーションできるのだ。
❸働かずに遊んでいても親に助けてもらえるのは、親が健康であればこそだ。
❹家族のことを思えばこそ、大変な仕事も我慢できるという人は多いだろう。

---

5 **～なくして（は）～ない** 如果沒有～就沒辦法 **A**
（名詞＋なくして＋動詞ナイ形＋ない）

★コメントする＝論評する
市場調査：market research
消費者：consumer
思いやり：consideration

意味と用法 「如果沒有～，沒辦法…」、「正因為有～所以可以…」之意。是用來表現「～是一定需要的」。

例
❶父の経済的な援助なくして、大学は卒業できなかった。
❷彼女は、家族の協力や応援なくしては、優勝できなかったとコメントした。
❸市場調査なくして、消費者動向はわからないと、アンケートを実施した。
❹相手に対しての思いやりなくしては、人間関係はうまくいかないだろう。

---

6 **～なしに／～なしに（は）** 沒有～、未～ **B**
（名詞＋なしに）

cf. ことなしに（P.91）

意味と用法 「沒有～」之意。大多用來表示「如果沒有～，沒辦法…」之意，特別是使用「～なしには」時，後句幾乎會是「～ない」。

例

断り＝許可：permission

❶断りなしに、私の物に触らないでください。

❷ここのショッピングサイトは、クレジットカードの登録なしにご利用できます。

❸努力なしに成功できるなんて、思わないほうがいいよ。

❹18歳未満の方は、両親の同意なしには携帯電話は買えません。

罰金：fine

❺許可なしにここに駐車された場合は、罰金 1 万円を申し受けます。

---

7 ～あっての
（名詞＋あっての）

正因為有～

A

意味と用法 「只有在有～的情況，才可能～」之意。表示「若沒有～，便沒辦法存在、不可能」。

例

❶お客さまあっての会社です。だから、お客さまを大事にしなければ。

❷失敗あっての成功だ。「失敗は成功の母」っていうだろ？

維持する：to maintain

❸芸術家って、才能あっての職業だから大変だね。才能を維持するだけでも大変だ。

★命あっての物種：
Where there is life, there is hope.

❹酒とタバコはもうやめたよ。命あっての物種だからね。（慣用句＝何事も命があればこそできる）

復習問題

問題❶ 正しい文に○、そうでない文に × をつけなさい。

1. （　　）雑誌は読者あってのもので、売れなくても仕方がないだろう。
2. （　　）安全のため、保護者の付き添いなしには、お子さんの入場は許可できません。
3. （　　）さまざまな考えを持った人がいるから、話し合いなくしては理解し合うのは難しい。
4. （　　）簡単だったので、予習なくして授業に出たら、さっぱりわからなかった。
5. （　　）あなたの協力があればこそ、この仕事を完成させることができないのです。
6. （　　）このサービスは事前の登録なしには使えます。

問題❷ （　　）の中の正しい方を選びなさい。

1. 先生の許可（なければこそ・なしに）、この装置を使うことはできない。
2. 観客の拍手が（あればこそ・あっての）舞台で精一杯表現しようという気持ちになる。
3. 皆さまの応援（あっての・なくして）私の当選はございません。
4. お客さん（なしにはの・あっての）商売だから、サービスを第一に考えています。
5. 過去の正しい認識（なくして・があればこそ）、未来は語れない。
6. 努力なくして成功は（あり得る・あり得ない）。

こたえ 問題❶ 1)× 2)○ 3)○ 4)× 5)× 6)×
問題❷ 1)なしに 2)あればこそ 3)なくして 4)あっての 5)なくして 6)あり得ない

3

使用頻度 ★★

限定と強調③

限定及強調③

~ならでは・~以外のなにものでもない・(ただ)~のみならず・ひとり~のみならず／ひとり~だけでなく

本節學習限定的表現方式，意指「其他沒有的，是有特色的~」，強調「就是這個」。以及相反的表現方式「不只有這個，還有其他的」。

---

8 ~ならでは
（名詞＋ならでは）

只有~才 **B**

意味と用法 意指「只有這個可以~」、「獨特的~」。後面接續名詞時使用「ならではの」。

例

コンテスト：contest, 競技会

❶このアニメはこの制作会社ならではだ。絵や色に特徴がある。
❷このおいしさは、料理コンテストの日本一の小林さんならではの味だ。
❸これは大工が一つ一つ心をこめて作った家具で、手作りならではの温かさがある。
❹桜の下でお弁当を広げて、ビールで乾杯っていうのは日本ならではの光景だ。

---

9 ~以外のなにものでもない
（名詞＋以外のなにものでもない）

根本是~ **B**

意味と用法 「根本是~」、「完全是~」之意。

例

偏見：prejudice

❶女性は料理が上手だなんて、偏見以外のなにものでもない。
❷路上で許可なしで販売するなんて、交通法違反以外のなにものでもない。
❸私にとって、外国語を書くことは苦痛以外のなにものでもない。

常識：common sense

❹真夜中に大した用もないのに電話をするなんて非常識以外のなにものでもない。

---

10 （ただ）~のみならず
（名詞修飾型＋のみならず）＊名詞不加「の」，或是使用「である」接續
＊な形有時也使用「である」接續

不僅是~也 **B**

意味と用法 「不只~，…也」之意，是較為生硬的表現。「ただ」是用

來強調的。

例

❶彼女は、容姿のみならず、性格もすばらしい。
❷コンピューター・ゲームは、購入価格が高いのみならず、子供の脳に悪影響を与えるおそれもある。
❸あの国は、資源が豊富であるのみならず、優れた人材も出ている。
❹彼はただ平和を願ったのみならず、平和のために活動をし続けた。

人材：human resources

---

11 ひとり～のみならず／ひとり～だけでなく　不只是～ A

（ひとり＋名詞修飾型＋のみならず）＊名詞不加「の」，或是使用「である」接續＊な形有時也使用「である」接續

意味と用法 意指「不只是這樣」。「ひとり」的意思不是指「一個人」，而是指「只有」。

例

❶二酸化炭素削減の問題は、ひとり企業のみならず、個人の問題でもある。
❷就職難はひとり大学生が直面しているのみならず、金融危機以降の求職者に起こっている傾向だ。
❸新しいシステム導入に関しては、ひとり管理職だけでなく、社員の考えも聞くべきだ。
❹国境問題はひとりわが国だけでなく、世界全体の問題だ。

4

強調及並列

復習問題

問題 ❶ 正しい文に○、そうでない文に × をつけなさい。

1. （　　）入院はひとり本人がつらいだけでなく、家族にとってもつらいものだ。
2. （　　）この苦さは薬以外のなにものでもない。
3. （　　）海のそばならではの新鮮な刺身をお召し上がりください。
4. （　　）相撲は外国人のみならず、日本人にも人気がある。
5. （　　）ただ平和を祈るのみならず、何か行動を起こそう。
6. （　　）この情報をお教えするのは、あなたならではですよ。
7. （　　）井上氏の先日の発言は、会社批判以外のなにものでもない。

問題 ❷ （　　　　）の中の正しい方を選びなさい。

1. 楽しく演奏できればそれでいいなんて、自己満足（ならではだ・以外のなにものでもない）。
2. ここからは最上階（ならでは・ならではの）眺めが楽しめる。
3. 小学校の先生は、ただ（厳しい・厳しく）のみならず、時には優しく指導して下さった。
4. 彼は（勇敢ひとり・ひとり勇敢）であるのみならず、周りに対する配慮もできる人だ。
5. その行為は、選挙妨害（以外のなにものでもない・な以外のなにものでもない）。
6. 両親（ならでは・のみならず）、親戚までも私の結婚に反対だった。

こたえ 問題❶　1)○　2)×　3)○　4)×　5)○　6)×　7)○
問題❷　1)以外のなにものでもない　2)ならではの　3)厳しい　4)ひとり勇敢　5)以外のなにものでもない　6)のみならず

4

使用頻度 ★★

並列

~であれ~であれ・~ては、~ては~・~つ~つ・~といい~といい・~なり~なり・~だの~だの(と)／~の~の(と)・~うが~うが

這是舉例時的表現方式，像「～や～や」（～或～）、「～とか～とか」（～還是～還是）。有些是並列名詞，有些並列動詞。舉例的目的不同，句型也不同，請注意這點來閱讀例句。

---

1 ~であれ~であれ
（名詞＋であれ）

不論~或~ **B**

意味と用法 「例如～也～也～」之意。使用在先舉例，並說明其他同種事物也相同。常使用反義語的組合，來表現「不論是怎樣的狀況都～」之意。

例

❶男であれ、女であれ、自分の能力が生かせる仕事を見つけたいものだ。
❷彼が言ったことが本当であれ、うそであれ、今は確かめようがない。
❸ユリであれ、バラであれ、匂いがする花をお見舞いに持っていかないでね。

---

2 ~ては~、~ては~
（動詞テ形＋は＋動詞マス形、動詞テ形＋は＋動詞）

~就~、~又繼續~ **A**

意味と用法 形式為「Ａ ては Ｂ、Ａ ては Ｂ」，表現「做了 A 之後做 B」，並且不斷重複。有時也只單獨使用「Ａ ては Ｂ」（③）。

例

❶転んでは立ち上がり、また転んでは立ち上がる。人生はその繰り返しだ。
❷きのうは女友達が集まって、ワインを片手に、料理を作っては食べ、作っては食べるという楽しい時間を過ごした。
❸若いころ、彼は酔ってはけんかするという毎日だったそうだ。

---

3 ~つ~つ
（動詞マス形＋つ）

忽~忽~ **A**

意味と用法 「一下～一下～」之意。使用兩個相對的動詞，用來表現重複著「一下～一下～」的樣子。並非所有動詞都能使用，是固定的表現。

★除了例句的表現之外，還
有「追いつ追われつ」「
持ちつ持たれつ」等

空想：imagination

霧：fog

例

❶彼女は空想の世界と現実の世界の間を行きつ戻りつしながら、小説を書いている。
❷霧の向こうに、湖が見えつ隠れつしていた。
❸二人の選手は、抜きつ抜かれつしながら、ゴールまで来た。

---

4 ～といい～といい

（名詞＋といい）

不論是～或是～

B

意味と用法 「～也～也，全部」之意。像例句①②一樣，常使用在表現正面或負面評價。

例

❶このコーヒーは味といい、香りといい、すばらしい。
❷兄といい、弟といい、あそこの兄弟は、人に迷惑をかけてばかりいる。
❸彼はちょっとした表情といい、話し方といい、死んだ父親によく似ている。

---

5 ～なり～なり

（名詞・動詞辞書形＋なり）

也好～也好～

B

意味と用法 「～也好～也好～」之意。舉幾個選項，表示不論哪個都好。也可以和「何」、「どこ」、「いつ」等等組合使用（③）。

例

❶冷蔵庫のジュースなり、ミルクなり、好きな物を飲んでいいよ。
❷会社情報は、人に聞くなり、ネットで調べるなりすれば、簡単にわかる。
❸休みは出かけるなり何なりして、自由にしてください。

---

6 ～だの～だの（と）／～の～の（と）

（普通体＋だの／普通体＋の）

說是～還是～

B

意味と用法 「～或是～或是，（說了）很多事情」之意。用來表現說話者對對方的發言內容感到不滿時使用。

例

❶色が嫌だだの、デザインが気に入らないだのと、母が買った服を着ようとしない。
❷きれいになるだの、やせるだの言われ、高い化粧品と薬を買わされた。
❸この部屋はエアコンがないから、暑いの、寒いのと文句ばかり言う。

7	**〜うが〜うが／〜うと〜うと／〜だろうが〜だろうが／〜だろうと〜だろうと**	就算〜就算〜	**B**
	（動詞・い形容詞ウ形＋が／名詞・な形＋だろうが）		

意味と用法　「就算〜也〜」、「〜的狀況也〜的狀況也」之意。

例

義理：duty

❶病気だろうが、けがだろうが、そうそう何日も休んでいられない。
❷高かろうが、悪かろうが、義理があるあの店で買わざるを得ない。
❸道具を借りようが、買おうが、どちらでもかまわないから、必要なら調達しなさい。

8	**〜というか〜というか／〜といおうか〜といおうか**	不論是〜或是〜、是〜還是〜	**B**
	（普通体＋というか）＊名詞・な形容詞不加「だ」		

意味と用法　「〜也好，〜也好」之意。使用在「怎麼說都可以、怎麼想都可以，非限定」的情況。

例

非行：delinquency

信念：belief

❶親が悪いというか、学校が悪いというか、子供の非行は教育の問題です。
❷不親切といおうか、不勉強といおうか、最近の店員はだめだね。
❸君は人の影響を受けやすいというか、自分の考えがないというか、信念がないのかね。

9	**〜といわず〜といわず**	不論是〜或〜	**B**
	（名詞＋といわず）		

cf. とは言わず（P.82）

意味と用法　句型是「AといわずBといわず」，用來表示「不只是A也不只是B，全部都是」之意。

例

サプリメント：supplement, 栄養補助食品

❶彼は夏といわず冬といわず一年中ビールばかり飲んでいる。
❷彼は朝食といわず、夕食といわず、頻繁にサプリメントを取る。
❸子供といわず、大人といわず、携帯電話でゲームを楽しむ光景が見られる。

10	**〜とも〜ともつかぬ／〜とも〜ともつかない**	不知究竟是〜還是〜	**A**
	（普通体＋とも＋普通体＋ともつかぬ）＊名詞及な形容詞不加「だ」		

意味と用法　形式為「AともBともつかぬ」，表示「不清楚究竟是A還是

B」之意。「つかぬ」後面接續名詞。

肯定：positive ⇔否定

例

❶彼は飲み会に行くとも行かないとも つかぬあいまいな返事をした。
❷上司に休暇を願い出たら、肯定とも否定ともつかない返事をされた。
❸試験に落ちたと言った時、母は驚きともため息ともつかぬ声を出した。

---

11 〜かれ〜かれ

或〜或〜 **A**

（い形の辞書形の「い」がない形＋かれ）＊「いい」使用「よかれ」

★常用的形容詞：「早い、遅い、多い、少ない、良い、悪い」等。

聴衆：audience
精一杯：best

意味と用法 「〜也〜也」之意。只用在限定的形容詞。

例

❶遅かれ早かれ、消費税が上がるのは時間の問題だ。
❷聴衆が多かれ少なかれ、精一杯歌うだけだと歌手は言った。
❸よかれ悪しかれ、試験の結果は来月になればわかるだろう。

復習問題

問題❶（　　　）の中の正しい方を選びなさい

1. 今度の休みは長いので、旅行に行く（なり・といい）、うちでのんびりする（なり・といい）、好きなようにして過ごしてください。
2. 肉（であれ・といい）、野菜（であれ・といい）、料理の素材は新鮮なものを選んで買うようにしている。
3. 今回のレースでも、二人は（追いつ追われつ・追っては追われては）の接戦を演じた。
4. 旅行のよさは、国内（といい・であれ）、海外（といい・であれ）、普段の生活と異なった雰囲気を味わえることだ。
5. 着なくなった服は、人にあげる（といわず・なり）、捨てる（といわず・なり）したほうがいい。
6. 彼は見た目（といい・なり）、性格（といい・なり）、女の子に人気があるのはわかる。
7. 彼は（忙しかろう・忙しいかろう）が、（暇かろう・暇だろう）が、毎日お酒を飲むことは忘れない。
8. 新しい製品ができるまでは、何度も（作りつ壊しつ・作っては壊し作っては壊し）の連続だ。
9. 理由が（あろう・ありよう）が、（なこう・なかろう）が、人のものを盗んではいけない。
10. 彼女はうるさい（というか・といわず）、にぎやか（というか・といわず）、とにかく黙っている時間がない。
11. うちの子は勉強しろと言うと、頭が痛い（だの・というか）、疲れた（だの・というか）、ぶつぶつ言い始める。
12. 犬（だろうが・といい）、猫（だろうが・といい）、うちではペットは飼えません。
13. 泥棒に入られ現金（といわず・というか）、宝石（といわず・というか）すべて盗まれてしまった。
14. 若い時は、だれでも（多かれ少なかれ・多いというか少ないというか）夢を持っているものだ。
15. 彼はさっきから同じところを（行くつ戻るつ・行きつ戻りつ）している。
16. 彼女はほめられて、うれしい（とも・といおうか）悲しい（ともつかぬ・といおうか）表情をした。

こたえ 問題❶ 1)なり・なり 2)であれ・であれ 3)追いつ追われつ 4)であれ・であれ 5)なり・なり 6)といい・といい 7)忙しかろう・暇だろう 8)作っては壊し作っては壊し 9)あろう・なかろう 10)というか・というか 11)だの・だの 12)だろうが・だろうが 13)といわず・といわず 14)多かれ少なかれ 15)行きつ戻りつ 16)とも・ともつかぬ

まとめテスト帰納問題

1 （　　　　）に適当なことばを〔　　　　〕から選んで入れなさい。

① 〔　だの / だの　といい / といい　ならでは　であればこそ　とは言わず　〕

久しぶりに山小屋に来ている。ここは、窓から見える景色（　　　　）、澄んだ空気（　　　　）、本当に気持ちがいい。今回は2泊だが、本当なら2泊（　　　　）1週間でも、2週間でもここにいたいぐらいだ。明日は山歩きをするつもりだが、途中で、お湯を沸かして、自然の中でコーヒーを一杯というのは、山（　　　　）の楽しみだ。こんな楽しみを満喫できるのも健康（　　　　）なのだろう。まずい（　　　　）、面倒だ（　　　　）言いつつも、妻お手製の野菜ジュースを毎日飲んでいるのがいいのかもしれない。

② 〔　ならではの　あっての　があればこそ　なくしては　〕

山から見る朝日は美しい。朝日を見ていると、太陽の偉大さがわかる。太陽（　　　　）地球である。太陽の恵み（　　　　）、地球の生き物は存在し得ない。太陽（　　　　）私たちは生きられるのだ。そんなことを考えるのも、山に来ているからだろう。山（　　　　）空気が、私にそんなことを思わせるのだ。

2 a～dの中で正しいものを選びなさい。

①親はあなたのことを（　　　　）、いろいろ厳しいことも言うんです。
　a.思わなくては　　b.思えばこそ　　c.思うならでは　　d.思うのみならず

②旅行に行ったら、その土地（　　　　）の物をお土産に買って帰りたい。
　a.にして　　b.あって　　c.ならでは　　d.ならこそ

③お互いの理解（　　　　）この問題は解決しないだろう。
　a.あっての　　b.なくしては　　c.があってこそはじめて　　d.であれ

④よい医者になるためには、医学の知識（　　　　）、患者の心を理解する力も必要だ。
　a.なしには　　b.ならでは　　c.にして　　d.のみならず

⑤断り（　　　　）、僕の辞書を使わないでください。
　a.なしに　　b.なければこそ　　c.ならでは　　d.のみならず

⑥今回の企画は大成功のうちに終わりました。皆さんのご協力（　　　　）成功です。ありがとうございました。
　a.あっての　　b.ならではの　　c.なければこそ　　d.ともつかぬ

⑦庭の木は植えて3年目（　　　　）やっと実を付けた。
　a.ならでは　　b.にして　　c.なしに　　d.でこそはじめて

⑧何事も自分で身をもって経験（　　　　）、本当の意味で理解できたと言える。
　a.にしてはじめて　　b.してこそはじめて　　c.なくして　　d.あればこそ

⑨先生の話は（　　　　）が、退屈だろうが、ちゃんと聞かないと怒られる。
　a.つまらなろう　　b.つまらなかろう　　c.つまらなよう　　d.つまらのう

⑩町はお祭りで、人込みの中を（　　　）しながら、ようやく駅に着いた。
　a. 押そうか押されようか　　b. 押すなり押されるなり　　c. 押しつ押されつ　　d. 押しては押され

⑪小説を書き始めたが、（　　　）の繰り返しだ。
　a. 書いては消し　　b. 書きつ消しつ　　c. 書くだの消すだの　　d. 書くなり消すなり

⑫夏山を歩いていたら、（　　　）、あちこち虫に刺されてしまった。
　a. 腕であれ足であれ　　b. 腕といわず足といわず　　c. 腕なり足なり　　d. 腕の足の

3　[　　　]の中から動詞・形容詞を選び、適当な形にして（　　　）に入れなさい。

4

遅い・早い　作る・壊す　追う・追われる　買う・借りる　]

①その映画は、刑事と泥棒が（　　　）つ（　　　）つする、スリリングな内容だった。
②あの小説はいい小説なので、（　　　）なり（　　　）なりして、ぜひ一度読んでみてください。
③これは（　　　）は（　　　）、（　　　）は（　　　）を繰り返した末、やっと出来上がった作品です。
④（　　　）れ（　　　）れ、うそはばれるに決まっている。

4　（　　　）に適当なことばを〔　　　〕から選んで入れなさい。＊一回しか使えません。

強調及並列

[　といい・といい　というか・というか　だろうが・だろうが　なり・なり　だの・だの　]

①このホテルは部屋が汚い（　　　）、外がうるさい（　　　）、夫はさっきから文句ばかり言っている。
②この歌は歌詞（　　　）、曲（　　　）、ものすごく僕の好みだ。
③わからないことがあったら、メール（　　　）、電話（　　　）くれれば、お答えします。
④きれい（　　　）静か（　　　）、とにかく家賃が高すぎて、私には借りられない。
⑤彼女はおとなしい（　　　）恥ずかしがりや（　　　）、みんなの前ではあまり話さない。

5　a～cの中で、　　　　　の使い方の正しいものを１つ選びなさい。

①a. 病気ともけがともつかぬ理由なら、保険金を受け取ることができます。
　b. 卒業後は就職とも大学院進学ともつかぬ予定が決まらない。
　c. 「どうしていつも僕を無視するんですか」と、彼は怒りとも悲しみともつかぬ表情で、私に聞いた。
②a. この映画の大ヒットは、主演俳優の魅力なくしてはあり得なかった。
　b. 最新の医学では、手術なくしては、この病気を治すことができる。
　c. 仏像研究には、宗教的な観点なくしては、美術的な観点も必要である。
③a. 雪で交通機関が止まっている限り、徒歩で行く以外のなにものでもない。
　b. 入室が許可されるのは、関係者以外のなにものでもない。
　c. 不治の病と言われた病気が治るなんて、奇跡以外のなにものでもない。

④ a. 私は40歳になってこそはじめて、飛行機に乗った。
　 b. 共同作業は、いい人間関係がつくれてこそはじめて成功するものだ。
　 c. 両親に相談してこそはじめて、留学を決断したいと思う。

6 （　　　　）の中の正しい方を選びなさい。

①彼にだけヒントを教えるなんて、不公平（ならではだ・以外のなにものでもない）。
②彼はずるい（といい・といおうか）、頭がいい（といい・といおうか）、必ず自分の得になるように話を持っていく。
③この不況で、優良企業のA社（にして・ならでは）ボーナスは大幅減額だ。
④反対（されようが・されるというか）、文句を（言われようが・言われるというか）、社長は社内は全面禁煙にするつもりらしい。
⑤理科系（であれ・といい）、文科系（であれ・といい）、自分の好きな道に進むのが一番いい。
⑥上の階の住人は、早朝（なり・といわず）、夜中（なり・といわず）、大音量で音楽を聞き始める。困ったものだ。

第 **5** 章

「程度」與「提起」

說明事物的程度，以及特別提起某種事物，敘述自己對
該事物的想法時的表現方式。

Chapter 5

1

使用頻度 ★★

程度①

~からある／~からする／~からいる／~からの・~というところだ／~といったところだ・~てまで／~てまで~ない・~ないまでも

以下介紹的表現方式是：在說明事物的樣子及狀態時，為了說明該狀態的程度，舉例子以便易於理解。

---

1 ~からある／~からする／~からいる／~からの　~之多、~之高

（数量＋からする）

A

意味と用法 「大概有~的〇〇」之意，表示程度之「多」。「價格＋からする」、「人、動物的數量＋からする」、「物＋からある」。

例

パニック：panic, 恐慌

❶1年前から書いていた500枚からある論文を手書きで仕上げた。
❷15万円からするバッグをただで、簡単にはもらえない。
❸観客が3万人からいるコンサート会場で、停電があり、パニックになった。
❹この神社には毎年、正月には200万人からの参拝者が来る。
❺3千人からいる客が、いっせいに立ち上がって拍手した。

---

2 ~というところだ／~といったところだ　差不多~

（数量・名詞＋というところだ／動詞辞書形・タ形＋というところだ）

A

数量：quantity

意味と用法 「大概~左右的程度」之意。「~」的地方如果是擺數量，表示「再怎麼多、怎麼貴，就是這種程度而已」的語意。

例

❶この時期は魚がよく獲れる。今年も平年並みといったところだ。
❷この電気自動車は、出ても最高速度時速100キロといったところだ。
❸あの店で売っている物は、どんなに高くても、せいぜい1万円というところだ。
❹このあたりは雨が降ってもせいぜい2時間というところで、大雨にはならない。
❺台風は勢力が弱まったというところだが、まだ油断はできない。

---

3 ~てまで／~てまで~ない　甚至還~

（動詞テ形＋まで）

B

意味と用法 「連~都做」之意。指為了目的，平常不做的事情也做。表

現出對說話者來說，這個行為程度之甚，超出一般常識。

例

❶親にうそをついてまで、どうしてもこのゲームがほしかったんです。
❷銀行からさらに借金を重ねてまで、事業を拡大させる必要があるだろうか。
❸ドレスを友人から借りてまで、パーティーなんかに行きたくない。
❹DVDを買ってまで見るほどの映画じゃないよ。

借金：debt

---

4 ～ないまでも
（動詞ナイ形＋ないまでも）

雖然不到～

B

意味と用法 「到～雖然很勉強，但至少～程度…」之意。

例

❶風邪で本調子とは言えないまでも、家事ができるくらいには回復したと思う。
❷これだけ勉強したんだから、100点ではないまでも、80点は取れるだろう。
❸原案から大きな変更をしないまでも、多少の修正はしなければならない。
❹うちは値下げはしないまでも、デザートをつけるサービスはしましょう。
❺契約違反と言えないまでも、確かに初めと契約条件が変わってきた。

本調子：normal condition

原案：original plan

契約違反：a breach of contract

復習問題

問題 ❶ 〔　　　　〕の中から適当な言葉を選んで（　　　　）に入れなさい。

〔　からある　からする　からいる　からの　というところだ　てまで　ないまでも　〕

1. セールの時は、開店前に2百人（　　　）人が並んだ。
2. 高いチケットを買っ（　　　）、コンサートに行きたいんですね。
3. 彼は家賃が15万円（　　　）部屋に住んでいる。
4. 100枚（　　　）書類をコピーするんですか。
5. 海外旅行だといっても、お隣の韓国にやっと行ける（　　　）。
6. 入院をし（　　　）、通院して、薬は飲んでください。
7. 大雨で、住民が2万人（　　　）村への交通が閉ざされた。

問題 ❷ （　　　　）の中の正しい方を選びなさい。

1. 入社1ヵ月で車を売ったのは、よく（やる・やった）というところでしょう。
2. 今年の米の収穫は、天候不順だったが（まあまあ・非常に少ない）というところだ。
3. 彼は400万円（からある・からする）車をよく調べないで、買った。
4. あの細い体で30キロ（からある・からする）荷物を持って帰った。
5. 5万（からある・からの）人がコンサート会場に集まった。
6. 川の水が飲めないまでも、川底が（見える・見えない）ほどきれいにしたい。
7. 友人をだましてまで、勝ち（たい・たくない）。
8. 礼状を書かないまでも、電話ぐらい（します・しない）。

こたえ 問題❶ 1)からの 2)てまで 3)からする 4)からある／からの 5)というところだ 6)ないまでも 7)からいる
問題❷ 1)やった 2)まあまあ 3)からする 4)からある 5)からの 6)見える 7)たくない 8)します

Chapter 5

2

使用頻度 ★

程度②

~たりとも・~はおろか・~すら／~ですら・~こそすれ~ない／~こそあれ~ない

以下是用來比較兩個以上人、物的各種狀況程度。說話者比較狀況的程度，並加上各種感想。有些也帶有強調之意。

---

5 ~たりとも
（名詞＋たりとも）

就算~也、哪怕~也（不）　**A**

意味と用法「~也」、「就算~也」之意。「何人なりとも」是慣用句，意指「無論是誰~」之意。常與表現小、少、弱的辭彙一同使用。

例

❶彼女は、けちだから必要のないお金は一円たりとも出さないだろう。
❷先生の言葉を一言たりとも聞き漏らすまいと、ノートを取った時代もあった。
❸ゴールキーパーは試合中、一瞬たりとも、集中力を切らしてはいけない。
❹戦前は何人たりとも、天皇の悪口を言うのは許されなかった。

聞き漏らす：to fail to hear
集中力：concentration

---

6 ~はおろか
（名詞＋はおろか）

不僅~連、別說是~就連~也~　**B**

意味と用法 形式為「A はおろか B」，指「A 是當然的，B 也~」之意。是帶有驚訝或不滿、批評的心情。「B」的後面常使用「も、でも、さえ」。

例

❶都会っ子だった君が、デパートはおろかコンビニもないところに、よく住めるね。
❷彼女の虫嫌いには驚いたよ。ゴキブリはおろかチョウさえ怖がるんだから。
❸足のけががなかなか治らない。走ることはおろか、歩くことさえできない。
❹不景気になれば、会社は給料カットはおろか、リストラだって平気でする。

ゴキブリ：cockroach
チョウ：butterfly
カット：cut, reduction 削減

---

7 ~すら／~ですら
（名詞＋すら）

甚至連~　**A**

極端：extreme

意味と用法 指「～也」、「～甚至」之意。是比「さえ」還要艱澀的用法。是舉極端的例子，或是理所當然的例子，來讓人推測其他的狀況。

例

❶戦争が始まって以来、食料が不足して米すら手に入らなくなってしまった。
❷病気が悪化して、自分一人で食事をすることすらできない。
❸安全のためにといって、小学生にすら携帯を持たせる親が増えている。
❹先生ですらこの成績の落ち込みを予想できなかった。

---

8 ～こそすれ～ない／こそあれ～ない

（動詞マス形・する名詞＋こそすれ／な形＋にこそすれ／い形のク形＋こそあれ／な形・する名詞以外の名詞＋でこそあれ）

也只會～而不會、也只是～而不會

A

cf. てこそはじめて（P.49）
ばこそ（P.50）

意味と用法 形式為「AこそすれB」，意指「就算會是A，也不會成為B」。用來表示說話者想強調「絕對不會成為B」的心情。

例

❶景気が悪くても、値下げすれば、売り上げは増えこそすれ、減ることはないでしょう。
❷急激に変化する社会にあって、情報の重要性は高まりこそすれ失われることはない。
❸このままではこの政権の支持率は低下こそすれ、上昇していくことはないであろう。
❹インスタントラーメンは便利でこそあれ、健康にはよくない。
❺競争相手の彼はライバルであり、友人でこそあれ、敵ではない。

政権：political power
支持率：approval rating
競争相手：competitor
ライバル：rival、対抗者

復習問題

問題 ❶ 〔　　　〕の中から適当な言葉を選んで（　　　）に入れなさい。

〔　はおろか　すら　こそすれ　こそなれ　たりとも　〕

1. ひどい霧で、前の車を見ること（　　　）できない。
2. この書類は企業秘密だから、1ページ（　　　）見せてはいけない。
3. うちの娘は忘れ物をよくします。携帯電話で（　　　）忘れるんです。
4. 井上さんは仕事（　　　）、遊ぶときも、がんばる。
5. 練習していないから、優勝（　　　）、6位になること（　　　）無理でしょう。
6. こんな山奥でも、新型インフルエンザのワクチン（　　　）手に入る。
7. 毎日しっかり食べていれば、元気に（　　　）、病気になることはない。
8. 金持ちは豪邸やスポーツカー（　　　）、自家用飛行機ももっている。
9. 環境への規制は、今後も厳しくなり（　　　）、緩和されることはないだろう。
10. 私は一度（　　　）会議に遅れたことはありません。

こたえ 問題❶　1)すら　2)たりとも　3)すら　4)はおろか　5)はおろか　すら　6)すら　7)こそなれ　8)はおろか　9)こそすれ　10)たりとも

5 「程度」與「提起」

3

程度③

～に足る・～もさることながら・～ならまだしも・たかが～くらいで／ぐらいで

此章節繼續學習「程度」的表現。用來比較兩個以上物、事、人的各種狀況程度。

使用頻度 ★★

---

9 ～に足る
（動詞辞書形・する名詞＋に足る）

値得～、足夠～ **A**

価値：value

意味と用法 意指「做～非常有價值」。「～に足る○○」後面常接續名詞。

表彰する：
to recognize by doing

免除する：to exempt

例
❶新しい部長は信頼するに足る人物です。
❷これがあなたの物だという証明するに足る書類を見せてください。
❸筆記試験で面接するに足ると認められた人物を発表します。
❹山田君は、新人ながら、表彰するに足る成績を収めました。
❺学校推薦に足る点数を取りたい。そうすれば、学費が免除される。

---

10 ～もさることながら
（名詞＋もさることながら）

不僅是～、
不用說～更是如此、
～也是不用說的事 **A**

エコ：
ecology, energy saving, 省エネ

意味と用法 以「AもさることながらB」形式，表示「A當然是如此，甚至B也」之意。是比較艱澀的用法。

例
❶このツアーは日程もさることながら、費用の面でもお得なツアーになっております。
❷新しい洗濯機は使いやすさもさることながら、エコの点でも、他社に負けません。
❸量もさることながら、質的にも前の製品より数段上です。売れますよ。
❹このビルは外見の美しさもさることながら、地震にも強いのが特徴です。

---

11 ～ならまだしも
（普通形＋ならまだしも）　＊名詞、な形時不加「だ」

若是～還好 **A**

意味と用法 意指「若是～就還好」。表「實際上並非～，而是更糟的狀態」之意。

例

❶10～20%の差ならまだしも、ネットでの販売価格が、50%以上違うのはなぜですか。
❷歩けるようになるならまだしも、手術をしても立てるかどうかわからないのでは、恐らく手術を受けたいとは言わないでしょう。
❸インターネットができないだけならまだしも、パソコンの電源すら入れられないとは。
❹丈夫ならまだしも、色や素材も悪いし、すぐに破れるようでは売れるはずがない。

---

12 **たかが～くらいで／ぐらいで**　　不過是～而已、而已

（たかが～名詞修飾型＋くらいで）＊名詞不加「の」。有時也使用「～であるくらいで」。　**A**

意味と用法 形式為「たかがAくらいでB」，指「以A的程度怎麼會出現B（的情況）」之意。

例

❶たかが階段を上ったくらいで、もうそんなに息切れするの？
❷たかが10円落としたくらいで、そんなに泣かない。ママがまたあげるから。
❸たかがこんな雪ぐらいで、喜ぶとは…。暑い国の方には珍しいんですね。
❹たかがちょっと暗いくらいで、一人でトイレに行けないなんてね。

Check Point　「～に足る」を否定する形は
・彼は信じるに足る人物です。➡ × 彼は信じるに足りない人物です　にならない。
〇 彼は信じるに足る人物ではない　と文末で否定する。

復習問題

問題 ❶ （　　　）の中の正しい方を選びなさい。
1. 私は自分自身が（信じる・信じない）に足る宗教を見つけた。
2. 成功するには、実力もさることながら、運も（必要・不必要）だ。
3. 10分ぐらいならまだしも（5分・1時間）も遅刻するのは許せない。
4. 間違いの多さもさることながら、仕事が（遅い・早い）のには困ったねえ。
5. 財布ならまだしも、授業に出るのに（教科書・携帯電話）を忘れてくる。
6. あの店は価格の（安さ・高さ）もさることながら、品質も信頼できる。
7. たかが20分（歩いた・歩く）ぐらいで、もう疲れている。
8. お兄ちゃんに、たかがケーキを（食べた・食べられた）くらいで、泣くな。
9. 学生の模範と（して・する）に足る人物を表彰します。
10. 熱が（ない・ある）ならまだしも、具合が悪いなら休みなさい。

4

使用頻度 ★★

とりたて①

提起

〜にしても／〜としても・〜としたところで／〜にしたところで・〜とて・〜といえども・という〜は

此處學習特別要提起某事時的表現。常被使用來表示「〜也」之意。

---

1 〜にしても／〜としても

（普通体＋にしても）＊名詞、な形時不加「だ」

就算〜也　**B**

会話：〜にしたって
姓：family name

意味と用法 形式為「A にしても B」，是指「就算有了 A 這個狀況，也不能預測就會演變成為 B，或是無法接受成為 B」。

例
❶いつか結婚するにしても、今の姓は変えたくない。
❷もし、百万円あったにしても、あの会社の株は買わないだろう。
❸転職するにしても、最低、現在と同じくらいの給料がほしいなあ。

---

2 〜としたところで／〜にしたところで

（普通体＋としたところで）＊名詞及な形有時不加「だ」

即使〜也　**A**

cf. ところを（P.133）

意味と用法 表示「假設〜也／就算是〜，結果也不會是預期的」之意。

例
❶入団テストに合格できるとしたところで、一流選手になれる保証はない。
❷私にしたところで、社長じゃないんだから、決定権はないよ。
❸荷物が重いとしたところで、持てないわけじゃないから、タクシーはいらない。

---

3 〜とて

（名詞＋とて／動詞タ形＋とて）

就算〜　**A**

未成年：people underage

意味と用法 「〜也」、「就算是〜也」之意。是比較舊式的表現。

例
❶高級店とて、店員の態度が客に嫌われたら、売り上げは伸びない。
❷交通違反は、未成年者とて罰金を払わなければならない。

❸１時間ぐらい説教したとて、彼の自分勝手な性格は直らないと思う。
❹こちらが少しぐらい困ったとて、相手には何の影響も与えない。

---

4 **〜といえども**
（普通体＋といえども）　＊名詞、な形不加「だ」

雖然〜也、就算〜也

B

意味と用法「雖然〜也」、「就算〜也」之意。有時意為「雖然的確是〜，但也〜」（①②③）。有時是在「〜」的部份，舉出程度較高的例子，表現「連這樣的事物（人）也〜」之意（④⑤）。

例

❶ 25歳といえども、まだ大学生なのだから、結婚は早いと父は言う。
❷勝ったといえども、30 対 29 では実力が上とは言えない。
❸私には、このバッグは高価といえども、節約すれば来月買えないことはない。
❹エコノミストといえども、この景気の落ち込みは予測できなかっただろう。
❺どんなに慣れている山田といえども、うっかりするとミスすることもある。

エコノミスト：economist
経済学者

5
「程度」與「提起」

---

5 **〜という〜は**
（名詞＋という＋名詞＋は）

所有的〜

A

意味と用法 形式為「ＡというＡは」，前後使用同樣的名詞，表示「Ａ的每一個都沒有例外，全部都〜」之意。

例

❶この山は秋になると、木という木はすべて紅葉する。
❷地震で本という本は全部棚から落ちた。
❸鍵という鍵はすべて試してみたが、どれも合わなかった。

問題❶（　　　）の中の正しい方を選びなさい。

1. 政権が変わったにしたって、世の中は（変わる・変わらない）だろう。
2. 橋の建設に時間がかかるといえども、３年もかかるとは（思った・思わなかった）。
3. 高いとしたところで、（せいぜい・やっぱり）１万円でしょ。
4. 湖の鳥という鳥は（すこしずつ・いっせいに）飛び立った。
5. この地方は雨が降るにしたって、（たいしたことない・大雨になる）。
6. 専門家という専門家は（全員・半数以上）賛成した。
7. 総理大臣といえども、すべてを決定できる（はずだ・わけではない）。
8. 会議の準備はすべてできたとしたところで、不安は（ない・残る）。
9. 客にしたって、ちょっと特別サービスをすれば、（怒らない・怒る）
10. 新提案を提出したといえども、前の案とあまり（変わらない・変わった）。

こたえ 問題❶ 1)変わらない　2)思わなかった　3)せいぜい　4)いっせいに　5)たいしたことない　6)全員　7)わけではない　8)残る　9)怒らない　10)変わらない

5

とりたて②

提起②

～はさておき・～はどう（で）あれ・～なりに・～ならいざしらず

續前頁，這裡特別要學習「提起」的表現。這裡的「提起」表現，是指對某個狀況、某個層面雖然不在意，但卻提起另外一個狀況。

---

6 ～はさておき
（名詞＋はさておき）

先不論～　　**A**

除外する：to exclude

意味と用法 形式為「AはさておきB」，指的是「先不要想關於A的事，而想B」。使用在把A排除在外，而將話題集中在B。有時也用來表示A與B的意思相反（③）。

例
❶社長はさておき、部長にも結婚式の招待状を送る？
❷車で行くかどうかはさておき、宿泊の予約は早めにする？
❸このレストラン、味はさておき、ウェイターのサービスはひどいね。
❹実力はさておき、話題性を考えるなら、人気のある彼女に出演依頼しましょう。

---

7 ～はどう（で）あれ
（名詞＋はどうあれ）

不論～　　**B**

★常用名詞：「結果・事情・內容」等等。

意味と用法 「就算～也」、「與～無關」之意。

例
❶結果はどうあれ、努力は認めましょう。
❷事情はどうであれ、約束した以上は、ちゃんと実行してもらわないと、困るんですが。
❸見かけはどうであれ、ここにある野菜は味はとてもいいんですよ。
❹内容はどうであれ、レポートの提出期限だけは守らないと、単位はもらえない。

---

8 ～なりに
（普通体＋なりに）＊名詞、な形不加「だ」

盡力～　　**A**

範囲：range

意味と用法 意指「雖然不充份，但以～的立場，在程度範圍之內，做

了〜的事情」。用來表示程度不高的事情。

例

解決策：solution

❶この問題について私なりに考えてみましたが、いい解決策がみつかりませんでした。

❷良子はまだ8歳だが、幼いなりに、どうやったら病気の母を手伝えるか考えた。

❸仕事が忙しくて自由にできる時間がなければないなりに、自分の時間を作るものだ。

❹いろいろなことがあったが、父はそれなりにいい人生だったと語った。

---

9 〜ならいざしらず   如果是〜就算了 **A**

（動詞辞書形・名詞＋ならいざしらず／動詞ナイ形＋ないならいざしらず）

意味と用法 「若是〜，那事情的確有所不同，但是」之意。用來表示說話者的心情，「若是〜的話，那可以理解，但實際上卻不是如此，所以很奇怪」。

例

❶新入社員ならいざしらず、もう5年もいるのに、社長の顔も知らないとはね。

❷独身ならいざしらず、もう結婚しているのだから、少しは節約するべきじゃない？

分不相応：

living beyond one's means

❸スーパーで買うならいざしらず、銀座の高級店で洋服を買うのは分不相応だ。

❹お金がないならいざしらず、持ってるのに、借金を返さない人は友達じゃないね。

復習問題

問題❶（　　）の正しい方を選びなさい。

1. 忙しい息子（はさておき・ならいざしらず）、われわれだけで先に行こう。
2. 専門家（なりに・ならいざしらず）、普通の人は早くできないだろう。
3. 人間（はどうあれ・なりに）、動物たちは森がなくなると生きていけない。
4. 価格（ならいざしらず・はどうであれ）、使いやすければ売れると会社は考えた。
5. 走るのが遅いうちの子は遅い（はどうあれ・なりに）、一生懸命走った。
6. プロの選手（なりに・ならいざしらず）、普通の人がそこまでトレーニングする必要はない。
7. いろいろアドバイスをもらったが、私（なりに・ならいざしらず）結論を出した。
8. 一軒家（ならいざしらず・はさておき）、マンションでは夜中に洗濯機を回すと苦情が来る。

問題❷（　　）の正しい方を選びなさい。

1. せっかちな田中さんはさておき、時間前にはだれも（来ない・来ている）。
2. 男性ならいざしらず、女性は味やサービスを（気にする・気にしない）。
3. 誕生日のプレゼントを子供なりに（考えた・考えられない）。
4. 品質はどうあれ、丈夫であれば（わるい・いい）。
5. 値段はさておき、この車の乗り心地は（悪い・悪くない）。

こたえ 問題❶ 1）はさておき　2）ならいざしらず　3）はどうあれ　4）はどうであれ　5）なりに　6）ならいざしらず　7）なりに　8）ならいざしらず
問題❷ 1）来ない　2）気にする　3）考えた　4）いい　5）悪くない

6

使用頻度 ★

とりたて③

提起③

〜ときたら・〜たるや・〜ともあろうものが・〜ともなると／〜ともなれば・〜を余儀なくされる／〜を余儀なくさせる

本節學習特別「提起」某個事物的表現方式。使用在提起某個話題、表現說話者心情時。

---

10 〜ときたら
（名詞＋ときたら）

提到〜 **B**

非難する：to blame

意味と用法 「〜是」之意。使用在說話者提起某個話題，並且對其批評、否定。

例

❶田中さんときたら、仕事はしないし、約束は守らないし、本当に困るね。
❷この車ときたら、修理したばかりなのに、また故障した。嫌になる。
❸うちの大学の寮ときたら、細かい規則が多い。学生を信じていない。

---

11 〜たるや
（名詞＋たるや）

說起〜 **A**

意味と用法 提起「〜」這部份的事物來當話題，是為了表現「〜是很特別的、非比尋常的」心情。

例

❶彼の仕事に対する自信たるやすごいものがある。だれも文句を言えない。
❷敵国の攻撃たるや、学校から病院からすべてを破壊するほどひどいものだった。
❸不合格だった時の彼の悔しさたるや、すさまじいものだった。

---

12 〜ともあろうものが
（名詞＋ともあろうものが）

明明是〜 **A**

ベテラン：expert, 熟練した人

意味と用法 意思為「明明〜」。用來表現說話者「不可置信」的心情。「〜」中所擺的，是說話者所給予高評價的事物。

例

❶営業のベテランともあろうものが、客との約束を忘れるとは。

ゴシップ：gossip, うわさ話

国会議員：member of the Diet

❷一流新聞ともあろうものが、こんなゴシップ記事を新聞に載せるとはねえ。

❸国会議員ともあろうものが、国民の生活を一番に考えないでどうするんだろう。

❹プロ選手ともあろうものが、うっかりルールを忘れるとは、みっともないね。

---

13 ～ともなると／～ともなれば
（名詞＋ともなると）

若是～

B

意味と用法 意指「如果身處這麼特別的狀況、立場的話」。

例

連載：serial(story)

警備：security

❶師走（12月）ともなると、一年も終わりということで何となく気ぜわしくなる。

❷売れっ子小説家ともなれば、1か月に数本雑誌の連載を持つのは普通だ。

❸有名高級ホテルでのパーティーともなると、服装にも気を使ってしまう。

❹他国の王様の来日ともなると、空港や道路の警備の人数がすごいですねえ。

---

14 ～を余儀なくされる／～を余儀なくさせる
（名詞＋を余儀なくされる）

不得不～

A

★余儀＝他の方法

意味と用法「不得已遭受～糟糕的狀況」之意。「～（人が）～された」、「～物が～させた」

例

待機：wait

❶台風の影響で飛行機が飛ばないため、私は空港での待機を余儀なくされた。

退職：resignation

❷病状の悪化が、嫌がる彼の入院を余儀なくさせた。

❸会社の業績の低下に伴い、役員は退職を余儀なくされた。

復習問題 問題❶（　　　　）の正しい方を選びなさい。

1. おじいちゃんときたら、さっき言ったことを（忘れている・忘れない）んだから。
2. 7歳ともなると、ひとりで遊びに（でかけられる・でかけられない）ようになる。
3. 駅員ともあろうものが、特急電車の止まる駅名を（覚えている・覚えていない）とは。
4. 彼ときたら、やせているのに、よく（食べない・食べる）。
5. 鳥の数たるや（数えられる・数えきれない）ほどだ。
6. 電車が（遅れて・早く着いて）遅刻を余儀なくされた。
7. あの歌手のレベルたるや、（少々な・ひどい）ものだ。

こたえ 問題❶ 1)忘れている　2)でかけられる　3)覚えていない　4)食べる　5)数えきれない　6)遅れて　7)ひどい

7

その他

其他

〜が〜（な）だけに・〜うに・〜にいわせれば／〜からいわせれば・〜と（は）うってかわって

本節整理了數種表現說話者心情的表現方式。

---

1 〜が〜（な）だけに
（名詞＋が＋名詞だけに）

（從其性質考慮）以〜　　**A**

意味と用法 形式為「AがAだけにB」，表示「以A的內容來說，演變成為B也是莫可奈何的」。

例

❶この部屋はターミナル駅に近い。場所が場所だけに、家賃が高いのも無理ないかなあ。

❷このお知らせは書き方が書き方だけに、情報が必要な人にもわからないよ。

❸この辺は客層が客層なだけに、高い商品ほどよく売れる。高級品しか買わないんだよ。

❹ライブはジャンルがジャンルだけに、若い人が多い。年配の人は興味ない。

〜層：layer

年配の人：elder

---

2 〜うに
（動詞ウ形＋に）

也會〜　　**A**

意味と用法 「雖然心想明明會〜」之意。表示說話者「不了解為什麼會演變成為後句的狀況」的批判心情。

例

❶コピー機の使い方ぐらい、聞かなくてもわかろうに、なぜ聞くんだろうね。

❷丁寧にたずねれば、教えてくれように、どうしてそれを嫌がるんだろうね。

❸お金がないなら、貸してもらえように、どうして本当のことを言わないんだ。

❹きちんと指示すれば、新人でもできように、あいまいに指示するから間違うんだよ。

批判：criticism

丁寧に：politely

あいまい：ambiguous

---

3 〜にいわせれば／〜からいわせれば
（名詞＋にいわせれば）

依據〜的意見、
依據〜的發言、
依據〜的看法　　**B**

意味と用法 形式為「Aにいわせれば B」，意指「特地提起 A 的意見、詢問了 A 的意見，結果是 B」。是為了要表示 A 的意見和其他有些不同。

例

❶地震が起こる前に地震雲が出るというが、専門家にいわせれば、全く信頼性がない話だそうだ。

❷カメラ通にいわせれば、カメラはデジカメでないほうがいいらしい。シャッター音がたまらなくいいということだ。

❸専業主婦を軽く見る風潮があるが、私からいわせれば、専業主婦はプロのハウスキーパーだと思う。

〜通：expert, connoisseur

風潮：tendency

---

4 〜と（は）うってかわって

（名詞＋とはうってかわって）

與〜完全不同

A

意味と用法 形式為「Aとはうってかわって B」，意指「與 A 完全不同，成了 B」。

例

❶今回の映画は前回のものとはうってかわって、音楽も映像もよく考えられているねえ。

❷昨日までの寒さとはうってかわって暖かくなりました。この分では桜の開花も早まるでしょう。

❸昼間の賑わいとはうってかわって、夜間は人通りも少なくさびしい街なんです。

❹今年の学生は、昨年の学生とうってかわって、真面目でおとなしいですねえ。

復習問題

問題 ❶ 〔　　〕の中から適当な言葉を選んで（　　　）に入れなさい。

[だけに　うに　にいわせれば　とうってかわって]

1. 10 年前（　　　）駅前もにぎやかになりましたね。
2. 外国人（　　　）ごみの分別ほど面倒なことはない。
3. 困ってるなら助けてあげよ（　　　）、どうして言ってくれないんだろう。
4. 前のビル（　　　）、機能的できれいなビルですね。
5. 大きさが大きさ（　　　）、買っても部屋に入らないよ。
6. 祖母（　　　）、離婚が簡単にできる世の中はよくないそうだ。

問題 ❷ 正しい文に〇、そうでない文に × をつけなさい。

1. （　　）名前が名前だけに、みなに覚えてもらいやすい。
2. （　　）黙っていればわからないだろうに、よく黙っていた。
3. （　　）母にいわせれば、去年友人と会いました。
4. （　　）太陽が空だけに、青くなった。
5. （　　）隠していれば、見つからないだろうに、机の上に置いておくからだ。
6. （　　）前の 4 番バッターとはうってかわって、よく打ちますね。

こたえ 問題❶ 1) とうってかわって　2) にいわせれば　3) うに　4) とうってかわって　5) だけに　6) にいわせれば
問題❷ 1)〇　2)×　3)×　4)×　5)〇　6)〇

1 〔　　　　〕の中から適当な言葉を選んで（　　　　）に入れなさい。

① 〔　を余儀なくされる　くらいで　たかが　はおろか　さることながら　さておき　といえども　〕

環境問題がクローズアップされている。今までは国民（　　　）、企業、政府も関心が薄かった。しかし、今では国民も（　　　）、企業、政府もこの問題に取り組み始めた。（　　　）、平均気温が1度上がる（　　　）、地球上は大変なことになる。人間は（　　　）、動物、植物への影響が大きいということだ。科学で解決できることが多い（　　　）、地球温暖化を止めるのはやさしくない。このまま温暖化が進めば、人間は不便な生活（　　　）かもしれない。

② 〔　が　だけに　からの　たるや　ならまだしも　ともあろうものが　にいわせれば　〕

田中のアニメキャラクターのフィギュア収集（　　　）、信じられないものがある。大学の講師（　　　）、おもちゃを集めることに夢中だ。小遣いだけで買う（　　　）、給料もつぎ込むようになった。部屋には500個（　　　）フィギュアがあふれんばかりにある。友人である私（　　　）、いい年をした大人がどうしてと感じる。趣味（　　　）趣味（　　　）、田舎の両親にも理解されるのは難しいだろう。

③ 〔　たかが　くらいで　こそすれ　ならまだしも　すら　ないまでも　とうってかわって　〕

昨日の台風（　　　）、今日はいい天気になった。庭の木の枝が落ちるだけ（　　　）、重い植木鉢（　　　）棚から落ちて割れた。近くの公園の桜の木が倒れ（　　　）、傾いた。人間は自然に対して共存（　　　）、征服することはできないと思う。以前は（　　　）台風（　　　）あわてることはないと思っていたが、自然の恐ろしさがよくわかった。

2 （　　　　）の中の正しい方を選びなさい。

①200本（からの・からする）木が枯れた。

②150人（からいる・からある）学生たちのレポートを直した。

③以前は週に12時間の残業があったが、最近は、残業しても（2時間・30時間）というところだ。

④予約（するほど・してまで）、食べに行くレストランではない。いつもがらがらだ。

⑤化粧しないまでも、顔ぐらいは（洗います・洗いなさい）と、休日の朝母に言われた。

⑥会議中は（1秒・10時間）たりとも気が抜けなかった。

⑦試験を受けるのに、消しゴムはおろか（教科書・鉛筆）も持ってこなかった。

⑧酔っ払って、居酒屋にコートすら（脱いで・忘れて）帰ってきた。

⑨省エネのテレビを買えば、エコにこそなれ、無駄遣い（なるかもしれない・にはならない）。

⑩試験で80％以上なら、十分合格（した・する）に足る成績だ。

⑪この携帯電話は、デザインもさることながら、性能も今まで以上に（ある・できる）。

⑫大事にしている物を、断って使うならまだしも、黙って（使う・使わない）のはよくない。

⑬たかが３センチの積雪くらいで、電車が運行（する・しない）とは、驚いた。

⑭釣りの名人といえども、全く（釣れる・釣れない）ような天気だった。

⑮着物を着ていくかどうかはさておき、（何時ごろ家を出る・この着物はどう）？

⑯質はどうあれ、若者は、料理の（量が多い・質がいい）ほうがいい。

⑰お金が（なければない・なければならない）なりに、節約して生活する。

⑱専門外ですが、（私・私の）なりに調査してみました。

⑲料理評論家ともあろうものが、自分で（料理する・料理しない）とは、信じられない。

⑳冬休みともなると、スキー場は家族連れが（多いです・見かけません）ね。

㉑部下の不祥事で社長は（辞任・新任）を余儀なくされた。

㉒書類の量が量だけに、一人では（持たない・持てない）。

3 a～dの中で正しいものを選んで入れなさい。

①女性なのに、50キロ（　　　　）バーベルを軽々と持ち上げる。

a. からする　　b. からある　　c. からいる　　d. からも

②兄は500万円（　　　　）車を、ローンで買った。金もないくせに。

a. からする　　b. からある　　c. からいる　　d. からも

③コンサートでは、ロックシンガーは５千人（　　　　）観客を感動させた。

a. からする　　b. からある　　c. からいる　　d. からくる

④この大学では、２月に10万人（　　　　）受験生が入学試験を受けに来る。

a. からする　　b. からある　　c. からなる　　d. からの

⑤新入社員のころは、神様にお願い（　　　　）、目標を達成したかった。

a. というところ　　b. ないまでも　　c. はおろか　　d. してまで

⑥環境問題は深刻化（　　　　）、軽くなることはないでしょう。

a. こそなれ　　b. こそすれ　　c. こそあれ　　d. すら

⑦担当者で（　　　　）知らなかったんだから、部長が知るはずがない。

a. すら　　b. こそ　　c. たりとも　　d. はおろか

⑧ここは景色（　　　　）、高速道路の完成で、観光客も一層増えた。

a. といえども　　b. もさることながら　　c. ならまだしも　　d. くらいで

⑨サービスが悪いくらい（　　　　）、音楽がうるさくて落ち着いて食べられなかったことが行かない一番の理由だ。

a. もさることながら　　b. といえども　　c. はおろか　　d. ならまだしも

⑩大型家電店（　　　　）、うちほど安くはできないだろう。うちは安いだけがとりえだ。

a. とて　　b. という　　c. はさておき　　d. はどうあれ

⑪退職にあたって、書類（　　　　）書類は全部、燃やした。

a. にしても　　b. とて　　c. という　　d. なりに

⑫場所が不便なら不便（　　　　）、味やサービスを工夫すれば、客を呼べるはずだ。

a. なりに　　b. はどうあれ　　c. はさておき　　d. たるや

⑬独裁国家（　　　）、民主主義の国では、国民に選挙権がある。

  a. もさることながら　　　b. といえども　　　c. なりに　　　d. ならいざしらず

⑭この地域の役人（　　　）、お年寄りに理解できないような説明をする。

  a. たるや　　　b. ときたら　　　c. ともあろうものが　　　d. となると

⑮彼の家の広さ（　　　）、まるでリゾートホテルのようであった。

  a. たるや　　　b. たりとも　　　c. ともあろうものが　　　d. はさておき

⑯小学生の修学旅行（　　　）、ガイドさんも静かに聞いてもらえなくて大変だね。

  a. たるや　　　b. ならいざしらず　　　c. はどうあれ　　　d. ともなると

⑰ロシアの冬の寒さがナポレオン軍の撤退を余儀（　　　）。

  a. なくさせる　　　b. なかった　　　c. なくさせた　　　d. なくさせられた

⑱値段が値段（　　　）、たくさんは売れないだろうね。

  a. だけに　　　b. だけど　　　c. だからすら　　　d. こそあれ

⑲駅員に聞かなくても、案内板を見れば（　　　）、なぜ、見ないんだろう。

  a. わかるそうに　　　b. わかろうに　　　c. わかるように　　　d. わかったように

⑳東京チームは昨日の試合とは（　　　）、今日は絶好調です。

  a. うってかわった　　　b. うってかえた　　　c. うってかわって　　　d. うってかえて

第 **6** 章

「否定」與「もの」

**學習使用「ない」、「ず」、「ぬ」等等的否定形表現，
以及使用「もの」的表現法。**

1

使用頻度 ★

ず・ぬ①

～ず／～ぬ／～ん・～ねば／～ねばならない・～ぬ間に・～ずして

「ない」有些陳舊的說法，像是「ず」、「ぬ」、「ん」在許多表現方式中也會使用到，因此這些並非只是古早的語彙。首先介紹以下基本的用法。

---

1 ～ず／～ぬ／～ん
不～

（動詞ナイ形＋ず／ぬ／ん）＊「する」使用「せず」、「せぬ」、「せん」，「来る」則使用「来（こ）ず」、「来（こ）ぬ」、「来（こ）ん」

B

意味と用法 「沒有～」之意。「～ず」等於「～ないで…」。「～ぬ」主要置於名詞前方。

例

❶うちの子は、仕事もせず、うちでぶらぶらしていて困ったもんだ。
❷彼女はだれにも頼らず、女手一つで子供を育てた。
❸「雨にも負けず、風にも負けず、雪にも夏の暑さにも負けぬ丈夫な体を持ち…」と父がよく言っていた。
❹彼は二度と戻らぬ覚悟で家を出てきたので、今さら親に頼れない。
❺こんなひどいことをするなんて許せん！（＝許せない）。

---

2 ～ねば／～ねばならない
若不～的話、必須～

（動詞ナイ形＋ねば）＊「する」時使用「せねば」

B

意味と用法 「不～的話」、「如果不～的情況的話」（①②③）。「必須要～」之意（④⑤）。

例

❶忙しくても、ちゃんと食べねば、体を壊してしまう。
❷今日行かねば、もう会える機会がないかもしれない。
❸彼女、のんびりやっているね。急がせねば、今晩中に終わらないよ。
❹どんなことがあっても、卒論の締め切りに間に合わせねばならない。
❺そのような事故は起こるはずがないが、念のため対策を考えねばならない。

---

3 ～ぬ間に
不～時、不～的時候

（動詞ナイ形＋ぬ間に）＊「する」使用「せぬ間に」

B

意味と用法 「沒～的時候」之意。

例

❶疲れていて、眠ってしまったのか、知らぬ間に、ドラマは終わっていた。
❷ちょっと見ぬ間に、この町はすっかり変わってしまった。
❸「鬼の居ぬ間に洗濯」というのは、怖い人がいない間に思いっきりくつろぐという意味だ。
❹その店はしばらく行かぬ間に、改装され、別の店のようになっていた。

くつろぐ：to relax

改装する：to renovate

---

4 ～ずして
（動詞ナイ形+ずして）

不～   A

意味と用法 意為「不做～」、「維持不～的狀態」。

例

❶相手が試合を棄権したため、戦わずして勝利することができた。
❷フランス料理だの、中華料理だの言っているけど、基本を知らずして、おいしい料理は作れないよ。
❸この監督の作品を見ずして、日本映画は語れないよ。
❹父の死で、労せずして遺産が入り、金持ちになった。

棄権する：to abstain

遺産：inheritance

6

「否定」與「もの」

復習問題

問題❶ （　　　　）の中の動詞を正しい形に変え、「ず」「ぬ」「ねば」と組み合わせて入れなさい。
1. 彼はそのニュースを聞いて、じっとして（いられる→　　　　）、外へ飛び出していった。
2. 請求書をもらったものの、納得の（いく→　　　　）金額が書いてあったので、抗議の電話を入れた。
3. 食事制限を（する→　　　　）して、やせられるなんて、おかしいと思ったほうがいい。
4. 課長の（いる→　　　　）間に、私用電話をかけようと、携帯電話を取りだした。
5. 組織に不満があっても、具体的に行動を（起こす→　　　　）、何も変わらない。

問題❷ （　　　　）の中の正しい方を選びなさい。
1. この1年、マンションが値下がりしている。今（買わずして・買わぬ間に）、いつ買うんだ。
2. 経営陣の賛成を（得られず・得られずして）、その企画は実施できなかった。
3. 久しぶりに田舎に行ったら、祖母が昔と（変わらぬ・変わらずして）笑顔で迎えてくれた。
4. 待てども待てども友人からの連絡が（きず・こず）、彼女はとうとう怒ってしまった。
5. プライドを傷つけられてまで、我慢（せぬ・せねばならぬ）理由はない。
6. 道で困った時、通りがかりの人に助けてもらったが、お礼も言わぬ間に（気がつかなかった・行ってしまった）。

2

ず・ぬ②

否定「ず」「ぬ」②

～ずにはおかない／～ないではおかない・～ずにはすまない／～ないではすまない・～とは言わず・～ならいざ知らず

這裡列了使用「～ず」的表現方法。此外還有「～かかわらず」、「～に限らず」、「～によらず」、「～のみならず」、「～ずにいられない」等等。

---

5 ～ずにはおかない／～ないではおかない　必定會～、非得～

（動詞ナイ形＋ずにはおかない）　＊「する」使用「せずにはおかない」

A

意味と用法 指「不會置之不理不做～（必定會做～）」之意。

例

魅了する：to fascinate

❶年末のイルミネーションは見る人を魅了せずにはおかないと思う。
❷この映画はきっと見る人を夢の世界に引きずり込まずにはおかないだろう。
❸高度先端技術は我々の生活を、いずれ変えずにはおかないだろう。

抗議する：to protest

❹仕事の状況が「契約と違う」と相手に抗議せずにはおかない事態になった。

---

6 ～ずにはすまない／～ないではすまない　不能不～

（動詞ナイ形＋ずにはすまない）　＊「する」使用「せずにはすまない」

B

意味と用法 指「不能不做～」、「若不做～，不會被允許」之意。是使用了動詞「済む」而來的表現。

例

❶お世話になった方の入院だから、お見舞いに行かずにはすまないよ。
❷子供がしたことだが、店の品物を壊したのだから、弁償せずにはすまない。
❸親としてお礼をせずにはすまないのに、助けてくれた人の名前もわからない。
❹あれだけ心配をかけたのだから、本当のことを言わずにはすまないだろう。

---

7 ～とは言わず　不只～、別說只是～

（名詞＋とは言わず）

B

cf. ～といわず～といわず
(P.56)

意味と用法 意為「不只是～」。

例

❶一杯とは言わず、何杯でも飲んでください。

❷休日だけとは言わず、毎日でも時間があればバイクに乗りたい。

❸ちょっと2、3分とは言わず、1時間でも2時間でもお寄りください。

❹こんな楽しい会なら月に1回とは言わず、毎週でもしたいですね。

---

8 〜ならいざ知らず
（名詞＋ならいざ知らず）

〜就算了

A

意味と用法 形式為「Aならいざ知らずB」，指「既然是A就算了，那麼B」之意。是為了表現「如果是A那沒辦法，但完全不同的B是不行的」的心情。A與B會使用相對的事物。

例

❶新入社員ならいざ知らず、中堅社員のあなたがこんなミスをするなんて困ったものだ。

❷中小企業ならいざ知らず、あんな有名大手企業が倒産するなんて信じられない。し

❸10年前ならいざ知らず、今は携帯を持っていないと仕事にもならない。

❹子供ならいざ知らず、大人なら人に聞くなり何なりして来られるでしょう。

6

「否定」與「もの」

復習問題

問題❶ 正しい文に○、そうでない文に×をつけなさい。

1. （　）旅行先でお世話になったから、お礼の手紙を書かずにはすまない。
2. （　）いつまでもこのままのわけがなく、時代が社会を変えずにはおかないだろう。
3. （　）昔とは言わず、今は収入もある程度あるのだから、もうちょっとましな服を着たら？
4. （　）不況ではあるが、1人2人と言わず、3人は新規採用したいと思う。
5. （　）事業も拡大したし、効率よく仕事するには、わが社は広い場所に移転するにはおかない。
6. （　）田舎ならいざ知らず、こんなに大きな町にコンビニがないなんて！

問題❷ （　　　）の中の正しい方を選びなさい。

1. 彼のスピーチは聞く人を（感動させず・感動されず）にはおかないものだった。
2. バーゲンに客が押し寄せて、入場制限を（しず・せず）にはおかない状況だった。
3. 私が悪いのですから、（謝らず・許さず）にはすまないでしょう。
4. 2、3日とは言わず、（1日だけ・1週間ぐらい）泊まっていきなさいよ。うちは気にしないから。
5. 二日酔いの時（とは言わず・ならいざ知らず）、普段飲んでいただいても、体がしゃきっとしていいですよ。
6. 仕事で忙しい（とは言わず・ならいざ知らず）、毎日ぶらぶらしているのなら、部屋の掃除ぐらいしろよ。

こたえ 問題❶ 1)○ 2)○ 3)× 4)○ 5)× 6)○
問題❷ 1)感動させず 2)せず 3)謝らず 4)1週間ぐらい 5)とは言わず 6)ならいざ知らず

3

使用頻度 ★

～て××ない
「～て ×× ない」

～てはいられない・～てはかなわない／～てはたまらない・～てやまない・～て(も)さしつかえない・～てはばからない

此節要學習「～て ×× ない」這樣的表現法。每個表現的形式很相似，但其意義都不同，請注意理解每個的正確意思，並且不要混淆。若理解源頭的動詞，像是「さしつかえる」（妨礙）、「はばかる」（忌憚）等，將有助於理解。

| **1** | **～てはいられない**
（動詞テ形＋はいられない） | 無法～、不可～ | **B** |

意味と用法 為「以狀況來考量，沒辦法繼續做～」之意。用來表現說話者「自己若做～是不行的」的心情。

例
❶夜11時になっても子供から連絡がないのでは、じっとしてはいられない。
❷相手は前回の優勝者だが、怖がってはいられない。自信をもって戦おう。
❸今期は売り上げトップに立ったが、ライバルは多い。安心してはいられない。

| **2** | **～てはかなわない／～てはたまらない**
（動詞受身形のテ形・い形容詞テ形＋はかなわない／な形容詞＋ではかなわない） | 無法忍受～、～得不得了 | **B** |

★かなわない・たまらない＝我慢できない

意味と用法 表現出「無法忍受被他人～，很困擾、很厭惡」之心情。若使用形容詞，形式為「こう～てはかなわない」時，表示「如此～的話，是很不得了的」。

例
❶会社の業績が悪いからといって、給料を減らされてはたまらないよ。
❷会議で決まったことなのに、失敗を私だけの責任にされてはかなわない。
❸こう問題が複雑ではかなわない。ちょっと単純化して考えよう。
❹こう家賃が高くてはたまらない。どこか郊外に引っ越そう。

| **3** | **～てやまない**
（動詞テ形＋やまない） | 打從心底～ | **A** |

★常使用動詞：「祈る・願う・信じる」等等

意味と用法 「非常～」之意。用來表示「打從心底強烈地如此認為」的心情。是由動詞「やむ」（停止）延伸而來的表現法。

例

❶すべての人が平和で静かに暮らせるよう、願ってやまない。
❷休みなしの激しい練習ができるのは、全員、勝利を信じてやまないからだ。

---

4 〜て（も）さしつかえない
（動詞・い形テ形＋もさしつかえない／名詞・な形＋でもさしつかえない）

〜也沒關係

B

意味と用法 「即使〜也不在意」。是由動詞「さしつかえる」（妨礙）延伸而來的表現方法。

例

❶もう熱も下がったので、学校に行ってさしつかえありません。
❷お電話してさしつかえなければ、明日10時にいたします。
❸少しぐらい大きくてもさしつかえなければ、このテーブルにしましょう。
❹メールでもさしつかえありませんので、お返事ください。

---

5 〜てはばからない
（動詞テ形＋はばからない）

毫不忌憚地〜

A

意味と用法 「不在意或顧慮、不害怕而堂堂正正地做〜」之意。用來表示「一般來說是會在意或顧慮的，但是〜」這種心情。是由動詞「はばかる」（忌憚）延伸而來的表現。

例

❶彼女は、私ほど美人で運が強い人間はいないと言ってはばからない。
❷部長は新プロジェクトの失敗を部下のせいにしてはばからない。
❸あの監督はいつも今シーズンは優勝すると断言してはばからないけど…。

復習問題 **問題❶** 文の話し手の気持ちはどちらですか。（　　　　）の中の正しい方を選びなさい。

1. チケットを買うために大勢の人が並んでいる。ゆっくりしてはいられない。→（急ぎましょう・急ぐことはできない）
2. 円高を見過ごしてはいられない。→（対策を立てない・対策を立てなければ）
3. こんなに雪が多くてはかなわない。→（スキーができる・スキーどころではない）
4. 手抜き工事をされてはかなわない。→（よく注意しないと・注意はいらない）
5. 印鑑のかわりに、サインでもさしつかえありません。→（サインは困る・サインでも問題ない）
6. 彼は新人のくせに、次の選挙では必ず当選すると公言してはばからない。→（彼はすごい・彼は少し言いすぎだ）
7. Aチームの勝利を願ってやまない。→（とても願っている・願えない）

こたえ **問題❶** 1)急ぎましょう　2)対策を立てなければ　3)スキーどころではない　4)よく注意しないと　5)サインでも問題ない　6)彼は少し言い過ぎだ　7)とても願っている

6

「否定」與「もの」

4

使用頻度 ★★★

～ない①

否定「～ない」①

～にこしたことはない・～に（は）及ばない・～に（は）あたらない・～までもない

這裡整理出句尾為「ない」的表現法。與前一節相同，若理解源頭的動詞「こす」（超越）、「及ぶ」（及）、「あたる」（相當於）之意，能夠幫助理解及記憶。

---

1 ～にこしたことはない

莫過於～、最好是、再好沒有了

（動詞・形容詞辞書形・名詞＋にこしたことはない／動詞・い形＋ナイ形＋ないにこしたことはない／名詞・な形＋ではないにこしたことはない）＊名詞・な形有時為「であるにこしたことはない」形式

A

意味と用法「（若可能）～比較好」之意。常常用在「雖然事實上這樣比較好，但卻有無法簡單達成的理由」的狀況。是由動詞「越す」（超越）延伸而來的表現。

例

❶部屋は広いにこしたことはないが、そうなると家賃（やちん）が高（たか）くなるから…。

❷やってしまったことはしょうがないから、正直（しょうじき）に言（い）うにこしたことはない。

❸整形（せいけい）しないにこしたことはないけど、見（み）た目（め）が一番（いちばん）という時代（じだい）だから仕方（しかた）がないのか。

❹お金（かね）はあればあるにこしたことはない。

整形する：
to have plastic surgery

---

2 ～に（は）及ばない

不及～、沒有必要～

（名詞・動詞辞書形＋に及ばない）

B

意味と用法「不達～程度」之意（①②③）。也用來表「沒有必要～」（④⑤）之意。是由動詞「及ぶ」（及）延伸而來的表現。

例

❶高級（こうきゅう）なレストランには及ばないが、うちの肉（にく）もおいしいですよ。

❷駅前（えきまえ）のマンションには及びませんが、ここもかなり便利（べんり）な場所（ばしょ）ですよ。

❸シリーズものの映画（えいが）やドラマは、前作（ぜんさく）に及ばないことが多（おお）い。

❹「私（わたし）が伺（うかが）います」「いえいえ、わざわざ来（き）ていただくには及びません」

❺入院（にゅういん）といっても、検査（けんさ）ですから、心配（しんぱい）には及びません。

---

3 ～に（は）あたらない

不至於～

（名詞・動詞辞書形＋にあたらない）

A

意味と用法 「不至於〜」之意（①②）。也有「沒有必要〜」、「沒有達到要做〜」（③④）之意。

例

著作権：copyright

侵害：infringement

❶ニュース記事の見出しは著作権の侵害にあたらないという判決が出た。

❷携帯メールの失礼にあたらない書き方を教えてほしい。

❸彼がロシア語ができるのは驚くにあたらない。5年も住んでいたんだから。

❹老人に席を譲ったくらいで、ほめるにはあたらないですよ。当たり前のことをしたんですから。

---

4 〜までもない
（動詞辞書形＋までもない）

沒有必要〜

B

意味と用法 為「其他的方法已經很足夠了，不必做〜也可以，沒有必要做〜」之意。「言うまでもない」（〜是理所當然）為慣用法。

例

❶この表と図を見れば、いちいち説明するまでもない。すぐわかることだ。

❷こんな簡単な計算なら、電卓を使うまでもない。小学生の算数だよ。

❸客のところをわざわざ訪ねるまでもない。手紙で済むことです。

❹あらためて言うまでもないことですが、ルールを必ず守ってください。

6

「否定」與「もの」

復習問題

問題 ❶ 正しい文に〇、そうでない文に × をつけなさい。

1. （　　）台風はこの辺には上陸しないようだが、準備をしておくにこしたことはない。
2. （　　）品質が同じなら、買うほうとしては高いにこしたことはないな。
3. （　　）みんながわかるわけではないから、わざわざ説明するまでもないだろう。
4. （　　）最新のパソコンにはあたらないが、この機種も結構処理速度が速いよ。
5. （　　）彼の才能を考えれば、今回の受賞は驚くにこしたことはない。
6. （　　）同じものを持っているから、新しいものを買っていただくには及びません。

問題 ❷ （　　　　）の中の正しい方を選びなさい。

1. 1回上手にできただけでは、ほめる（にあたらない・にこしたことはない）。
2. 郵便局ならわざわざ地図を描く（にはあたらない・までもない）。もう見えているよ。
3. 経験はある（にこしたことはない・までもない）が、なくてもこの仕事はできます。
4. 結婚して、私も料理が上手になったけど、まだ母には（こしたことはない・及ばない）。
5. （勝つ・負ける）にこしたことはないが、今回は相手が強いので、引き分けでもいいとしよう。
6. あなたに言われる（にはあたらなく・までもなく）、今回の失敗は私の責任だとわかっています。
7. 彼の発言は騒ぎになっているが、特に問題にするに（あたらない・こしたことはない）。
8. 大した用事ではありませんので、折り返しお返事いただく（にこしたことはありません・には及びません）。

こたえ 問題❶ 1)〇 2)× 3)× 4)× 5)× 6)〇
問題❷ 1)にあたらない 2)までもない 3)にこしたことはない 4)及ばない 5)勝つ 6)までもなく 7)あたらない 8)には及びません

5

使用頻度 ★★

〜ない②

否定「〜ない」②

〜なくはない／〜なくもない・〜ないものでもない／〜ないでもない・〜くもなんともない・〜でもなんでもない・〜ことこのうえない

此處繼續學習使用「〜ない」的表現法。有些是雙重否定，例如「なくもない」（並非沒有）、「ないものでもない」（也不是沒有），請小心。

5 　〜なくはない／〜なくもない
（動詞・形容詞ナイ形＋なくはない）

也不是不〜、多少也有〜

B

意味と用法　「也不是完全沒有〜，多少也有〜」之意。

例

❶若い人たちの考えを理解できなくもないが、現実は甘くない。
❷勉強を始めて6カ月になるが、日本語が上手になったと思わなくもない。
❸そのセーター、似合わなくはないけど、こっちのデザインのほうがいいよ。

6 　〜ないものでもない／〜ないでもない
（動詞ナイ形＋ないものでもない）

也不是不〜、也不是沒有〜

A

意味と用法　「依照場合、狀況、條件不同，有的時候也有〜」之意。

例

❶「おまえの目的によっては、金を貸さないものでもない」と父は言う。
❷つまらないと思える仕事でも、世の中に役に立たないものでもないよ。
❸親に頼りきっている僕でも、一人暮らしをやってやれないもんでもない。

7 　〜くもなんともない
（い形容詞ク形＋もなんともない）

一點也不〜、根本不〜

B

意味と用法　「完全不〜」之意，是用來強烈表現否定的心情。常在會話中使用。常與「〜ほしい」、「〜たい」一同使用。

例

❶大丈夫。こんな傷、痛くもなんともない。すぐに治るよ。
❷母「いつも仕事で一緒にいてあげられなくて、ごめんね」子供「僕、お母さんがいなくても、寂しくもなんともないよ。気にしないでお仕事頑張って」
❸「休暇でリゾートに行ったのよ。その写真見ない？」「人の行ったとこ

リゾート：resort, 保養地

ろの写真なんか見たくもなんともないわ」

---

8 〜でもなんでもない

（な形容詞・名詞＋でもなんでもない）　　　　根本稱不上〜　**B**

意味と用法　「完全不〜」之意，用來表示強烈的否定。

例

❶困っている時に助けてくれないなんて、友達でもなんでもない。
❷好きなことを仕事にしたんだから、こんなことは苦労でもなんでもないよ。
❸今の時代、海外旅行は特別でもなんでもない。行く人は大勢いる。

---

9 〜ことこのうえない

（い形容詞・動詞辞書形＋ことこのうえない／な形容詞＋なことこのうえない）　非常〜、無比、到極點　**A**

意味と用法　「無比〜」、「非常〜」之意。

例

❶地域のみんなが通った小学校が壊されるなんて、さびしいことこのうえない。
❷提出前に、必ず部長と課長の了解が必要なんて、面倒なことこのうえない。
❸新しい看板ができた。目立つことこのうえないね。黄色だから。

復習問題

問題❶ 文の話し手の気持ちはどちらですか。（　　　）の中の正しい方を選びなさい。
1. あなたの言いたいことはわからなくもないけど…。→（よくわかる・少しはわかる）
2. 私は60歳だが、その資格が取れないものでもない。→（取れると思う・取れないと思う）
3. 今回のは失敗でもなんでもないよ。→（気にしなくていい・反省するべきだ）
4. そんな冗談、面白くもなんともない。→（笑った・笑えない）
5. 悪口を言われて不愉快なことこのうえない。→（我慢できない・まあ我慢できる）

問題❷ （　　　）の中の正しい方を選びなさい。
1. 別に高級料理なんか（食べたくもなんともない・食べないものではない）。
2. 一人で行け（なくもなんともない・なくもない）けど、旅行は大勢で行ったほうが楽しいと思う。
3. このマニュアルは字が小さくて、読みにくい（ものでもない・ことこのうえない）。
4. 君の頼み方によっては、手伝ってやらない（ものでもない・でもなんでもない）。
5. そういう事情なら、予定の変更を（認める・認めない）ものでもない。
6. 腕時計をなくしてしまったけれども、安物だったから、（惜しい・惜しく）もなんともない。
7. ここは観光地でもなんでもないのだから、大きなホテルは（必要ない・あるべきだ）。

こたえ　問題❶ 1)少しはわかる　2)取れると思う　3)気にしなくていい　4)笑えない　5)我慢できない
問題❷ 1)食べたくもなんともない　2)なくもない　3)ことこのうえない　4)ものでもない　5)認めない　6)惜しく　7)必要ない

6

使用頻度 ★★

～ない③

否定「～ない」③

～のも無理はない・～とあっては～ない・～と言っても過言ではない／～と言っても言い過ぎではない・～ことなしに

此處繼續學習使用「～ない」的表現，以及與「ない」同樣表否定之意的「なし」及「まい」的表現。有些表現較為艱澀，有些則常用在會話當中。

---

10 ～のも無理はない
（名詞修飾型＋のも無理はない）　＊名詞時用「＋なのも無理はない」形式

～也是理所當然　**B**

意味と用法「～是理所當然的」、「～也是沒辦法」之意，用來表示接受的心情。

例

❶勉強しなかったんだから、不合格なのも無理はない。
❷あんなに性格が悪かったら、嫌われるのも無理はない。
❸こんなに一つ一つ手作りをしていたら、値段が高いのも無理はない。
❹20年も会わなかったのだから、すぐにわからなかったのも無理はない。

---

11 ～とあっては～ない
（普通体＋とあっては）
＊名詞、な形容詞通常不加「だ」

既然～也沒辦法、
既然～也是理所當然的　**A**

cf. とあって（P.119）

意味と用法「如果是～的話（情況特殊），當然沒辦法…」之意。後句不只是使用「ない」，也可使用「～は当然だ」。

例

❶いつもお世話になっている小林さんの頼みとあっては、断れないな。
❷娘さんの誕生日とあっては、早く帰らないわけにはいかないね。
❸そんなに珍しい動物が見られるとあっては、多くの人々が押しかけるのも無理はない。
❹チケットを持っていても入場できないとあっては、騒ぎになるのも当然だ。

---

12 ～と言っても過言ではない／～と言っても言い過ぎではない
（普通体＋と言っても過言ではない）

說～也不為過　**A**

意味と用法「說是～也不誇張」、「果真就是～」、「果真該說是～」之意。

例

災害：disaster

❶この作品は、生まれ育った町の自然が作り上げたと言っても過言ではない。
❷この災害は起こるべくして起こったと言っても過言ではない。専門家が以前から警告していたのを無視していたのだから。
❸読書が人生を豊かにすると言っても言い過ぎではないと思う。

13 〜ことなしに
（動詞辞書形＋ことなしに）　　並未〜　B

cf. なしに（P.50）

意味と用法 「沒有做〜」之意。是稍微艱澀的表現。

例

❶実際にその人の話を聞くことなしに、判断するのはよくないと思う。
❷医療技術の進歩によって、この病気は手術することなしに完治するようになった。
❸人は、人と関わることなしに生きていくことはできない。

14 〜ではあるまいし／〜じゃあるまいし
（名詞＋ではあるまいし）　　又不是〜　B

意味と用法 「完全不是〜，當然…」之意。常用在會話中。動詞、形容詞可使用「〜わけではあるまいし」的形式。

例

❶病人じゃあるまいし、朝から働くのは当然でしょ。
❷新人じゃあるまいし、こんな簡単な仕事にどうしてミスをするんですか。
❸みんなに迷惑をかけるわけじゃあるまいし、子供連れで参加してもいいんですよ。

復習問題 問題❶（　　　）の中の正しい方を選びなさい。
1. しょうゆが日本の味をつくり出していると言っても（無理はない・過言ではない）。
2. 許可を受ける（ではあるまいし・ことなしに）、この中に入ることはできません。
3. 基礎を身に付けることなしに、応用は（できる・できない）。
4. 久しぶりに行ったら町がすっかり変わってしまっていた。よく通った喫茶店が見つからない（のも無理はない・と言っても過言ではない）。
5. 日本に来たばかりというわけじゃあるまいし、（日本語が上手だね・日本の習慣ぐらい覚えてよ）。
6. 彼は（日本一のマラソン選手だ・昔マラソン選手だった）と言っても過言ではない。
7. 初めての海外旅行とあっては、興奮（せざるを得ない・するわけではない）ね。

こたえ 問題❶ 1)過言ではない 2)ことなしに 3)できない 4)のも無理はない 5)日本の習慣ぐらい覚えてよ 6)日本一のマラソン選手だ 7)せざるを得ない

7

使用頻度 ★★★

もの

「もの」的用法

〜をものともせず・〜ものやら・〜ものを・〜ものと思われる

在日文當中，有許多使用「こと」的表現，此外，使用「もの」的表現也不少，例如「〜ものだ」、「〜ものの」、「〜ものなら」、「〜ものか」等等。此處要介紹四種，請理解每項的意思之後，試著使用看看。

---

1 〜をものともせず

（名詞＋をものともせず）

不將〜當一回事、不畏〜

A

意味と用法 「不把〜當作問題」之意。表示不在乎困難與否，都會度過。不太用來敘述說話者自己本身的狀況。

例

❶彼は、難病をものともせず、自分のやりたいことに挑戦している。
❷島の人々は度重なる台風の被害をものともせず、たくましく生きている。
❸ライバル企業の妨害をものともせず、A社は新しい企画を進めている。
❹彼女は、けがによる練習不足をものともせず、優勝した。

---

2 〜ものやら

（名詞修飾型＋ものやら）＊名詞使用「＋なものやら」

究竟〜呢

A

意味と用法 「究竟〜」之意。是自言自語似地，表現出「自己也不太清楚」的這種心情。

例

❶帰国した学生は今頃何をしているものやら。（＝何をしているのだろうか）
❷営業へ行くと言って出かけたきり帰ってこない。どこへ行ったものやら。
❸高価な贈り物をもらったが、そんな親しい相手でもないので喜んでいいものやら。
❹弟は絶対食べていないと言う。他にだれもいなかったのに。信じていいものやら。

---

3 〜ものを

（名詞修飾型＋ものを）＊名詞使用「＋なものを」

明明〜

A

意味と用法 「明明是〜」之意。使用「〜ば…ものを」的形式，使用在

想表現「如果做了～，明明會成為…的狀況，但因為沒有做，而成為不得了的狀況」。用來表現責怪、後悔的心情。

例

❶せっかく親切で教えてあげているものを、彼は必要ないと拒否する。
❷すぐに洗えばきれいになったものを、放っておいたから汚れが落ちない。
❸最初から正直に言えば許したものを、うそなんかつくから…。
❹あの時、あきらめないでがんばっていれば、何とかなったものを。
❺あの時、相談してくれていれば、助けてあげられたものを。

---

4 ～ものと思われる

（名詞修飾型＋ものと思われる）＊名詞使用「＋であるものと思われる」

可認為～   **B**

意味と用法 使用在敘述「認為～」的狀況時。經常使用在做報告的文章中。

6 「否定」與「もの」

腐食：rust
老朽化：decrepit

空軍基地：air base

例

❶パイプの腐食の状況から見ると、原因は老朽化によるものと思われます。
❷A社は、今回やむを得ず日本市場を撤退するが、再進出は早いものと思われる。
❸空軍基地の移転は、今後も粘り強い交渉が必要になるものと思われます。

復習問題

問題 ❶ 正しい文に○、そうでない文に × をつけなさい。

1. （　　）事故で電車が止まって動かない。いったいいつ運転が再開されるものやら。
2. （　　）賞を取った小説なので読んでみたが、面白いものと思われる。
3. （　　）急いでいけば間に合ったものを、のんびりし過ぎだよ。
4. （　　）今日の試合は大雪をものともせず、中止になった。
5. （　　）大学を出たら、就職しないで世界旅行に出かけるなんて、何を考えているものやら。
6. （　　）来年のオリンピックはどこで開催されるものやら、忘れてしまった。
7. （　　）この遺跡は出土品などからも 8 世紀後半のものと思われる。

問題 ❷ （　　　　）の中の正しい方を選びなさい。

1. あきらめないで、試験さえ受けていれば、卒業できた（ものやら・ものを）。
2. いとこの結婚式のお祝いに何を買ったらいい（ものやら・ものを）。彼女、好みがうるさいからなあ。
3. ファンは警備員の制止をものともせず、（アイドルに向かって突進した・アイドルの姿さえ見られなかった）。
4. 買う前によく確認していれば、（こんないいものを買うことができる・こんな不良品を買わずにすんだ）ものを。
5. 彼女は同僚の冷たい視線（をものともせず・ものを）、堂々と早退していった。

こたえ 問題❶ 1)○ 2)× 3)○ 4)× 5)○ 6)× 7)○
問題❷ 1)ものを 2)ものやら 3)アイドルに向かって突進した 4)こんな不良品を買わずにすんだ 5)をものともせず

まとめテスト帰納問題

1 （　　　）に適当なことばを〔　　　〕から選んで入れなさい。

① 〔　ならいざ知らず　やまない　にこしたことはない　無理はない　までもない　〕

同僚の山田が辞めるという。あんなにひどい上司の下では、辞めたいと思うのも（　　　）が、今、転職できるのか。景気がいい時（　　　）、不況の今、就職難なのは言う（　　　）。「給料はいい（　　　）けど、尊敬できる上司の下で仕事ができればそれでいいよ」と言う。彼の転職が成功するのを願って（　　　）。

② 〔　ものやら　たまらない　いられない　ことこのうえない　をものともせず　じゃあるまいし　〕

レポートの締め切り前だというのに、友人どもが部屋のドアをノックする。この忙しいのに、大勢で来られては（　　　）と思い、居留守を使って、無視をした。ところが、ドアの前で大騒ぎする。まったく、子供（　　　）と思いながら、仕方なく部屋に入れる。迷惑な（　　　）。今日は酒なんか飲んで（　　　）のに、僕の抵抗（　　　）彼らは勝手に酒を出して飲み出した。本当にどうした（　　　）。

2 a〜d の中で正しいものを選びなさい。

①知ら（　　　）、パソコンがウイルスに感染していた。どうしよう。
　a. ず間に　　b. ぬ間に　　c. ずして　　d. ぬして
②私達が環境と資源を消費している事実は、しっかり認識（　　　）ならない。
　a. しねば　　b. すねば　　c. せねば　　d. するねば
③意図（　　　）人を傷つけてしまうこともある。
　a. しずして　　b. せずして　　c. しねば　　d. せねば
④こう蒸し暑くては（　　　）。涼しい海か山にでも行きたいなあ。
　a. いられない　　b. たまらない　　c. やまない　　d. このうえない
⑤いつまでも母に頼っては（　　　）。一人暮らしを始めるんだから、料理ぐらいできるようにならなきゃ。
　a. たまらない　　b. いられない　　c. はばからない　　d. やまない
⑥悪いのは田中なのに、僕のせいに（　　　）たまらない。
　a. しては　　b. されては　　c. せずには　　d. されずには
⑦彼は私の理想の男性だと言っても（　　　）。
　a. 過言ではない　　b. はばからない　　c. 無理はない　　d. いいものを
⑧必要ならさっさと買えばいい（　　　）、彼女はいつも時間がかかる。
　a. ものを　　b. ものやら　　c. とは言わず　　d. ならいざ知らず
⑨あんなに毎日甘い物を食べていたら、太るのも（　　　）。
　a. ことこのうえない　　b. にこしたことはない　　c. までもない　　d. 無理はない

94

⓪今の状態を知る（　　　　）、未来の予測なんてできない。

　a. とあっては　　b. ことなしに　　c. ならいざ知らず　　d. ものを

①大きいレストランだし、平日の夜だから、わざわざ予約をする（　　　　）だろう。

　a. にこしたことはない　　b. でもなんでもない　　c. には及ばない　　d. ものと思われる

②海外旅行に行くなら、英語はできる（　　　　）、できなくても何とかなるものだ。

　a. ならいざしらず　　b. ものを　　c. にこしたことはないが　　d. ことこのうえないが

③きのうから手帳を探しているけど、見つからない。どこに置いた（　　　　）。

　a. ものを　　b. ものやら　　c. ものと思われる　　d. ではあるまいし

④1個（　　　　）、2個でも3個でも、好きなだけ食べていいよ。ケーキ好きなんでしょ？

　a. とは言わず　　b. ならいざ知らず　　c. ではあるまいし　　d. までもなく

⑤経験者（　　　　）、登山初心者がいきなり冬山に登るなんて、無理だよ。

　a. なものやら　　b. とは言わず　　c. ならいざ知らず　　d. は言うまでもなく

⑥「そんなもの、（　　　　）よ」と弟は負け惜しみを言った

　a. ほしいにこしたことはない　　b. ほしくなくもない

　c. ほしくもなんともない　　d. ほしくてたまらない

⑦お名前とメールアドレスを書いていただければ、住所等は省略（　　　　）。

　a. してもはばからないです　　b. するには及びません

　c. してもさしつかえありません d. するまでもありません

3　（　　　）に適当なことばを〔　　　〕から選んで入れなさい。

〔　やまない　ないものでもない　ずにすまない　ではあるまいし　までもない　にあたらない　はばからない　ことこのうえない　〕

①どうして、道に迷ったの？　この店に来るのは初めて（　　　　）。
②傷の部分を見えないようにすれば、消費者をごまかせ（　　　　）。
③君に紹介してもらう（　　　　）よ。僕たちもう知り合いだから。
④このような服装で式に参加して、失礼（　　　　）でしょうか。
⑤父の手術が無事成功することを願って（　　　　）。
⑥宝くじが当たった上に、応募した小説が賞を取るなんて、うらやましい（　　　　）。
⑦「人の心はお金で買える」と言って（　　　　）青年実業家がいる。
⑧娘があんなにお世話になったのだから、お礼に伺わ（　　　　）だろう。

4　a〜cの中で、　　　　の使い方の正しいものを1つ選びなさい。

①a. 今日は雨が降ることなしに、洗濯することができた。
　b. 人間はだれも傷つけることなしに生きることはできない。
　c. 約束を守ることなしに、母にしかられてしまった。
②a. 今回の勝利は奇跡でもなんでもない。一生懸命練習してきた成果だ。

b. そんなお世辞を言われても、うれしいでもなんでもない。やめてほしい。

c. 来年も不景気から脱出するでもなんでもない。まだ厳しい状況は続くだろう。

③a. 大雪による交通の乱れとあっては、駅は乗客で混雑している。

b. 大人気の温泉とあっては、1週間前に予約は取れなかった。

c. 1年に一度のバーゲンセールとあっては、見逃すわけにはいかない。

5　（　　　）の中の正しい方を選びなさい。

①電話で（問い合わせる・問い合わせた）までもない。ネットで調べればわかる。

②雑誌記者だから、真相を追究（する・せず）にはおかない。

③いつまでも親の経済力を（頼って・頼った）はいられない。自立しよう。

④これ以上失敗を（重ね・重ねられ）てはかなわないから、このプロジェクトから、彼を外そう。

⑤リードされていてもファンとしては勝利を信じて（やまない・はばからない）

⑥友達はみんなレポートを提出した。僕もこうしては（かなわない・いられない）。

⑦静かで環境がいいと思って引っ越してきたが、うるさくて（やまない・かなわない）。

⑧夜間でも（さしつかえない・はばからない）ので、ご連絡いただければと思います。

⑨彼は家庭より仕事のほうが大切と言って（かなわない・はばからない）ような男だ。

⑩契約の注意事項を見落として、損しては（やまない・かなわない）。

第7章

断定「だ」、限定「限る」、有／沒有「がある／がない」

此處將使用了同個語彙的表現整理出來並學習。

1

～だ①

断定「～だ」①

～模様だ・～しまつだ・～まで（のこと）だ・～まで（のこと）だ・～ところだった

此處要學習各種放在句末、加上「～だ／です」的各種表現。許多句子在句尾才會表現出說話者的心情，因此請仔細閱讀到最後，再捕捉其語意。

---

1 ～模様だ
（名詞修飾型＋模様だ）

～似乎　**B**

意味と用法 「～的樣子」、「似乎～」之意。經常被使用在新聞報導當中。

例

証拠：evidence

❶大雪のため、新幹線は大幅に遅れる模様だ。
❷昨夜は十分な証拠がそろわず、彼を逮捕に至らなかった模様だ。
❸地震後、捜索は依然続いていますが、先程3名救出された模様です。

---

2 ～しまつだ
（動詞辞書形＋しまつだ／動詞ナイ形＋ないしまつだ）

～終究、結果竟然還是　**A**

意味と用法 「最後成了～的壊結果」之意。經常用來表示說話者帯有「出乎意料」的心情。

例

❶明日は大切な会議なので、遅れないようにと言ったのに、30分も遅れるしまつだ。
❷空巣が増えているのに、田舎の祖母は大丈夫だと言い張って、鍵をかけないしまつだ。
❸わざわざ教えてあげたのに、教えたそばから間違ってミスするしまつだ。

---

3 ～まで（のこと）だ
（動詞辞書形＋までだ）

就只好～　**B**

意味と用法 表示「沒有其他～的方法，所以只好做～」的決心及意願。

例

❶ラジオが壊れたけど、今日は電気屋は休みだ。それなら、自分で直すまでだ。

❷大雪で電車が止まって帰れないなら、歩いて帰るまでのことだ。
❸指示は出したのだから、あとは報告を待つまでだ。いい結果だといいなあ。

4

～まで（のこと）だ
（動詞普通体＋までだ）

只不過是～ **B**

意味と用法 用在想表示「並非大不了的事」、「沒有特別的理由」之意。

例
❶「珍しいですね。どうしたんですか」「近くを通ったので、寄ったまでです」
❷「ありがとうございます。本当に助かりました」「いやあ、部長に言われたから手伝ったまでです」
❸万が一に備え準備しているまでだろう。心配することはない。

5

～ところだった
（動詞辞書形＋ところだった）

幾近～差點、險些 **B**

意味と用法 「再一點點就會～的樣子，但在那之前就停止了」之意。是為了表現出說話者的心情為「還好沒有做～」。

例
❶目覚ましをセットし忘れたのに気が付いたからよかったけど、そのまま寝ていたら、危うく遅刻するところだった。
❷目撃者が証言してくれなかったら、痴漢の犯人にされるところだった。

目撃者：witness
証言：to testimony

7

斷定「だ」、限定「限る」、有／沒有「がある／がない」

復習問題

問題 ❶ 〔　　　〕の言葉を使って、（　　　）に入れなさい。

[しまつ　まで　もよう　ところ]

1. 彼は大手術をしたが、経過ははかばかしくない（　　）だ。
2. あなたができないなら、他の人に頼む（　　）だ。
3. 大した問題ではありませんが、気がついたのでお話した（　　）です。
4. 後輩は忙しいのに、会社を休んでスキーに行き、骨折して帰ってくる（　　）だ。
5. 新入社員に何度も説明したのに、きちんと聞いていないから失敗する（　　）だ。
6. 現在事故のため、火災が発生し、高速は使えない（　　）だ。
7. 文句ではなくて、サービス向上のために言った（　　）です。
8. 割引できないか交渉しても、応じてくれないなら買わない（　　）だ。
9. 今朝は道路が凍っていて、自転車が滑り危うく車にぶつかる（　　）だった。

こたえ 問題❶ 1)もよう 2)まで 3)まで 4)しまつ 5)しまつ 6)もよう 7)まで 8)まで 9)ところ

2

〜だ②

断定「〜だ」②

〜も同然だ・〜ずじまい（だ）・〜などもってのほかだ／〜なんてもってのほかだ・〜っぱなしだ・〜だけましだ

此處繼續學習各種「だ」的表現法。有許多是日常會話常用的表現，例如「そんなことするなんてもってのほかだ」（做這樣的事情是最糟的）、「映画に行けずじまいだった」（電影就這樣沒去成）等等，請一邊閱讀例句，一邊想像自己會在何種場面使用，來進行學習。

---

6 〜も同然だ

（名詞修飾型＋も同然だ）※名詞不加「の」
※な形不加「な」

幾乎〜一樣、
簡直跟〜一樣、等同

B

★〜も同然の＋名詞

意味と用法 為「（實際上並非如此，但）幾乎是〜」之意。

例

❶我が家の息子はいつも深夜の帰宅。門限なんてないも同然だ。

❷他社の製品は、我が社ほど魅力的ではない。今度のプロジェクトはうちに決まったも同然だ。

ネットオークション：
net auction, 競売

❸買った時は高かったのに、ネットオークションで売ったら半値も同然の値段になった。

❹難しい数学の問題だったが、ここまでくれば解けたも同然だと思ったのに、なぜか最後がうまくいかない。

---

7 〜ずじまい（だ）

（動詞ナイ形＋ずじまいだ）
＊「する」使用「せずじまいだ」，「来る」使用「来ずじまいだ」

就這樣沒〜終於
（還是）沒有、未能

A

意味と用法 為「還未做〜，便結束了」之意。

例

❶せっかく料理を作って、冷蔵庫に入れておいたのに、忘れて出さずじまいだった。

❷写真を持って行ったが、おしゃべりに夢中で見せずじまいで帰ってきた。

❸美術展に行こうとチケットを買っておいたが、気づいた時には終わっていた。結局、いつも行かずじまいでいる。

❹今日こそは社長に退職を切り出そうと思っていたのに、結局、言えずじまいだった。

---

8 〜などもってのほかだ／〜なんてもってのほかだ

（普通体＋などもってのほかだ）＊名詞、な形容詞有時不加「だ」

〜是最糟的、不像話

A

意味と用法 意指「做～是最糟的」、「～是不像話的」。

無断：without permission

外泊する：
to stay out overnight

例

❶医者に止められているのに、酒を飲むなどもってのほかだ。
❷専門家の彼に、門外漢の君がそんなこと言うなどもってのほかだ。
❸若い娘が無断外泊するなどもってのほかと、父はいつも以上に怒った。
❹奨学金をもらいながら、研究に励まず論文が書けないなどもってのほかだ。

---

9 ～っぱなしだ
（動詞マス形＋っぱなしだ）

～著，置之不理 **B**

意味と用法 「就這樣保持著～」。常常被用來表示習慣不檢點（①②），或是用來當負面的形容。是由動詞「放す」（放掉）延伸而來的表現。

例

❶夕べ、電気をつけっぱなしで寝てしまった。
❷夫はいつも服を脱ぎっぱなしにするので、腹が立つ。
❸美容師は一日中立ちっぱなしの仕事なので、疲れる。

---

10 ～だけましだ
（名詞修飾型＋だけましだ）＊名詞時「＋なだけまし」

至少還～ **A**

意味と用法 為「雖然在糟糕的狀況，但至少也～，因此比最糟的狀況還好」之意。

額：sum(of money)

例

❶新人の田中さんは、仕事は遅いけど、丁寧だけましだ。
❷泥棒にかなりの額の現金をとられはしたが、命がとられなかっただけましだ。
❸今さらそんな準備が要ると言われても困るけど、講演会前日なだけましか。

復習問題

問題 ❶ （　　　）の中の言葉を正しい形に変えなさい。

1. 父は、医者に酒もタバコも運動もだめと止められ、そんな生活は（死ぬ→　　　）も同然だと怒っている。
2. 苦労して記事を書いたのに、スペースの関係で私の分はカットされ（載る→　　　）じまいだった。
3. 約束しておきながら、土壇場で（断る→　　　）なんてもってのほかだ。
4. 朝から電話が（鳴る→　　　）っぱなしで、トイレにも行けやしない。
5. 友人の訃報を聞いた祖父は、借りた本を（返す→　　　）じまいだったことを後悔している。
6. 人に（もらう→　　　）っぱなしはよくないよ。たまにはお返しした方がいいよ。
7. 雨が降ったけど、こんなに寒いのに雪に（なる→　　　）だけまししだね。
8. バイトしていた時から、社長に気に入られていたから、就職は（決まる→　　　）も同然だ。
9. 20才を過ぎたのに、選挙に（行く→　　　）なんてもってのほかだ。義務は果たすべきだ。

こたえ 問題❶ 1）死んだ 2）載らず 3）断る 4）鳴り 5）返さず 6）もらい 7）ならなかった 8）決まった 9）行かない

3

使用頻度 ★★

～だ③

斷定「～だ」③

～づめだ・～どおしだ・～がかりだ・～はいわずもがなだ

此處繼續學習各種「だ」的表現法。這裡所學「～だ」的表現，很多都是使用固定的幾個語彙。有些不只是放在句末，還用來說明名詞，或是當做慣用表現。閱讀時請注意使用方式。

---

11 ～づめだ
（動詞マス形＋づめだ）

不斷～、始終～

B

★～づめの＋名詞

★常用動詞：「働く・歩く」等等

プレゼン＝
presentation, 口頭発表

意味と用法 表示「持續保持～狀態」之意。是由動詞「詰める」（堵塞）延伸而來。有時也用來表示持續某種狀態而感到厭煩的心情。

例

❶今週は残業しても終わらず、休みなしの働きづめだ。

❷最終のバスに乗り遅れて、一晩中歩きづめだった。やっと5時に帰り着いた。

❸バスツアーのガイドさんの話が面白く、車中では参加者は笑いづめだった。

❹新幹線が不通で、レンタカーで走りづめに走って、やっとプレゼンに間に合った。

---

12 ～どおしだ
（動詞マス形＋どおしだ／名詞＋どおしだ）

一直～

B

★～どおしの＋名詞

ダイヤ：
(train/bus)schedule, 列車運行表

遭難する：
to meet with a disaster

意味と用法 表示「一直持續～的狀態」。是由動詞「通す」（通過）延伸而來的表現方式。

例

❶雪の影響でダイヤが乱れ、運休も出たため、帰りの新幹線は立ちどおしだった。

❷夜どおし捜索が続いたが、遭難者は発見できなかった。

❸新入社員の田中さん、部長に怒鳴られどおしだ。辞めると言わなきゃいいけど。

❹母子家庭だったので、母は仕事を掛け持ちし、寝る間も惜しんで働きどおしだった。

13 〜がかりだ
（名詞＋がかり）

花上〜、順路、依頼

B

意味と用法 前面接續表時間及人數的語彙，表示「花費了多少勞力及時間」。「通りがかり」是表「順路」（③），「親がかり」是指「依賴」（④）之意。是由動詞「かかる」（花費）延伸而來的表現法。

例

❶ 気難しい女優だから、1シーンを撮影するのでも一日がかりだろう。
❷ 彼は、徹底的な取材をし、5年がかりでこの小説を書き上げた。
❸ 通りがかりに、おいしい和菓子屋があったから買ってきたよ。
❹ いつまでも親がかりでは、困るな。はやく自立しないと。

14 〜はいわずもがなだ
（名詞修飾型＋のはいわずもがなだ）＊名詞為「＋はいわずもがなだ」「＋なのはいわずもがなだ」「＋であるのはいわずもがなだ」。な形有時為「＋であるのはいわずもがなだ」形式。

〜不用提、〜當然

A

意味と用法 「不用說〜」、「〜是當然的」之意。「いわずもがなのことを言う」是為「言わなくてもいいことを言う」（說了不提也罷的事）之意（④）。

例

❶ 彼女はイギリスに住んでいたから、英語はいわずもがなだが、独語も仏語も達者だ。
❷ 初心者に難しいのはいわずもがなだが、上級者でも登るのが難しい山だから、十分な装備が必要だ。
❸ 単語を覚えようとしないのでは、外国語が上達しないのはいわずもがなだ。
❹ 我慢していたけど、相手の失礼な一言にカチンと来て、ついいわずもがなのことを言ってしまった。

カチンと来る：to get angry

復習問題

問題 ❶ 〔　　　〕の言葉を使って、（　　　）に入れなさい。

〔 いわずもがな　がかり　づめ　どおし 〕

1. 息子さんは一流大学を卒業しているんですから、頭がいいのは（　　　）でしょう。
2. 引っ越しの時、エレベーターに家具が入らず、4人（　　　）で、やっと運んだ。
3. いくら散歩好きでも、街中を4時間も歩き（　　　）だとくたくただ。喫茶店にでも入ろう。
4. 昔は視聴者からのはがきに返事を書き（　　　）だったが、今はメールのコピーで簡単だ。

こたえ 問題❶ 1)いわずもがな　2)がかり　3)づめ／どおし　4)どおし

4

使用頻度 ★★

限る

限定「限る」

〜を限りに・〜を限りに／〜の限り・〜限りだ・〜に限ったことではない

此處要學習使用「限る」（限定）這個語彙的表現方式。在 N2 的教科書當中，應該已學過了數例，請回憶起當時的內容，注意其不同之處。

---

1 〜を限_{かぎ}りに
（名詞＋を限りに）

從〜之後　**A**

★常使用名詞：「本日・今回・今月・今〜」等等

意味と用法 「以〜為最後期限，在這之後，以前的狀態不再持續」之意。常與表示時間、日期及期限的語彙搭配使用。

例

❶「今日を限りに、もう二度と飲みません」と二日酔いの朝、いつも友人は言う。
❷今年度を限りに、大学は郊外の広いキャンパスに移転します。
❸このバーゲンを限りに、50年続いたデパートは閉店することになりました。
❹ゴミの収集は、今回を限りに本年中は終わりです。年明け 6 日から再開します。

---

2 〜を限_{かぎ}りに／〜の限り
（名詞＋を限りに／名詞＋の限り）

用盡〜、盡其〜　**A**

意味と用法 「將〜使用到極限」之意。僅限與「声、力、命」等語彙搭配使用，為慣用表現法。

例

❶地震で崩れたビルの下に閉じ込められ、声を限りに助けを求めた。
❷弟は、力の限り頑張ったマラソン大会で 1 位になった。
❸この本は、難病と命の限り闘った少女のお話である。

---

3 〜限_{かぎ}りだ
（い形辞書形＋限りだ／な形容詞＋な限りだ／名詞＋の限りだ）

真是太〜　**A**

意味と用法 是表現自己「非常〜」的心情。與表現感情的語彙一同使用。

例

❶ ちょっと階段を上ったただけで息切れするなんて、恥ずかしい限りだ。
❷ 来日したばかりのころは、知り合いも少なくて、心細い限りだった。
❸ 毎日寝る時間さえ惜しんで、練習に励んだので、優勝できてうれしい限りです。
❹ 社員の言い分が会議で通らなかったことは、残念な限りです。

4 ～に限ったことではない

（名詞＋に限ったことではない）

不僅限～　B

意味と用法「不只有～」之意。

例

グローバリゼーション：
globalization, 世界化

❶ 景気が悪いのは日本に限ったことではない。これがグローバリゼーションの影響というものだ。
❷ 難しいのは、初心者に限ったことではない。どのレベルもそれなりの難しさがある。
❸ その動物の数が減っているのは、この地域に限ったことではない。早急に何らかの対策が必要だ。
❹ ストレスというのは、大人に限ったことではない。子供はもっと敏感かもしれない。

Check Point 使用「限る」的表現，還有下列幾種。請確認。
「～に限る」（只限～）、「～に限らず」（不限～）、「～とは限らない」（不一定是～）、
「～ない限り」（只要沒有～）、「～限りでは」（在～限度之內）等等。

復習問題

問題 ❶ 〔　　　〕の中の言葉を使って（　　　）の中を書き換えなさい。

[を限りに　限りだ　に限ったことではない]

1. 私にとっては、雲の上の存在の大先輩にお褒めの言葉をいただき、（とても光栄です→　　　）。
2. （このフライトを最後に→　　　）パイロットを引退することにした。
3. 世界には食料不足の国もあるのに、こんなに残り物を捨てて（とてももったいない→　　　）。
4. 忙しいのは（あなただけではありません→　　　）。みんな同じですよ。
5. 息子の最後の試合なので、（声が出なくなるまで→　　　）応援した。

問題 ❷ 〔　　　〕の中から適当な言葉を選んで（　　　）に入れなさい。

[命　学校　今季　業界　贅沢]

1. 長年応援していた選手が、（　　　）を限りに、引退することになった。本当に寂しい。
2. 桜は間もなく散ると知っていながら、（　　　）の限り咲くので美しいそうだ。
3. いじめというのは、（　　　）に限ったことではない。社会のいろいろな場面で起こるらしい。
4. ホテルの部屋から、こんなにきれいな夕焼けと富士山が見えるなんて、（　　　）の限りだ。
5. 若手の人材不足というのは、この（　　　）に限ったことではない。

こたえ 問題❶ 1)光栄の限りです　2)このフライトを限りに　3)もったいない限りだ　4)あなたに限ったことではありません　5)声を限りに
問題❷ 1)今季　2)命　3)学校　4)贅沢　5)業界

7
断定「だ」、限定「限る」、有／沒有「がある／がない」

5

使用頻度 ★★

～がある／～がない 有／沒有

～きらいがある・～すべがない・～ためしがない・～むきがある／～むきもある・～ばきりがない／～たらきりがない／～ときりがない

此處要學習「～がある／～がない」（有～／沒有～）這種形式的表現法。「～」當中所擺的，是「きらい」（討厭）、「すべ」（手段）、「ためし」（前例）、「むき」（傾向）、「きり」（界限）這些名詞。因此請先確認這些名詞的意思，這麼一來便能夠幫助記憶。

---

1 ～きらいがある 有～傾向、容易、有點～

（動詞・い形容詞辞書形＋きらいがある／動詞ナイ形＋ないきらいがある／な形容詞＋なきらいがある／名詞＋のきらいがある） **B**

きらい＝傾向

意味と用法 「有～的負面傾向」之意。

例

❶多くの中高年サラリーマンは仕事に追われて、健康管理を怠るきらいがある。

❷彼女は、仕事中のおしゃべりが多いきらいがある。

❸完璧主義なのはいいが、どうでもいいことに凝りすぎるきらいがある。

❹年末は飲み過ぎのきらいがある。ちょっと酒を控えないと。

---

2 ～すべがない 沒有～方法、沒有～辦法、無計可施

（動詞辞書形＋すべがない／名詞＋のすべがない） **B**

すべ＝手段・術

★常使用名詞：「解決・改善・確認・救済」等

★「なすすべがない」是慣用表現

意味と用法 「沒有～辦法」之意。

例

❶住所は知らないし、もらった携帯番号もつながらないし、もう連絡するすべがない。

❷製造過程で、そんなひどいことが行われているなんて、一般消費者は知るすべがない。

❸犯人はもう逃れるすべがないと観念して、警察に自首してきた。

❹手術をしたけど、他に転移している。もうなすすべがない。

---

3 ～ためしがない 不曾～

（動詞タ形＋ためしがない） **B**

ためし：例

意味と用法 「沒有～前例」之意。

例

気候変動：climate change

❶ここに長く住んでいるけど、そんなうわさは聞いたためしがない。
❷今までこんなに雪が積もったためしがない。これも気候変動の影響だろうか。
❸バレンタインにチョコをもらったためしがない。今年はだれかくれるかな。
❹彼は何を言われても、怒ったためしがない。その彼が人を殴ったなんて信じられない。

4 〜むきがある／〜むきもある B
（動詞辞書形＋むきがある／動詞ナイ形＋ないむきがある／名詞＋のむきがある）

趨向〜、有〜傾向

むき＝傾向

意味と用法 「擁有〜傾向、關心、性質」之意。

財源：revenue
多数派：majority

例
❶消費税率のアップには反対のむきもあるが、他に財源がなければ仕方がない。
❷彼女は自分の意見を持たず、多数派に同意するむきがある。
❸世論は、女性天皇と女系天皇を混同しているむきがある。

容認する：to accept
介入する：to intervene

❹急激な円高を容認しないむきもあるが、政府が介入するのはいかがなものか。

5 〜ばきりがない／〜たらきりがない／〜ときりがない B
（動詞バ形＋ばきりがない／動詞タ形＋らきりがない／動詞辞書形＋ときりがない）

〜沒完沒了

きり＝終わり
cf. ばそれまでだ (P.27)
際限がない：endless

意味と用法 「若〜，沒完沒了」。表示由於沒有界限，因此最好放棄、再做也是無用的心情。

例
❶給料のこと、人間関係のことなど職場の文句を言ったらきりがない。
❷金持ちの生活がしたいとか、社長になって会社経営したいとか、上を見ればきりがない。
❸どこのホテルがいいかな。比べ始めるときりがないね。
❹彼の欠点を挙げるときりがないけど、憎めない人なのよね。

復習問題

問題❶ 〔 　 〕の中の言葉を一度ずつ使って（ 　 ）に入れなさい。
〔 きらい きり すべ ためし むき 〕
1. 日本人はどうしてもマニュアルに頼り過ぎる（ 　 ）がある。
2. みんなが彼のことを快く思わない（ 　 ）もあるが、あの態度では仕方ない。
3. 父は、毎年宝くじを買っているが当たった（ 　 ）がない。
4. 仕事の文句は言い始めると（ 　 ）がない。
5. メールを送ったというが、届いていないから、確認する（ 　 ）がない。

こたえ 問題❶ 1)きらい 2)むき 3)ためし 4)きり 5)すべ

1 〔   〕の中から適当な言葉を選んで（   ）にいれなさい。

① [限りだ　次第　しまつだ　までのことだ]

（部長のつぶやき）

入社３年目の田中は、何度教えても覚えられず、ついに新人にばかにされる（　　　）。本当に情けない（　　　）。頑張り（　　　）では、助けてやりたかった。でも、３年たってこれだから、あとは首にする（　　　）。

② [がかり　を限りに　模様だ　までだ　限りだ]

長い間子供たちに愛されて来た動物園が、今年度（　　　）、閉園することになった。数年（　　　）で、スポンサーを探して来たがうまく行かなかった（　　　）。どんなに愛されていても、資金繰りがつかなければ、それ（　　　）。多くの子供たちが訪れた動物園がなくなるのは、本当に寂しい（　　　）。

③ [に限ったことではない　などもってのほかだ　っぱなし　すべがなく　だけましだ　につれて]

（振り込め詐欺）

これは、もともとは若者の声で高齢者に電話をかけて、子供や孫のふりをして、お金に困っていることを理由に、金を銀行口座に振り込ませて、だまし取る犯罪だ。しかし、被害に遭うのは、高齢者（　　　）。最近では、仕事の失敗や弱みを理由に妻や家族を狙ったケースも増えている。だまされる人は、家族を思ってのことだが、人の心の弱みにつけ込んで、お金をだまし取る（　　　）。以前は、だまされ（　　　）で、被害者を助ける（　　　）、命に別状がない（　　　）と考えるしかなかった。しかし、被害が拡大する（　　　）、法改正などの措置もとられるようになってきた。

2 （   ）の中の正しい方を選びなさい。

①彼はもう二度としませんと謝ったそばから、警察のお世話になる（しまつ・まで）だ。

②犯人のその後の足取りはつかめておらず、関西方面に逃げた（しまつ・模様）です。

③「終電行っちゃったよ。どうする？」「それなら、朝まで飲み明かす（模様・まで）だよ」

④「ありがとうございます」「いや、ご両親に頼まれたからした（しまつ・まで）だよ」

⑤ふと気がついたら、反対方向の電車に乗っていた。危うく会議に間に合わなくなる（しまつ・ところ）だった。

⑥今シーズンのチームの調子はいい。明日の試合も（勝つ・勝った）も同然だ。

⑦滞在中に、お世話になった先生に会いたいと思ったが、残念ながら都合が合わず（会えなず・会えず）じまいだった。

⑧入社してから、先輩に迷惑を（かける・かけ）っぱなしだ。早く仕事に慣れなきゃ。

⑨自分達で、決めた規則を（守る・守らない）なんてもってのほかだ。

⑩どんな仕事でも、基礎から学ばなければプロに（なる・なれない）のはいわずもがなだ。

3 〔　　　　〕の言葉を使って（　　　　）を言い換えなさい。

[いわずもがなだ　限りだ　きらいがある　すべがない　ためしがない　たらきりがない]

①A：彼女が、また変なことを言っていたよ。だいじょうぶかな。
　B：気にしない方がいいよ。彼女は、何でも話を（大げさに言う悪い傾向があるから→　　　　）。

②A：この赤字続きでは、いよいよ会社も危ないな。
　B：そうだな。もう、社員を解雇する以外に（改善する方法がないだろうな→　　　　）。

③A：田中さんの最近の行動は、目に余るからなんか言った方がいいかな。
　B：やめたほうがいいよ。彼は頑固で、人に注意されて（やめた前例がないから→　　　　）。

④A：えー。このゴールデンウィークのツアー高い！
　B：シーズン中に宿泊料や運賃が高いのは（言うまでもない当然のことだよ→　　　　）。

⑤A：さっちゃん、クリスマスに何がほしい？
　B：う〜ん。欲しい物をリストに（書き出したら終わらないけど→　　　　）。

⑥A：隣の田中さんがサマージャンボ宝くじで1億円当たったそうよ。
　B：（とてもうらやましいね→　　　　）。

4 a〜cの中で正しいものを選びなさい。

①a.さっきから隣の家の子が泣きどおしだ。どうしたんだろう。
　b.間違って書きどおしのレポートを提出してしまった。
　c.あの子は、年齢のわりに子供どおしの考え方をしている。

②a.昨日は、3時から5時がかりで大雨が降り、電車が一時止まった。
　b.今度のドラマは構想から3年がかりでようやく完成した。
　c.まだ生まれたばかりの子猫なので、3時間がかりにミルクを飲ませないといけない。

③a.飽きっぽい性格なので、編みづめで終わらないセーターがたくさんある。
　b.牧場で飲んだ絞りづめの牛乳はおいしかった。
　c.忙しいのはしょうがないが、こんなに休まず働きづめでは、体がもたない。

④a.遠のく船に向かって声を限りに友達の名を呼んだが、気がつかなかった。
　b.弟は、母の心配を限りにスピードを出して大型バイクに乗っている。
　c.経営が悪化したため、力を限り、閉店することになりました。

⑤a.1時間も並んで食べたむきがあった。本当においしい料理だった。
　b.私は特別扱いしてほしいと考えるむきがない。
　c.彼はつまらないことでも、すぐカッとなるむきがある。

①A：最近の若者はマナーが悪くて困るね。（〜に限ったことではない）

　　B：いやあ、＿＿＿＿＿＿＿＿＿＿＿＿＿＿＿＿＿＿＿＿＿＿＿＿＿＿＿＿＿＿＿＿＿＿＿。

②A：すごーい。新発売の英語のCDは、半年聞くだけで、英語がぺらぺらになるんだって。今度こそ買って…。（〜ためしがない）

　　B：また、そんなこと言って。今まで＿＿＿＿＿＿＿＿＿＿＿＿＿＿＿＿＿＿＿＿＿＿＿＿＿＿。

③A：昨日の送別会に田中さんが来なかったのよ。連絡もなかったから、キャンセルもできなくて、1人分の会費が足りなくなっちゃって。（〜なんてもってのほかだ）

　　B：えー。＿＿＿＿＿＿＿＿＿＿＿＿＿＿＿＿＿＿＿＿＿＿＿＿＿＿＿＿＿＿＿＿＿＿＿＿＿。

④A：ずいぶん、疲れているみたいだね。大丈夫？（〜どおし）

　　B：うん。＿＿＿＿＿＿＿＿＿＿＿＿＿＿＿＿＿＿＿＿＿＿＿＿＿＿＿＿＿＿＿＿＿＿＿＿＿。

⑤駅員：大変申し訳ございません。本日は大雨のため、ただいま電車が止まっております。今のところ復旧の見込みはたっておりません。お急ぎのところ大変ご迷惑をおかけいたします。（〜までのことだ）

　　私：電車が動いていないんだったら、＿＿＿＿＿＿＿＿＿＿＿＿＿＿＿＿＿＿＿＿＿＿＿＿。

まとめテストのこたえ

1 ①しまつだ　限りだ　次第　までのことだ
②を限りに　がかり　模様だ　までだ　限りだ
③に限ったことではない　などもってのほかだ　っぱなし　すべがなく　だけましだ　につれて

2 ①しまつ　②模様　③まで　④まで　⑤ところ　⑥勝った　⑦会えず　⑧かけ　⑨守らない　⑩なれない

3 ①大げさに言うきらいがあるから　②改善するすべがないだろうな　③やめたためしがないから　④いわずもがなだよ　⑤書き出したらきりがないけど　⑥うらやましい限りだね

4 ①a　②b　③c　④a　⑤c

5 例）①若者に限ったことではないよ、最近は中高年の人もひどいよ
②買っても続いたためしがないじゃない／上手になったためしがないじゃない
③連絡もせずにキャンセルしたなんてもってのほかだよ。会費はきちんともらわなきゃ
④仕事が忙しくて夜中働きどおしだったんだ
⑤［歩いて／タクシーで／バスで］帰るまでだな

第 8 章

「語彙之間」與「名詞附加」

此處學習各種附加在語彙之間，以及附加在名詞之後的各種表現方式。

1

ことばのあいだ①

語彙之間①

～にあって・～に即して・～に至って・～に至っては・～にかまけて

此處收集了許多「利用由動詞所轉換而來、類似助詞機能的語彙」所形成的句型。「××て」是來自動詞的テ形。若能夠理解源頭的動詞意義，會更容易記憶。

---

1 ～にあって
（名詞＋にあって）

在～、面臨～

A

意味と用法 「在～」之意。是由動詞「ある」（有）延伸而來的形式，用在強調「有～這樣的狀況」。是生硬的表現。

例

少子化：declining birth rate

苦慮する：to worry

❶今世紀にあって、発展したものといえば、パソコン使用の環境だろう。（＝に）
❷病院長という立場にあっては、普通の人以上に健康に気をつける。（＝で）
❸少子化傾向にあって、政府はその対策に苦慮している。

---

2 ～に即して
（名詞＋に即して）

依照～、因應、就～

A

★～に即した＋名詞
★常使用名詞：「経験・
事実・基準」等等。
メディア：media, 媒体
戦略：strategy

意味と用法 「配合～」、「隨著～」之意。是由動詞「即する」（就著）延伸而來。是生硬的表現。

例

❶「時代の変化に即して、メディア戦略も考えましょう」と広告会社の人は言う。
❷「あなたが見た事実に即して、正直に答えてください」と警察官が言った。
❸国際情勢に即して、相手国とのあり方を変える。

---

3 ～に至って
（動詞辞書形・名詞＋に至って）

直到～

A

過労死：death from overwork

避難：evacuation

意味と用法 為「～到這樣非比尋常的時間、狀況」、「～到這種程度」之意。是由動詞「至る」（到達）延伸而來。

例

❶社員の過労死が起こるに至ってはじめて、業務を改善することになった。
❷避難命令が出る事態に至っても、家を離れない人が多かったため被害が

拡大した。

❸ことここに至っては、どんな治療もできない。（＝こうなってしまった後では）

★「ことここに至っては」は慣用表現

---

4 **〜に至っては**
（名詞＋に至っては）

甚至〜 **A**

意味と用法 「就算在〜的狀況，也很極端」之意。是用來列舉特別好，或特別不好的例子。

例
❶政治に対する関心は低く、先日行われた市議選に至っては、投票率はわずか27％だった。
❷わが家はみんな機械が苦手で、母に至っては携帯電話の操作すらできない。
❸浮世絵展は大変な人気で、休日に至っては入口に長蛇の列ができるほどだ。

★「長蛇の列」は慣用表現：a long line

---

5 **〜にかまけて**
（名詞＋にかまけて）

投身於〜、只忙於〜、專心於 **B**

意味と用法 「沉迷在〜」之意。表示只集中在這件事情上，其他的事情都毫不在意。是由動詞「かまける」（忙於）延伸而來。

例
❶アルバイトにかまけて、勉強がおろそかになって単位を落としてしまった。
❷仕事にかまけて、家庭は母に任せきりだった父が、子供の相談に乗るようになった。
❸忙しさにかまけて、連絡しなかったら、彼女が怒って、振られてしまった。

8
「語彙之間」與「名詞附加」

復習問題

問題❶ 〔　　　　　〕の中から適当な言葉を選んで（　　　　）に入れなさい。
〔 あって　至って　かまけて　即して 〕

1. この時代に（　　　　）、終身雇用を守るとは遅れていると社長は言う。
2. 子供の発達段階に（　　　　）いろいろなおもちゃが売られている。
3. 少子化傾向に（　　　　）、政府はその対策に苦慮している。
4. 最近、育児に（　　　　）、化粧はしないし、洋服にも気を遣わなくなった。
5. 前から危険性が指摘されていたが、死亡者が出る事態に（　　　　）、ようやく販売停止となった。
6. 企業の利益も落ちているが、個人の収入に（　　　　）は、全体の半数近くが「減った」と答えている。
7. 創業以来の会社の方針に（　　　　）、社員の解雇は行わないことにした。
8. 仕事に（　　　　）、国の家族に連絡しなかったら、心配して電話がかかってきた。

こたえ 問題❶ 1) あって　2) 即して　3) あって　4) かまけて　5) 至って　6) 至って　7) 即して　8) かまけて

2

使用頻度 ★★

ことばのあいだ②

語彙之間②

〜にてらして・〜にかかっては・〜にもまして・〜にひきかえ

此處要學習以「に」來接續的動詞所構成的各種表現。

---

6 〜にてらして
（名詞＋にてらして）

對照〜 **A**

★常使用名詞：「法律・歴史・経験・目標等等」

照合する：to check

処罰：punishment

意味と用法 「與〜比較」、「與〜對照」之意，是由動詞「照らす」（參照）延伸而來。

例
❶史実にてらして考えると、このドラマはちょっと変だ。
❷小さなことだが、犯罪は犯罪なので、法律にてらして、きちんと処罰してほしい。
❸わが国の二酸化炭素削減目標は、各国の到達目標にてらして、決めるべきだ。
❹今までの経験にてらして判断すると、それをするのは無理だ。

---

7 〜にかかっては／〜にかかると
（名詞＋にかかっては）

遇上〜 **B**

意味と用法 形式為「AにかかってはB」，是指「A若做了〜，就會造成B」之意。表示A的影響很強，會造成一般預料之外的B情況。是由動詞「かかる」延伸而來。

例
❶詩人の彼にかかっては、つまらない文章も、素晴らしい詩に変身してしまう。
❷ただの野菜でもシェフの手にかかっては、豪華な野菜料理に見えてしまう。
❸いつも威張っている政治家も、子供たちの質問にかかっては、たじたじだ。
❹口が達者な営業の鈴木さんにかかると、どんなお客さんでも買ってしまう。

★「〜の手にかかっては」是常用表現

---

8 〜にもまして
（名詞＋にもまして）

比起〜更 **B**

意味と用法 「比〜更」、「超過〜更〜」之意。

温暖化：global warming

例

❶前から言われていたが、以前にもまして、地球の温暖化が深刻になってきた。
❷就職の面接試験では、筆記試験にもまして、先輩の助言が重要に感じる。
❸旅行費用のことより、2週間休暇を取ることのほうが、何にもまして大変だ。
❹今のチームは強いから、例年にもまして、エキサイティングな戦いが期待される。

エキサイティング：
exciting, 刺激的な

---

9 ～にひきかえ

相對於～、相反地～

名詞修飾型＋のにひきかえ ＊名詞為「＋にひきかえ」、「＋なのにひきかえ」、「＋であるのにひきかえ」。な形有時為「＋であるのにひきかえ」。

B

意味と用法 形式為「Aにひきかえ、Bは…」、「Aが～のにひきかえ、Bは…」，表示A與B為相反的。時常用來表示說話者的主觀評價，像是「A很好（不好），但相反地，B很不好（很好）」。

例

❶立派な隣の家にひきかえ、わが家は本当に小さくて、情けない。
❷兄がけんか好きで、遊んでばかりいるのにひきかえ、弟のほうは成績優秀で、友人にも信頼されている。
❸田中さんの会社は給料もいいし、休みも多いらしい。それにひきかえ、うちの会社は給料は全然上がらないし、夏休みも3日だけ。本当に転職したいよ。
❹けちな田中部長にひきかえ、森部長は気前がよくて、よく部下におごってくれる。

気前がいい：generous
おごる：
to treat, buy(lunch)

8
「語彙之間」與「名詞附加」

復習問題

問題❶ 〔 　 〕の中から適当な言葉を選んで（ 　 ）に入れなさい。

[にてらして　にもまして　にかかっては　にひきかえ]

1. 成人病が従来（ 　 ）、マスコミで取り上げられるようになった。
2. いろいろな空巣被害防止対策が取られているが、プロの泥棒の手（ 　 ）どれもあまり効果がないようだ。
3. A国（ 　 ）、B国は国土も狭く、資源にも乏しいが、高度な技術を武器に経済成長している。
4. 女性管理職が、5％しかいないという現状（ 　 ）、今後10％を目指すことを検討し始めた。
5. 子供を狙った事件が続くと、前（ 　 ）、地域の安全パトロールが重要になる。
6. 昨年の豊作（ 　 ）、今年は夏の長雨で不作になりそうだ。
7. この方法で行えば確実に効果が出ることは、過去の経験（ 　 ）も明らかだ。
8. どんなに小さな問題でも、彼女（ 　 ）大問題に発展してしまう。

こたえ 問題❶ 1)にもまして 2)にかかっては 3)にひきかえ 4)にてらして 5)にもまして 6)にひきかえ 7)にてらして 8)にかかっては

3

使用頻度 ★★

ことばのあいだ③

語彙之間③

～をふまえて・～をもって・～をもって・～をおいて～ない

此處要學習由動詞變化而來，「を××て」的表現。比起日常與朋友間的對話，這些表現法更常用在敘述課程或工作、社會相關的議題上。

---

10 ～をふまえて
（名詞＋をふまえて）

～為基礎、根據　　**A**

★常用名詞：「歴史・経験・成果・結果・状況」等等

震災：earthquake
防災：disaster prevention

意味と用法「首先考慮～，以此為基礎」之意。表示先進行某事，再前進到下一階段。是由動詞「踏む」（踏）而來的。

例

❶人類は過去の戦争の歴史をふまえて、次の時代に平和な社会を築き上げる。
❷大震災の経験をふまえて、防災設備を含めた安全対策を考えなければならない。
❸昨年度の活動の成果をふまえて、今年度の目標を決める。
❹現在の経済状況をふまえて、景気刺激策を検討する。

---

11 ～をもって
（名詞＋をもって）

使用～、用～、以～　　**A**

★常用名詞：「文書・武力・拍手・身」等等

意味と用法「依據～；使用～；利用～」。表示方法及手段。

例

❶当社は新薬の開発に最新の技術をもって貢献したい。
❷「本日の講演者、森田先生を拍手をもってお迎えください」と司会が紹介した。
❸プレゼントの当選者発表は商品の発送をもってかえさせていただきます。
❹身をもって体験したことは、なかなか忘れないものだ。

---

12 ～をもって
（名詞＋をもって）

～告一段落　　**A**

意味と用法「以～為分隔（告一段落）」之意。常使用在正式的文書上

是生硬的表現。

例

❶当社は来年３月１日をもって、田中電気株式会社と合併いたします。
❷今月末をもって、割引キャンペーンを終了いたします。
❸以上をもちまして、私からのご報告は終了させていただきます。
❹本誌は、今までご愛読いただいてきましたが、８月号をもちまして、休刊させていただくことになりました。

キャンペーン：
campaign, 商業宣伝

---

13 **〜をおいて〜ない**
（名詞＋をおいて〜ない）

除了〜之外沒有 **B**

意味と用法 形式為「〜をおいてほかに…ない」，表示「〜之外，沒有了」之意。

例

❶この難しい役をこなせる女優は彼女をおいてほかにいないと思う。
❷会社を成長させるのは、人材をおいてほかにない。
❸こんなチャンスは今をおいてないかもしれないと思って、留学を決意した。
❹会社再建を任せられるのは、彼をおいてほかにはいない。

8

「語彙之間」與「名詞附加」

復習問題

問題❶（　　　）の中の正しいほうを選びなさい。

1. この企画が任せられるのは、田中君を（おいて・もって）ほかにいない。
2. 現代の医学を（おいて・もって）も治せない病気がある。
3. 今期の反省を（もって・ふまえて）来期の方針を決めたいと思う。
4. 大変残念ですが、８月31日を（おいて・もって）閉店させていただきます。
5. 争いごとを武力（をふまえて・をもって）解決するのはよくない。
6. アンケートの結果（をおいて・をふまえて）、雑誌の企画を考える。
7. そのことについては、文書（をふまえて・をもって）お答えしたいと思います。
8. あんな繊細な味の料理を出せる店は老舗料亭の「さくら」（をおいて・をもって）ない。

問題❷〔　　　〕の中から適当な言葉を一度ずつ使って（　　　）に入れなさい。

[今回 議論 決意 誠意 地域 本日]

1. （　　　）をもって、ランチの学生割引サービスは終了させていただきます。
2. 前回の（　　　）を踏まえて、企画内容を修正しました。
3. 新工場を建設するには、この（　　　）をおいてほかにはない。
4. 万が一、苦情等があった場合は、特に（　　　）をもってお客様に接してください。
5. 新プロジェクトに対しては、強い（　　　）をもって臨みたいと思う。
6. 市民発明コンテストは（　　　）をもって、終わりにさせていただきます。

こたえ 問題❶ 1)おいて 2)もって 3)ふまえて 4)もって 5)をもって 6)をふまえて 7)をもって 8)をおいて
問題❷ 1)本日 2)議論 3)地域 4)誠意 5)決意 6)今回

4

ことばのあいだ④　語彙之間④

～を皮切りに（して）・～をよそに・～と相まって・～とあって

此處要學習「を××て」的形式，以及「を××」的表現。有些是由名詞而來、有些由動詞而來，請確認源頭的意思再閱讀。

14　～を皮切りに（して）　以～為始　B
（名詞＋を皮切りに）

★皮切り＝はじめ

意味と用法 為「以～為始」、「用～當作開始」之意。

例

❶今度のコンサートは、東京を皮切りに、大阪、京都と各地を回ります。

❷A市の動植物公園を皮切りに、県内各地の自然公園で環境キャンペーンが行われた。

合戦：battle

❸新製品発表のイベントを皮切りに、各社のゲーム機の宣伝合戦が激しくなってきた。

❹パーティーでは、政治家の挨拶を皮切りに、有名人のスピーチが続いた。

15　～をよそに　不顧～、無視於～　B
（名詞＋をよそに）

★よそ＝
他に関係のないこと

意味と用法 「與～無關」、「不在意～」、「漠視～」之意。

例

❶弟は、両親の心配をよそにいつまでも就職しないでぶらぶらしている。

❷政府は国民の苦しみをよそに、消費税率アップに踏み切った。

❸健康問題への懸念をよそに、若者の喫煙は減らない。

懸念：concern

❹他社の売り上げ低迷をよそに、我が社は相変わらず好調だ。

16　～と相まって　與～相呼應　A
（名詞＋と相まって）

意味と用法 「與～一起，更…」之意。也使用「ＡとＢ（と）が相まって」的形式（④）。

例

❶季節の野菜と相まって、肉のうまみがよく出ている。実においしい。

❷円高と相まって、安い労働力を求めて、移転する企業も出てきた。

❸自動車税の減税と相まって、エコカーが売れることは誰もが予想することだ。

❹記念イベントとドラマの人気とが相まって、舞台となった町への観光客が急増している。。

---

17 〜とあって

（普通体＋とあって） *な形・名詞常常不加「だ」。

由於〜

A

cf. 〜とあって〜ない (P.90)

舞踊：dance

意味と用法 「由於是〜這樣特別的狀況」之意。

例

❶ゴールデンウィークとあって、観光地はどこもにぎわっている。

❷めったに海外公演しない舞踊団が来日するとあって、チケットはすぐ完売した。

❸市場では、新鮮でおいしい寿司が安いとあって、遠方からわざわざ来る人もいる。

❹第一希望の大学に合格できなかったとあって、彼はかなり落ち込んでいる。

8

「語彙之間」與「名詞附加」

復習問題

問題 ❶ （　　　）の中の正しいほうを選びなさい。

1. 送別会では部長の歌（とが相まって・を皮切りに）、同僚達が次々に得意な芸を見せてくれた。

2. 夫達の解雇への不安（をよそに・とあって）、妻達はのんきに豪華ランチを楽しんでいる。

3. 徹底的に値段を抑えた低価格（と相まって・をよそに）、洗練されたデザインの新小型車は好調な売れ行きだ。

4. インフルエンザが流行している（をよそに・とあって）、マスクを着用している人が異様に多くて驚いた。

問題 ❷ 〔　　　〕の中の言葉を使って（　　　）中を書き換えなさい。

[を皮切りに　をよそに　と相まって　とあって]

1. 彼女は親の（反対を気にしないで→　　　）、留学することを決めて、出発してしまった。

2. 将来への（不安が一緒になって→　　　）、不安定だった株式市場は一気に下落した。

3. 連休中だったが、（台風が来るという状況だったので→　　　）、どこの屋外施設もガラガラだった。

4. 海外有名アーティストの初来日公演は、（大阪を最初に→　　　）、全国8カ所で行われる。

こたえ 問題❶ 1)を皮切りに　2)をよそに　3)と相まって　4)とあって
問題❷ 1)反対をよそに　2)不安と相まって　3)台風が来るとあって　4)大阪を皮切りに

5

名詞プラス①

名詞附加①

〜ずくめ・〜まみれ・〜並み・〜ずく

此處學習附加在名詞後面的短詞彙。有許多是用來說明狀態的詞彙，請一邊想像一邊閱讀例句。由於只能使用特定的某些詞彙，記憶時請以例句中出現者為主。

| 1 | 〜ずくめ
（名詞＋ずくめ） | 全〜、盡是 | B |

★常用名詞：「黒・規則・記録・〜こと」等等

句：season, 季節

意味と用法 「全部是〜」之意。只能用在幾個特定的名詞。

例
❶彼女は黒ずくめの服装で現れた。
❷旬の食材は安い、おいしい、栄養満点と、いいことずくめだ。
❸規則ずくめの生活で、息が詰まりそうだ。
❹今回の大会は、記録ずくめだ。

| 2 | 〜まみれ
（名詞＋まみれ） | 滿是〜 | B |

★常使用名詞：「汗・泥・油・血・ほこり・粉」等等

意味と用法 「很多〜附著在周圍」之意。常用來形容髒污的東西，只能用在幾個特定的名詞。

例
❶選手は汗まみれになって、練習を続けている。
❷今日は朝から大掃除をしているので、体中ほこりまみれだ。
❸油まみれになって、朝から晩まで働いても、給料はわずかだ。
❹犯行に使われた血まみれのナイフが見つかった。

| 3 | 〜並み
（名詞＋並み） | 與〜同等級、與〜同樣、與〜相同 | B |

腕前：skill

意味と用法 「與〜同程度、水準」之意。

例
❶今日は、ホテル並みのごちそうだね。
❷彼のゴルフはプロ並みの腕前だ。

❸今年の冬は例年並みの寒さだという長期予報が出た。
❹娘には、人並みに幸せになってほしい。（＝普通の）

---

4 ～ずく
（名詞＋ずく）

一起～、用盡～

★常用名詞：「相談・納得・力・金・腕」等等

意味と用法 「彼此一同～」之意（①②）。或是「只依賴～而逞強」、「將～用盡」（③④）之意。

例

❶この件に関しては、彼も納得ずくです。問題はありません。
❷お互い相談ずくでやったはずなのに、何で今ごろ怒るのかな。
❸子供は、友達の持っているおもちゃを力ずくで、奪った。
❹やはり金銭ずくでは手に入らないものもある。

Check Point

●後面若接名詞，要加上「の」。

「～ずくめ」 ➡ 記録ずくめの大会　　「～まみれ」 ➡ 泥まみれの手
「～並み」 ➡ 世間並みの生活　　「～ずく」 ➡ 納得ずくのこと

8

「語彙之間」與「名詞附加」

復習問題

問題 ❶ 〔　　　〕の中から適当な言葉を選んで（　　　）に入れなさい。

〔 ずくめ　ずく　並み　まみれ 〕

1. 子供が泥（　　　）になって帰ってきた。
2. 今度の大会は記録（　　　）だった。
3. 就職したのは中小企業だが、大企業（　　　）の給料を払ってくれる。
4. 上司も納得（　　　）の話だったのに、聞いていないと言われ、割引を取り消すことになった。
5. 田中さんは全身黒（　　　）のかっこうをしてきた。
6. 兄は車好きで、暇があれば油（　　　）になって、改造している。
7. 通りがかった男性が、犯人の持っていたナイフを力（　　　）で取り上げ、被害者を助けた。
8. 子供一人に世間（　　　）の教育を受けさせ成人させるにはどのくらい必要だろう。

問題 ❷ 〔　　　〕の言葉を使って、（　　　）を書き換えなさい。

〔 ずく　ずくめ　まみれ　並み 〕

1. 今度のオリンピックは、（全て新記録ばかりだ→　　　　　　　　　　）。
2. （お互いに納得して→　　　　　　　　　　）で決めたルールなのに守れないのはなぜだろう。
3. 今年度の美術館の来場者数は（いつもの年とだいたい同じ程度→　　　　　　　　　）だ。
4. 呼んでも来なかったから（腕の力の限界まで使って→　　　　　　　　　）で、連れて来た。
5. 田舎の父は（汗がたくさんついている→　　　　　　　　　）になって働いておいしい野菜を作っている。

こたえ　問題❶ 1)まみれ　2)ずくめ　3)並み　4)ずく　5)ずくめ　6)まみれ　7)ずく　8)並み
　　　　問題❷ 1)（新）記録ずくめだ　2)納得ずく　3)例年並み　4)腕ずく　5)汗まみれ

6

名詞プラス②

名詞附加②

〜ぐるみ・〜づくし・〜ごし・〜めく・〜じみる

此處要繼續學習附加在名詞後面的短詞彙。許多都只能用在特定的詞彙上，因此記憶時請以例句中的表現為主。隨著後面接續的內容不同，形態可能會變化，請注意。有些句型，源頭動詞會有漢字寫法，請皆用假名來書寫。

---

5 〜ぐるみ
（名詞＋ぐるみ）

全〜　**B**

★常用名詞：「家族・會社・町・地域」等等

意味と用法「全部〜」之意。「身ぐるみ」為「在身上的東西全部」之意。

例
❶田中さんとは、家族ぐるみのつきあいだ。
❷姉妹都市から来た子供たちは、温かい町ぐるみの歓迎を受けた。
❸彼女は、マルチ商法にひっかかり、借金をかかえて身ぐるみはがされた。

マルチ商法：
pyramid selling

---

6 〜づくし
（名詞＋づくし）

充満〜、都是〜、滿是〜　**B**

意味と用法「同樣的物品數量很多」之意。是由動詞「尽くす」（竭盡）而來的。

例
❶あそこの料理はうまいものづくしだ。
❷伊豆、花づくしの旅。このツアーは、各地で季節の花が見られます。
❸あの美術館は小さいが、マニアにとってはお宝づくしだ。

マニア：mania, 熱中する人

---

7 〜ごし
（名詞＋ごし）

過〜、隔著〜　**A**

★常用名詞：「窓・メガネ・テーブル・レンズ」等等

意味と用法 與表時間的詞彙一同使用，為「在該期間內持續著」之意（①②）。與名詞一同使用，表示「將〜置於中間…」（③）。是由動詞「越す」（越過）而來的。

例
❶三年ごしで原作者を説得し、ようやく映画化することになった。
❷Ａ社との一年ごしの交渉が、この度ようやくまとまった。

❸ホテルの窓ごしに見えた富士山は、何とも言いようのない美しさだった。

8 〜めく
（名詞＋めく）

帯有〜、身懐〜

意味と用法 「是〜的感覺」之意。

例

❶ここ数日暖かくなり花が咲き始めて、ようやく春めいてきたね。（×夏／冬めく）

❷昇進試験の前に脅迫めいた手紙が届いた。

❸子供の授業参観に仕事で行けない。親の責任を果たせず罪悪感めいたものを感じる。

昇進：promotion
脅迫：threat
罪悪感：guilty

9 〜じみる
（名詞＋じみる）

如〜一般、像〜一般

意味と用法 「看起來像〜；感覺起來像〜」之意。只與特定的語彙一同使用，用來表不愉快、討厭的事物。

例

❶彼の話は、いつも説教じみていて、聞きたくないな。

❷彼女は、とてもかわいい人だったのに、結婚したらすっかり所帯じみて、おばさんになった。

❸「愛が全て」なんて、昔そんな歌があったが、芝居じみたセリフだなあ。

★常使用名詞：「子供・年寄り・説教・芝居・所帯」等等

★じみる＝染みる
所帯：family

Check Point 後面接續名詞時，有些是要加「の」，有些是要改變形態。
附加「の」：〜「〜ぐるみの＋名詞」「〜ずくしの＋名詞」「〜ごしの＋名詞」
改變形態：〜「〜じみた＋名詞」「〜めいた＋名詞」

復習問題 問題 ❶ （　　　　）の中の正しいほうを選びなさい。

1. 助けてほしい時にどこからともなくやって来て助けてくれる。彼は、本当に謎（めく・めいた）人だ。
2. 昨日行ったのは、豆腐（づくし・ぐるみ）の料理を出す店だった。
3. 彼女は彼と、10年（ごし・ごしの）付き合いを実らせて結婚した。
4. A社は、会社（づくし・ぐるみ）で、地域のボランティア活動に参加している。
5. 敬老の日と言っても、年寄り（じみる・じみた）ものではなく、しゃれたものを贈ったほうがいいよ。

こたえ 問題❶ 1)めいた 2)づくし 3)ごしの 4)ぐるみ 5)じみた

8
「語彙之間」與「名詞附加」

まとめテスト帰納問題

1 〔　　　〕の中から適当なことばを選んで、（　　　）に入れなさい。

① [ぐるみ　じみる　ずくめ　めいた　相まって　皮切りに]

大好きな"森下いちご"のコンサートが、東京 ABC ホールを（　　　）全国 15 カ所で行われた。最近は観客も同年代の中高年ばかりだった。しかし、今年は大ヒット映画の主題歌の効果も（　　　）、若者や家族（　　　）で来ている人も多かった。デビュー以来、20 年間所帯（　　　）こともなく、黒（　　　）の衣装で謎（　　　）雰囲気のままの彼女に魅了されるファンがまた増えている。

② [あって　かこつけて　即して　沿って　対して　てらして]

先日、通勤電車の事故に（　　　）、新入社員が会社を休んだ。事故で電車が動かなかったらしい。しかし、入社 2 週間という状況に（　　　）、よく休めると思う。線路に（　　　）歩いてでも出社するという気持ちはないのか。社員一人一人に（　　　）適切な指導をしているが、今後実情に（　　　）、過去の問題点にも（　　　）研修マニュアルを変えるべきだろう。

③ [づくし　にかけては　にして　にかかっては　はともかく　をよそに]

新刊紹介

『彼女はバスガイド探偵！』石田 B 子著　○○出版

主人公、キリ子はバスガイド（　　　）、難事件を解決する素人探偵である。おしゃべり好き（　　　）、事件を捜査する時の観察力（　　　）、本物の刑事にも負けない。同僚の忠告（　　　）、危険な現場へ向かって犯人を見つけ出す。好奇心が強く、怖いもの知らずの彼女の手（　　　）、どんな難解な事件もひとたまりもない。今日もおいしいもの（　　　）のツアーを案内しながら、事件に挑む。

2 （　　　）の中の正しい方を選びなさい。

①マーケティングの結果（にこたえた・に即した）販売戦略が必要だ。

②どんな困難な状況下（にもまして・にあっても）必ず解決方法はあるはずだ。

③親の心配（をよそに・をおいて）、いつまでもフリーターを続けている若者が増えている。

④弟の試験をこっそり見たらひどい点で、数学（においては・に至っては）5 点しか取れていなかった。

⑤政治家は落選する（をもって・に至って）ようやくリストラされる庶民の気持ちがわかるのだろう。

⑥開会式に有名人が来ると（ふまえて・あって）大勢の見物人が集まった。

⑦相談（ずく・ごし）で決めたはずなのに、後になって聞いていないとはひどい話だ。

⑧台風 4 号は自転車（並み・ごし）のスピードでゆっくり北上している模様だ。

3 a～dの中で正しいものを選びなさい

①採否の結果は、1週間以内に書面（　　　）お知らせします。

　a. をかねて　　b. をこめて　　c. をもって　　d. をめぐって

②この問題は、市の現状（　　　）対策を考えなければならない。

　a. をぬきにして　　b. をふまえて　　c. を通じて　　d. をかねて

③朝の散歩を始めてから、2キロやせたし、体の調子もよくなったし、いいこと（　　　）だ。

　a. 気味　　b. がち　　c. ずくめ　　d. まみれ

④殺人現場には、血（　　　）のナイフが落ちていた。

　a. っぽい　　b. まみれ　　c. ずくめ　　d. たて

⑤シリーズものの推理小説だが、今回は、前作（　　　）おもしろいできだ。

　a. にいたって　　b. をてらして　　c. にもまして　　d. にともなって

⑥同級生の田中君が大手企業に就職したの（　　　）、兄はまだギター片手に放浪している。

　a. にひきかえ　　b. をふまえて　　c. にそくして　　d. にしたがって

⑦こんな複雑な役を演じられるのは彼（　　　）ほかにいない。

　a. をもって　　b. において　　c. をおいて　　d. にかかっては

⑧忙しさに（　　　）婚期を逃さないように婚活が盛んらしい。

　a. 応じて　　b. 際して　　c. 先立って　　d. かまけて

4 a～cの中で正しいものを選びなさい。

①a.彼女はいつにもまして、おしゃれをしている。デートでもするのかな。

　b.試合が終わると、だれにもまして国歌を歌い出した。

　c.暇だったので、どこへもましてぶらぶらしていた。

②a.案内係の人に即して、工場内を見学してまわった。

　b.山に登るに即して、気温が下がってきた。

　c.家庭の経済状況に即して、見舞い金を決めればいいでしょう。

③a.彼は人が来ると、風じみて木陰に素早く隠れた。

　b.洋服のせいで、年寄りじみて見える。もっと明るい色を着たほうがいい。

　c.緑化対策として、地域じみて、公園の花壇の整備を行っている。

④a.週末のこの辺は、観光客まみれで込んでいる。

　b.彼の部屋は、掃除もせずゴミまみれで足の踏み場もない。

　c.汗まみれで目覚めた。もうエアコンなしでは寝られない季節になった。

⑤a.2年ごしの計画が、ようやく動き出した。

　b.オリンピックは4年ごしに行われる。

　c.1週間ごしで行われた首脳会談が終わった。

5 〔 　　 〕の中から適当な言葉を選んで（　　　）にいれなさい

A. 〔 力 手 泥 町 窓 〕

①新幹線の（　　　）ごしに富士山が見えた。

②どんな髪でも、彼の（　　　）にかかっては素敵なスタイルに大変身！

③子供たちは、（　　　）ずくで欲しいおもちゃを取り合っている。

④サッカーの試合中に雨が降ってきて、選手は（　　　）まみれだ。

⑤（　　　）ぐるみで、ゴミを減らすことに取り組んでいる。

B. 〔 懸念 憲法 効果 視点 文書 〕

①（　　　）にてらして、国民の義務と権利について話し合う。

②円高と、経費削減の（　　　）とが相まって、早期に黒字に転換できるかもしれない。

③利用者の（　　　）をふまえて、サービス向上を目指す必要がある。

④国民の安全性への（　　　）をよそに、政府は輸入再開に踏み切った。

⑤結果については、（　　　）をもって後日お知らせいたします。

まとめテストのこたえ

1 ①皮切りに　相まって　ぐるみ　じみる　ずくめ　めいた
②かこつけて　あって　沿って　対して　即して　てらして
③にして　はともかく　にかけては　をよそに　にかかっては　づくし

2 ①に即した　②にあっても　③をよそに　④に至っては　⑤に至って　⑥あって　⑦ずく　⑧並み

3 ①c　②b　③c　④b　⑤c　⑥a　⑦c　⑧d

4 ①a　②c　③b　④c　⑤a

5 A①窓　②手　③力　④泥　⑤町　B①憲法　②効果　③視点　④懸念　⑤文書

第9章

「慣用語句」與「べき」

此處要學習固定的表現方式，以及使用「べき」（應該）的表現方式。

1

決まりことば①

慣用語句①

～にたえない・～にたえる／～にたえない・～にかたくない・～にしのびない・～の至り

此處整理了許多慣用的固定句表現。這些表現常與固定的狀況及語彙一同使用。學習時，請不要使用文法規則來記憶，而是要想像使用的場合，來閱讀例句。

---

1 ～にたえない
（動詞辞書形＋にたえない）

不值得～　　**A**

★常使用動詞:「見る・聞く・読む」等等

不快感：unpleasantness

意味と用法 「沒有～的價值」之意。是表現出不愉快的感覺，「太糟糕了，因此無法做～」。

例

❶その映画の女優の演技は、見るにたえないひどさだった。
❷年配の人達は、よく最近の若者の音楽は聞くにたえないと言う。
❸この記事は、事実と全く違っていて読むにたえない。

---

2 ～にたえる／～にたえない
（名詞＋にたえる／たえない）

值得～／不值得～　　**A**

★常使用語彙:「鑑賞・評価・審査・批評・信頼」等等

有機：organic

意味と用法 「有（沒有）繼續做～的價值」之意。

例

❶あの画家の初期の作品は鑑賞にたえない。晩年の作品はどうだろう。
❷この有機野菜は、消費者の信頼にたえる選ばれた農家で生産されています。

---

3 ～にかたくない
（動詞辞書形・名詞＋にかたくない）

不難～　　**B**

★常使用動詞:「想像する・察する」等等

意味と用法 「輕易地能夠～」之意。

例

❶当時の工場での労働条件の悪さは、想像するにかたくない。
❷交通事故で家族をなくした人々の心情は、察するにかたくない。
❸細部まで描かれていて、作品の完成にどんなに時間がかかったか想像にかたくない。

4 ～にしのびない
（動詞辞書形＋にしのびない）

令人不忍～

B

★常使用動詞：「見る・聞く・捨てる」等等

意味と用法 「太痛苦而無法～」、「對～有所（心理上的）抗拒」之意（③）。

例
❶元気だった祖母が病気でやせ細った姿は見るにしのびない。
❷そんな残酷な事件は聞くにしのびない。
❸亡くなった夫の物は必要なくなったが、捨てるにしのびない。

 5 ～の至り
（名詞＋の至り）

～至極

A

★常使用語彙：「光栄・赤面・感激・ご同慶」等等

光栄：honor
証拠隠滅を謀る：
to destroy evidence

意味と用法 表示說話者的「非常～」的心情。「若気の至り」（③）是指「太過年輕而做輕狂的事情」之意，為慣用語。

例
❶ありがとうございます。こんな素晴らしい賞をいただき、光栄の至りです。
❷上司に言われるまま、証拠隠滅を謀ったが、今考えると赤面の至りだ。
❸彼は若げの至りで、高校にも行かず不良仲間とバイクを乗り回していた。

9

「慣用語句」與「べき」

復習問題 問題❶ （　　　）の中の正しい方を選びなさい
1. 戦争が長期化し、罪のない人々の生活が悪化している様子は（聞く・聞いている）にたえない。
2. 最近の製品は、小型化、軽量化が進んでいるので、購入に（たえる・たえない）かどうか検討中だ。
3. このような名誉ある賞をいただいて、光栄（至り・の至り）です。
4. 映画完成までのスタッフの苦労は（予想・想像）にかたくない。
5. 母の思い出の品だから、壊れてしまっても（捨てる・捨てて）にしのびない。

問題❷ 〔　　　〕の言葉を1回ずつ使って、（　　　）の中を書き換えなさい。

〔 たえる　たえない　しのびない　かたくない　の至り 〕
1. 彼女は、（若さのせいで→　　　）、周りの意見も聞かずに結婚したが、すぐに離婚してしまった。
2. 音痴の部長の歌は、申し訳ないが（ひどくて聞くのを我慢できない→　　　）。
3. 南極の氷がとけている。このまま温暖化が続いたら、地球がどうなるか（簡単に想像することができる→　　　）。
4. （鑑賞する価値がある→　　　）作品を作り続けるのは、難しい。
5. 病気で苦しんでいる夫は（とてもつらくて見ることができない→　　　）。

こたえ 問題❶ 1)聞く　2)たえる　3)の至り　4)想像　5)捨てる
問題❷ 1)若げの至りで　2)聞くにたえない　3)想像にかたくない　4)鑑賞にたえる　5)見るにしのびない

2

決まりことば②

慣用語句②

～の極み・～まじき・～だに・～を禁じ得ない・～極まる／～極まりない

在電視新聞中，常可以聽到「あるまじき行為です」（是不該有的行為）「危險迷惑極まりないです」（是極度危險且困擾的）等，究竟是什麼意思呢？以下要繼續學習當作慣用語句來使用的許多表現法。

---

6 ～の極み（きわ）
（名詞＋の極み）

極盡～、透頂

A

意味と用法 為「最高的～」、「沒有在這之上的～」之意。表示達到最高限度、等級。

例

クルーズ：cruise, 船

メーカー：manufacturer, 製造業者

経営陣：management

❶大型クルーズでのんびり世界一周なんて、ぜいたくの極みだ。
❷完璧な製品を販売して事故が起こったなんて、メーカーとしては痛恨の極みだ。
❸国民の税金で再建に取り組みながら、経営陣が高額のボーナスをもらうとは無責任の極みだ。

---

7 ～まじき
（動詞辞書形＋まじき）＊「する」有時會使用「すまじき」。

不應該～

A

★～まじき＋名詞
★常用動詞：「ある・言う・許す」等等

行為：act

体罰：corporal punishment

意味と用法 為「當然不應該～」之意。表示說話者強烈的否定心情。「まじき」的後面，會接續「こと、話、行動、行為」等名詞。

例

❶危険を知りながら販売するとはメーカーとしてあるまじき行為だ。
❷体罰をするなんて、教育者にあるまじきことだ。
❸人の悪口は言うまじきことで、思っても言うべきではない。

---

8 ～だに
（動詞辞書形＋だに／名詞＋だに～ない）

光是～、連～

A

★常用動詞：「想像する・考える・思い出す・思う・聞く」等等

意味と用法 強調「連～都」、「甚至連～」。若形式為「（名詞）＋だに～ない」，表「連～都不做」之意。

例

❶新型インフルエンザが大流行したら、何万人もの人が死んでしまうのだろうか。想像するだに恐ろしい。
❷あの時の会社のリストラのやり方は思い出すだに腹が立つ。
❸彼は事件のことを聞いても、微動だにしなかった。

---

9 ～を禁じ得ない
（名詞＋を禁じ得ない）

禁不住～

A

★常使用語彙：「驚き・同情・怒り・涙」等等

意味と用法 「沒辦法忍耐～」、「若不做～會受不了」之意。常用來表現說話者無法抑止的強烈情感。

例

❶難病と闘いながらも、強く生きる人の話を聞いて、涙を禁じ得なかった。
❷弱い子供を狙った犯罪が増えている。親として怒りを禁じ得ない。
❸あんなに一生懸命頑張って来たのに、一度の失敗で首にされたなんて、同情を禁じ得ない。

首にする：to fire(job)

---

10 ～極まる／～極まりない
（な形容詞＋極まる）

極～／極～

A

★常使用語彙：「失礼・迷惑・不親切・冷酷・大胆・勝手・複雑・危険」等等

意味と用法 「沒有比這個更～」之意。表示說話者強烈的否定心情。「極まりない」表面看起來雖為否定，但卻是「非常～」之意。「感極まる」（感觸極深）是慣用表現。

例

❶駅前の歩道上に買い物客が自転車を止めるのは、迷惑極まる行為だ。
❷長い間市民に親しまれてきた建物が壊されることになって、残念極まりない。
❸選手は金メダルを手にし、感極まって言葉にならなかった。

9

「慣用語句」與「べき」

復習問題

問題 ❶ 〔　　　〕の中の言葉を使って（　　　）の中を書き換えなさい。

[の極み　まじき　だに　を禁じ得ない　極まる／極まりない]

1. 倒れたビルの下から72時間ぶりに助け出された子供の映像を見て、（涙を我慢することができなかった）。
2. どんな理由があっても、テロは（当然許してはいけないことだ→　　　）。
3. 酔って暴れるなんて、（これ以上ない程迷惑だ→　　　）。
4. 本当はその電車に乗るはずだった。もし予定通り乗っていたら、事故にあっていた。（考えるだけでも→　　　）恐ろしいことだ。
5. お忙しいところ、わざわざご出席いただき、（非常に恐縮です→　　　）。

こたえ 問題❶　1)涙を禁じ得なかった　2)許すまじきことだ　3)迷惑極まる／極まりない　4)考えるだに　5)恐縮の極みです

3

決まりことば③

慣用語句③

～ともなく／～ともなしに・～ともなく／～ともなしに・～ながらに／～ながらの・～ところを

若能夠在一般的會話中順暢地使用「お忙しいところを～」（在百忙之中～）、「見るともなく見たら～」（不經意地一看～）等等的表現，表示您的日文已經聽起來很自然了。例句出現的都是常用的表現，請練習在適合的場面使用。

---

11 ～ともなく／～ともなしに
（動詞辞書形＋ともなく）

不經意地～、下意識的

A

★常使用動詞：「見る・待つ・聞く・覚える」等等

意味と用法 「沒有特別想～的心情，不知不覺就～」之意。「～ともなく」後面常重複同樣的動詞。

例

❶喫茶店で隣を見るともなく見たら、上司が家族と楽しそうに食事をしていた。

❷電車の中で若者の話を聞くともなしに聞いていたけれども、さっぱりわからなかった。

❸携帯メールを交換するようになってから、メールを待つともなく待つようになった。

テーマソング：
theme song, 主題歌

❹幼い娘は、テレビを見ながらアニメのテーマソングを覚えるともなく覚えてしまった。

---

12 ～ともなく／～ともなしに
（疑問詞＋（助詞）＋ともなく）

不知～

A

意味と用法 「不甚了解是不是～」之意。

例

❶昼食時になると、どこからともなく背広姿の会社員が安売りの弁当を買いに集まって来る。

❷長い間気まずい雰囲気が続いていたが、どちらからともなく別れ話を始めた。

❸あの喫茶店には、いつからともなく小説家を目指す若者が集まるようになった。

❹サッカーの試合が終わった後、だれともなくゴミを拾い始めた。

13 〜ながらに／〜ながらの
(動詞マス形・名詞＋ながらに)

帯著〜、維持著〜、保有〜、含〜 **A**

★常用語彙：「生まれる・
生きる・いる」「涙・昔・
いつも」等等

cf. ながら (P.25)

リアルタイム：real time, 同時に

意味と用法 「保持著〜」之意。

例

❶彼女は生まれながらに、人を喜ばせる才能を備えている。
❷子供達は、生活に困り学校にも行けない苦しい状況を涙ながらに訴えた。
❸最近は遠方からでも生中継が可能なので、自宅にいながらにして、地球の裏側の出来事でもリアルタイムで見られる。
❹この町では、昔ながらの製法で醤油を作っている。

14 〜ところを
(動詞辞書形・タ形・い形容詞辞書形＋ところを／な形容詞＋なところを／名詞＋のところを)

〜時、〜的時刻 **B**

cf. としたところで (P.68)

意味と用法 「明明是〜的狀況」之意。常使用在招呼等，顧慮對方的狀況時。

例

❶夜分遅くお休みのところをお電話して申し訳ありません。
❷お忙しいところをわざわざお越しくださってありがとうございます。
❸足元の悪いところを、わざわざ見舞いに出かけた。
❹お急ぎのところを、電車が遅れまして大変ご迷惑をおかけしております。
❺すぐにお礼に伺うべきところを、遅くなりまして大変失礼いたしました。

9

「慣用語句」與「べき」

復習問題

問題 ❶ 〔　　　〕の言葉を使って、（　　　）中を書き換えなさい。

[ともなく　どこからともなく　ながらに　ところを]

1. ちょっと時間があったので雑誌を（見ようと思わないけど見て→　　　）いたら、面白い記事を発見した。
2. 買い物していたら、（どこからかはっきりわからないが→　　　）、おいしそうなにおいがして来た。
3. 「差別」というのは、人が（生まれてそのまま→　　　）持っている感情なのだろうか。
4. （忙しい状態なのに→　　　）、ご参加いただきありがとうございます。

問題 ❷ 〔　　　〕の言葉を使って、（　　　）に書きなさい。

[お寒い　待つ　だれ　昔]

1. 洪水で取り残された人々は救助隊が到着するまで（　　　）からともなく歌を歌い始めた。
2. この店は、明治時代に創業して以来（　　　）ながらの味を守っている。
3. 一人で暇な時は、メールが来るのを（　　　）ともなく待ってしまう。
4. （　　　）ところを、わざわざ来てくださってありがとう。

こたえ 問題❶ 1)見るともなく見て　2)どこからともなく　3)生まれながらに　4)お忙しいところを
問題❷ 1)だれ　2)昔　3)待つ　4)お寒い

4

べき①

應該①

～べき・～べく・～べくして

此處整理了使用「べき」（應該）的表現。「べき」是古語，但現今仍使用，一般多半在文章中使用，但是會話中也會用到。是生硬的表現，主要目標是馬上便可看懂或聽懂，請與「替換語彙」一同記憶。

---

1 ～べき

應該～

（動詞辞書形＋べきだ／べきじゃない）＊使用「する」時，為「すべき」

B

意味と用法 「當然必須～」之意，表現出說話者強烈的心情。

例

❶夫婦の役割分担で、子育てについては分担すべきだという意見が8割近かった。

❷若者も自分達の生活に責任を持つという意味で、選挙に行くべきだと思う。

❸まずは、やるべきことをやってから、好きなことをしなさい。

❹いくら聞かれても過去のことを、正直に答えるべきではなかった。

---

2 ～べく

為了想～

（動詞辞書形＋べく）　＊「する」有時會做「すべく」

B

意味と用法 「想做～」、「為了做～」之意。

例

❶各店舗では、お客様の心をつかむべく、よりよいサービスを研究している。

❷政府は、早期に温暖化問題を解決するべく、対策委員会を設置した。

❸彼女は、国際的な弁護士になるべく、勉強に励んでいる。

❹病気の父親との「優勝」するという約束を果たすべく、柔道の稽古に集中した。

---

3 ～べくして

應該～、必然

（動詞辞書形＋べくして＋動詞タ形）

A

意味と用法 形式為「～べくして～」，前後使用相同動詞，表示「當然預測會～，實際也發生了」、「發生是當然的，但實際發生了」之意。

例

❶定期的な点検を怠っていたのだから、起こるべくして起こった事故だ。

❷悔しいけど、今日はチームの調子が悪かった。負けるべくして負けた試合だ。

❸生物の進化というのは、変わるべくして変わった結果だ。

❹このような便利な製品は大勢の人のニーズから生まれるべくして生まれたといえる

❺ファッションのブームというのは、おばさん世代がまねをし始めると、終わるべくして終わるものだ。

ニーズ：needs, 要求

ブーム：boom

復習問題

問題❶ （　　　）正しい方を選びなさい。

1. お客さまのご要望に（こたえる・こたえよう）べく、アンケート調査を行った。

2. 文武両道、学生は運動も勉強もバランス良くする（べき・べく）だ。

3. 戦争はできる限り（するべきではない・しないべきだ）

4. 調査にあたって注意する（べき・べく）点を説明します。

5. これは起こる（べく・べくして）起こった人災だ。専門家がずっと警告していたのだから。

問題❷ 〔　　　〕の言葉を使って、（　　　）中を書き換えなさい。

[べき　べく　べくして]

1. いい加減な仕事をしていた彼は（当然首になると予想されてそうなった→　　　　）。

2. 警察は犯人を（捕まえるために→　　　　）、日夜聞き込みをしている。

3. 暴力シーンの多いテレビ番組を子供には（当然見せないようにしなければならない→　　　　）。

4. 赤信号で車が来なくても、信号を（当然守らなければならない→　　　　）。

5. 二人は結婚した。（出会うことが当然で出会った→　　　　）のだろう。

6. 祖母は足腰が衰えるのを（防ごうとして→　　　　）、毎日1万歩歩いている。

問題❸ a～cの中で正しいものを選びなさい。

1. a. 従業員の健康を守るために、飲食店の客への禁煙はしないべきだ。
   b. 殺人をおかした犯人は、死刑ではなく生かして罪の償いをさせるべきだ。
   c. このまま温暖化が進むと、海面上昇、異常気象が起こるべきだ。

2. a. 急用で断らなければならないのなら、電話するべくしてだろう。
   b. 若手ピアニストに巧みな感情表現を求めるべくしてだが、彼は特別だ。
   c. この職業は出会うべくして出会った運命のような仕事だと彼は感じていた。

3. a. みなさんの期待にこたえるべく、努力してまいります。
   b. 子供が見ているよ。大人は子供の模範になるべくだから、変なことはしないで。
   c. 運悪く見るべくものを見てしまった。誰にも話さない方がいいね。

9

「慣用語句」與「べき」

こたえ

問題❶ 1)こたえる　2)べき　3)するべきではない　4)べき　5)べくして

問題❷ 1)首になるべくして首になった　2)捕まえるべく　3)見せるべきではない　4)守るべきだ　5)出会うべくして出会った　6)防ぐべく

問題❸ 1)b　2)c　3)a

べき②

應該②

〜べからず・〜べからざる・〜べくもない・〜てしかるべきだ

此處繼續學習「べき」（應該）的表現方式。這裡的表現，可能不會使用在與友人的對話當中，但是在揭謹的話題或討論場合可使用，因此請努力學習，目標是能夠一聽就懂。並且將例句及「替換語彙」一同記憶。

使用頻度 ★

5

---

4 〜べからず 不得〜 **B**
（動詞辞書形＋べからず）＊「するべからず」有時使用「すべからず」

意味と用法 「不應〜」，表禁止之意，常使用在佈告等。是較陳舊的說法。

例

★働かざる＝働かない

厨房＝台所：kitchen

❶子供達は「これより先、関係者以外入るべからず」という看板を無視して入って叱られた。
❷「働かざる者、食うべからず」というじゃない。あなたもアルバイトか何かしなさい。
❸初心忘るべからず、また基礎から練習しよう。
❹昔は「男子厨房に入るべからず」と言ったが、最近は料理好きの男性も多くなった。

---

5 〜べからざる 不該〜 **B**
（動詞辞書形＋べからざる＋名詞）＊「するべからざる」有時使用「すべからざる」。

意味と用法 「不該做〜」、「做〜是不適當的」之意。

例

★後面接「行為・行動・活動・こと・もの」等等名詞

リサイクル：recycle, 再生利用
好奇心：curiosity

❶悪いことをしたからといって、体罰は許すべからざる行為だ。
❷リサイクル運動は、ゴミの軽減に欠くべからざる活動だ。
❸いくら怒っていても、そんなことは口にすべからざることだった。
❹好奇心から見るべからざるものを見てしまった。

---

6 〜べくもない 〜不可能、不容〜 **A**
（動詞辞書形＋べくもない）

★「望む・及ぶ・疑う・信じる」等等

意味と用法 「～似乎沒辦法」、「沒有～的餘地（可能性）」之意。

例

❶欠席が多かったのだから、これ以上の成績は望むべくもない。
❷どんなに頑張っても、彼の能力には及ぶべくもない。
❸都心のマンションなんて、高くて手に入るべくもない。
❹どんな理由があるにしても、彼が法を犯したことは疑うべくもない事実だ。

---

7 **〜てしかるべきだ**
（動詞テ形＋しかるべきだ）

本來應當〜

A

意味と用法 「本來做～是當然的」之意。表示「因此，沒有～的狀態是令人不滿的」這種心情。

例

❶そんな大事なことは決める前に、担当者に一言相談があってしかるべきだ。
❷こんな非合理的なシステムは会社全体で見直されてしかるべきだ。
❸落としたパスポートを届けてもらったんだから、お礼ぐらいしてしかるべきだ。
❹人に推薦状を頼んで、送ってもらいたいなら、返信用の封筒に切手ぐらい張ってあってしかるべきだよ。

返信用の：return

9

「慣用語句」與「べき」

復習問題

問題❶〔   〕の中の言葉を使って（   ）の中を書き換えなさい。

[べからず　べからざる　べくもない　てしかるべきだ]

1. 努力しない人には夢というものは、（かなうことはあり得ない→　　　）。
2. この公園の芝生の中に（入ってはいけない→　　　）。
3. けんかして、つい（口にしてはいけないこと→　　　）を言ってしまった。
4. 時間外にこんなに働いているんだから、（残業代を払うのが当然だ→　　　）。

問題❷（   ）に続く文をa〜dから選びなさい。

1. どんな理由があっても、戦争は（　　　）。
2. 子供を狙った犯罪が増え、社会では近所でも知らない人には（　　　）。
3. 改装工事で騒音が出るなら、近所に一言（　　　）。
4. なぜ、母が私にだけ遺言を残したのか、母が死んでしまった後では、（　　　）。
   a. 確かめるべくもない。
   b. 許すべからざる行為だ。
   c. 挨拶があってしかるべきだ。
   d. 挨拶すべからずと教える風潮が出てきた。

こたえ 問題❶ 1)かなうべくもない　2)入るべからず　3)口にす（る）べからざること　4)残業代を払ってしかるべきだ
問題❷ 1)b　2)d　3)c　4)a

1　〔　　〕の中から適当な言葉を選んで（　　）にいれなさい。

① 〔　いかんでは　いかんによらず　思いきや　極まりない　だに　たりとも　〕

石油プラントで、想像（　　）しない事故が起こった。最初の対応（　　）被害が拡大する恐れがある。安全を確認するまで、理由の（　　）建物に入れない。ねずみ一匹（　　）入れるな！と技術者達がさけんでいる。しかし、誰も何が起こっているかわからない。爆発が止まったと（　　）また別の所から火が上がる。危険（　　）状態が続いている。

② 〔　まいと　極み　べく　まい　余儀なくされて　〕

大型スーパーの進出で閉店する小売店が増えていると聞いていたが、こんな田舎の町でそんなことは起こる（　　）と思っていた。しかし、大型スーパーが出店することになった。私は家族に心配をかけ（　　）何も言わなかった。そして、改装資金を集める（　　）銀行に融資を求めていた。しかし、それも断られ、客も減って、閉店を（　　）しまったのは、痛恨の（　　）だった。

③ 〔　かたくない　しかるべき　しのびない　せざるを得ない　〕

老老介護
高齢化社会が進んだ日本では、家庭の事情で、高齢者が高齢者を介護（　　）状況になる。これを老老介護という。若者でも大変な介護の仕事を、老夫婦が続けているのだから、その苦労は想像に（　　）。介護に疲れ、心中してしまったという悲しいニュースは聞くに（　　）。このような状況を解決するシステムがあって（　　）なのだが、まだ行き届いていないのが現状だ。

2　〔　〕の言葉を1回ずつ使って、（　　）に入れなさい。

〔　至り　極まる　禁じ得ない　だに　たえない　ながらに　まじき　〕

①のどかな村であんな残虐な事件が起こったなんて、思い出す（　）悲しいことだ。
②最近のバラエティー番組は、低俗で見るに（　　）。
③弱いお年寄りを狙うなんて、冷酷（　　）行為だ
④このようなすばらしいパーティーにご招待いただいて、光栄の（　　）です。
⑤湾の埋め立てによって魚介類の収穫に影響が出て、漁師達は涙（　　）窮状を訴えた。
⑥飲酒運転をするなんて、警察官にある（　　）行為だ。
⑦こんな簡単な手術なのに医療過誤を起こすとは驚きを（　　）。

3 〔　〕の言葉を1回ずつ使って、（　　）に入れなさい。

〔 感激　危険　軽視　行為　失礼　赤面　想像　評価 〕

①こんな狭い道であんなスピードを出すなんて（　　　）極まる行為だ。
②初めて会った女性に年齢を聞くなんて（　　　）極まりない。
③風邪だと思って、（　　　）するべからず。風邪は万病のもとだ。
④オリンピックの代表に選ばれて、（　　　）の極みだ。
⑤彼は、国際的な場でも十分（　　　）にたえる優れた科学者だ。
⑥その時代にあって、反体制的な意見を表したら、どんな扱いを受けたか（　　　）にかたくない。
⑦苦しんで助けを求めている人を見ても、無視して通り過ぎるなんて人間としてあるまじき（　　　）だ。
⑧みんなの前で、認識不足を指摘され、（　　　）の至りだった。

4 （　　　）の中正しい方を選びなさい。

①貧困国で、幼い子供が栄養失調で苦しんでいるのは（見る・見ている）にしのびない
②当社のお菓子は、機械を使わず、昔（ながらの・ながらな）方法で手作りしています。
③動物は、（生まれる・生まれ）ながらに様々な能力を身につけている。それが本能だ。
④働く女性が子育てと仕事を両立できるシステムが（ある・あって）しかるべきだろう。
⑤成功するためには、努力を（怠る・怠って）べからず。
⑥「許す」という行為は、平和のために（欠いて・欠く）べからざるものだ。
⑦今日の試合は（負ける・負けた）べくして（負ける・負けた）全くの練習不足だった。
⑧社長は、消費者の皆様の信頼を取り戻す（べき・べく）徹底的に問題を解明すると陳謝した。
⑨本来すぐにでも伺う（べき・べく）ところを、お詫びが大変遅くなって申し訳ありません。
⑩喫茶店でお茶を飲みながら、外を（見る・見て）ともなく（見る・見て）いたら、知らない人と目が合って気まずい思いをした。

5 a～cの中で正しいものを選びなさい。

①a.何に使うともなく、形が気に入って買ったものがたくさんある。
　b.今日は天気がいいから、どこからともなく公園に行こう。
　c.パーティーはいつともなく、あると思う。
②a.この辺は、夜間の外出もできて危険極まりない。
　b.この数学の問題は、複雑極まる問題だ。東大生の兄でも悩んでいる。
　c.反対運動のおかげで、その伝統的な建築物は保存されることになった。残念極まる。
③a.そんなひどいことを言ったら、心の広い田中さんでも怒るだにしない。
　b.こんな事件が起こることは、だれもが想像だにしたことだ。
　c.子供にけんかの理由を聞いたが、堅く結んだ口は微動だにしなかった。

④a.どんな株を買ったらもうかるかなんて、素人の私が知るべくもない。

b.彼の真意を確かめる手段が他にないなら、本人から聞くべくもない。

c.彼女に頼んだ仕事が問題なくできたべくがない。

⑤a.驚いたところを、勉強しなかったのに合格しておめでとうございます。

b.遠いところを、わざわざ来ていただいてありがとうございます。

c.残念なところを、今度のセミナーは欠席させていただきます。

6 （　　　　）の中の言葉を使って会話を完成させなさい。

①客：本日はお招きいただきありがとうございます。（～ところを）

　主催者：＿＿＿＿＿＿＿＿＿＿＿＿＿＿＿＿＿＿＿＿＿＿＿＿＿＿＿＿＿＿＿＿。

②先生：今回の作品は今までにない大作だね。もう私が教えることはないようだね。（～の至り）

　弟子：いえいえ、＿＿＿＿＿＿＿＿＿＿＿＿＿＿＿＿＿＿＿＿＿＿＿＿＿＿＿＿＿。

③A：ひどい事件だったね。犯人は生きているのが嫌になったからやったんですって。（～を禁じ得ない）

　B：こんな何も罪のない人を襲うなんて、＿＿＿＿＿＿＿＿＿＿＿＿＿＿＿＿＿。

④A：あのピアニスト、3歳でショパンの曲を聞いて、楽譜も見ずに真似して弾いていたそうよ。（～ながらに）

　B：すごいね＿＿＿＿＿＿＿＿＿＿＿＿＿＿＿＿＿＿＿＿＿＿＿＿＿＿＿＿＿＿。

⑤A：教師が痴漢行為で逮捕されたそうよ。（～まじき）

　B：教える立場なのに＿＿＿＿＿＿＿＿＿＿＿＿＿＿＿＿＿＿＿＿＿＿＿＿＿＿。

まとめテストのこたえ

1　①だに　いかんでは　いかんによらず　たりとも　思いきや　極まりない
　　②まい　まいと　べく　余儀なくされて　極み
　　③せざるを得ない　かたくない　しのびない　しかるべき

2　①だに　②たえない　③極まる　④至り　⑤ながらに　⑥まじき　⑦禁じ得ない

3　①危険　②失礼　③軽視　④感激　⑤評価　⑥想像　⑦行為　⑧赤面

4　①見る　②ながらの　③生まれ　④あって　⑤怠る　⑥欠く　⑦負ける　負けた　⑧べく　⑨べき　⑩見る　見て

5　①a　②b　③c　④a　⑤b

6　例）①［遠いところを／お寒いところを etc.］足をお運びいただきありがとうございます
　　②先生にそんなお褒めの言葉をいただいて、光栄の至りです
　　③怒りを禁じ得ないね
　　④生まれながらにすごい才能を持っていたんだね
　　⑤［教師／人間］としてあるまじき行為だよね

綜合問題

やってみましょう。

1 a～d の中で正しいものを選んで入れなさい。

❶田中さんは、僕と話が終わってないのに、帰れと（　　　　）ばかりに、新聞を読み始めた。

a. 言う　　b. 言わん　　c. 言った　　d. 言わず

❷山本さんは意見を求められると、（　　　　）とばかりに自分の説を展開し始めた。

a. 待ちます　　b. 待ちました　　c. 待っています　　d. 待っていました

❸優勝できるのは、このチームを（　　　　）ほかにはいないと自信を持って言える。

a. おいて　　b. おける　　c. おかれる　　d. おろか

❹私が合格できたのも、先生のご指導があれば（　　　　）です。

a. さえ　　b. すら　　c. こそ　　d. のみ

❺情報を独占（　　　　）、隠し通した。

a. すると思いきや　　b. すべからず　　c. せんがため　　d. せざるべく

❻みなが苦しむのを（　　　　）自分の家族のためだけに食料を手に入れた。

a. よそに　　b. そとに　　c. あとに　　d. ほかに

❼先日お世話になった方をお見舞い（　　　　）、就職の報告にうかがった。

a. かたわら　　b. なくして　　c. ならでは　　d. かたがた

❽彼はアルバイト（　　　　）、正社員に負けないように仕事に取り組んでいる。

a. ながらに　　b. ながらで　　c. ながらと　　d. ながらも

❾ひどくやせた子供たちの写真を見るたびに、同情を禁じ（　　　　）。

a. えない　　b. かねない　　c. ざるをえない　　d. ないではすまない

❿夫婦二人とも仕事を持っているので、休日が雨（　　　　）、洗濯するしかない。

a. とは　　b. ともなく　　c. とはいえ　　d. といい

⓫済ませる（　　　　）仕事が山積みになっていく。いつまでも減らない。

a. あとでは　　b. そばから　　c. ものの　　d. ついでに

⓬病弱（　　　　）子供のときから運動が苦手だった。

a. がものから　　b. がゆえに　　c. とすると　　d. わけもなく

⓭集めた情報（　　　　）これからの消費者対策を立てよう。

a. を問わず　　b. を限りに　　c. をめぐって　　d. をふまえて

⓮あの日の登山は、天気（　　　　）景色（　　　　）久しぶりに気分がよかった。

a. といい　　b. やら　　c. なり　　d. とした

⓯息子が就職できた（　　　　）、定年退職した夫も再就職できた。

a. のみか　　b. だけに　　c. だにか　　d. さえも

⓰仲間同士の結婚パーティーに（　　　　）、二次会で酒を浴びるほど飲んだ。

a. かけて　　b. かんして　　c. かぎって　　d. かこつけて

⓱気が短いガールフレンドを1分（　　　　）待たせることはできない。

a. ばかりか　　b. たりとも　　c. ならでは　　d. どころか

⑱旅行の直前のキャンセルは理由の（　　　　）、代金をお返しできません。

  a. いかんでは　　b. ついでに　　c. 次第にしては　　d. いかんを問わず

⑲うちの店の前に自転車を止めっぱなしにされると、迷惑（　　　　）。

  a. きわまった　　b. きわまりない　　c. きわめた　　d. きわみだ

⑳会議の結果を（　　　　）なり、みな落ち込んでしまった。

  a. 聞くなら　　b. 聞いて　　c. 聞く　　d. 聞いた

㉑映画のストーリーを説明できなく（　　　　）が、やっぱり、直接見たほうがいいよ。

  a. とばかりだ　　b. にかたくない　　c. もない　　d. でもない

㉒「お母さん」と叫んだが（　　　　）、夢から覚めてしまった。

  a. 最後　　b. きり　　c. 以上　　d. 上に

㉓だれに何と（　　　　）ようと、ヒマラヤにいるという雪男を探しに行く。

  a. 言って　　b. 言われ　　c. 言った　　d. 言われる

㉔このボーナス商戦ではパソコンは（　　　　）およばず、デジタルカメラやハイビジョンテレビがよく売れた。

  a. 言うに　　b. 言って　　c. 言ったに　　d. 言わない

㉕さすが、人間国宝の方が作ったものですね。その方（　　　　）の作品です。

  a. なり　　b. ながら　　c. なくして　　d. ならでは

㉖権利の主張（　　　　）、義務の実行はやさしいことではない。

  a. ときたら　　b. かたがた　　c. にひきかえ　　d. にかぎり

㉗場の空気を読めなかった課長は軽蔑の眼差し（　　　　）見られた。

  a. をおいて　　b. をもって　　c. をふまえて　　d. をかねて

㉘父は友人たちが家を買おうと（　　　　）、断固、この借家でいいと言う。

  a. 買いまいと　　b. 買うまいと　　c. 買わないと　　d. 買うとすると

㉙将来は獣医になりたいので、勉強の（　　　　）、ペットショップでバイトした。

  a. かたわら　　b. あまり　　c. うちに　　d. 上

㉚20年治療の経験がある（　　　　）、この複雑骨折は小さな医院では治療できません。

  a. とあって　　b. にしては　　c. にかけては　　d. といえども

㉛ベテランの技術者が、故障に気付かず、後輩に指摘（　　　　）恥ずかしいことだ。

  a. されたとは　　b. させられては　　c. されるのには　　d. させられたとは

㉜受験勉強は役に立たないという人もいるが、それはそれ（　　　　）面白い部分もある。

  a. とはいえ　　b. どころか　　c. なりに　　d. いかんで

㉝政府は国土を豊かに（　　　　）、山林や河川の保護を打ち出した。

  a. するまじと　　b. すべく　　c. するんがため　　d. すべからず

㉞新種のウイルスも詳しい分析（　　　　）特定ができない。

  a. なしには　　b. ならでは　　c. ながらに　　d. にあって

❶彼の失敗の原因を聞いて、失望を（　　　　）。

  a. おぼえさせた　　b. 余儀なくさせた　　c. 感じてがちだ　　d. 禁じ得なかった

❷二人のけんかはあまりに激しくて、私は何もできずただ（　　　　）。

  a. 見ているほどだった　　b. 見てやまなかった　　c. 見ているのみだった　　d. 見るしまつだった

❸いくらカラオケ好きとはいっても、下手な歌では、聞くに（　　　　）。

  a. たえない　　b. たえる　　c. たえていない　　d. たえた

❹いくら安くても、環境にやさしくて、消費者のニーズを考えることなしには（　　　　）。

  a. 売れかねる　　b. 売れるわけがない　　c. 売れようとはしない　　d. 売れない

❺新作映画の話を得意そうにしていたので、見たのだろうと思いきや（　　　　）。

  a. 見ていた　　b. 見てもいない　　c. 見たものだ　　d. 見ていないはずだ

❻敬愛していた村長の突然の死に、村人が悲しんだことは、想像（　　　　）。

  a. にかたくない　　b. におよばない　　c. してはいられない　　d. せずにはおかない

❼今年の酒のできは、いい米を使ったので、予想以上と（　　　　）。

  a. というまいか　　b. いうところだ　　c. いいかねない　　d. いいっこない

❽県の道路計画に私の家の場所が引っかかり、引越しを（　　　　）。

  a. 余儀なくした　　b. 余儀なくできた　　c. 余儀なくされた　　d. 余儀なくさせた

❾子供の万引きに対して、父親としての彼の怒りようと（　　　　）。

  a. いうならない　　b. いってもよかった　　c. いったらなかった　　d. いってならない

❿見たい番組も録画時間のセットを間違えれば、（　　　　）。予約録画も役に立たない。

  a. 当たり前だ　　b. せいだ　　c. わけにはいかない　　d. それまでだ

⓫来月、ピラミッドの調査隊を募集するそうですが、私に（　　　　）。

  a. やってくれませんか　　b. やってもらえませんか

  c. やらせてもらえませんか　　d. やらせてあげませんか

⓬広いマンションを買ったからといって、彼のことならそれほど驚くには（　　　　）。

  a. あたらない　　b. もとづかない　　c. きわまりない　　d. おかない

⓭ここから見る富士山の夕焼けは見る人を圧倒させずに（　　　　）だろう。

  a. おかない　　b. すまない　　c. しない　　d. しまつだ

⓮彼のために就職も、結婚も世話をしたのに、挨拶なしで引っ越すとは失礼（　　　　）。

  a. ずくめだ　　b. にたえない　　c. までだ　　d. きわまりない

⓯もう中学生と高校生なんだから、掃除ぐらいさせなさい。母親がやってやる（　　　　）。

  a. それまでだ　　b. までもない　　c. までのことだ　　d. きわまりない

⓰また、テニス・ラケットを買ったの。（　　　　）、いったい何本買えば満足するの。

  a プロじゃあるまいし　　b. 大人じゃあるまいし　　c. 会社じゃあるまいし　　d. 素人じゃあるまいし

⓱これから南極へ出発なさる先輩方の（　　　　）やみません。

  a. 両親の反対を思って　　b. 今後の就職を願って　　c. これからの苦労を考えて　　d. ご無事を祈って

3 a〜dの中で正しいものを選んで入れなさい。

❶始業時間の30分前までに来いとは（　　　）、新入社員ならせめて10分前には会社に着いて、仕事を始める準備くらいはしていてほしい。

a. 言わないまでも　　b. 言うまでもなく　　c. 言うに及ばず　　d. 言いながらも

❷世界共通の課題としては、核開発問題も（　　　）、地球温暖化の深刻さの問題もある。

a. さることながら　　b. あるまじく　　c. いれざるをえず　　d. 言わんがため

❸彼は大国と国境を接している小国の大統領という立場（　　　）、無理な大国の要請を断りながら、上手につきあう方法を模索している。

a. にして　　b. にとって　　c. にあって　　d. に足る

❹国土の開発が進み、農地が住宅に転化され、さらに、農業の後継者もいないことが、国の食料自給率をここまで下げた。農産物の輸入（　　　）満足に食べられなくなる。

a. はおろか　　b. にそって　　c. をよそに　　d. なくしては

❺息子は苦労して大学に入ったが、その後は、アルバイトとサークル活動に精を出している。あげくのはてに、中退する（　　　）。

a. までだ　　b. にはすまない　　c. おかげだ　　d. しまつだ

❻後輩が「8時ごろうかがいます」と言っていたので、出勤せずに待っていた。もうそろそろ来る（　　　）、いつまでたっても来なかった。それは午後の8時のことだったのだ。

a. と思いきや　　b. といえども　　c. とばかりに　　d. というもので

❼私の母は趣味が多い。茶道、華道はもちろんのこと、英会話に、パソコン、ダンスとグルメ会と家にいる時間がないほどだ。父が出張ともなると、（　　　）。

a. しっかり準備をして送り出す　　b. 食事も作らないし、家を空けるのは普通だ
c. 出張について一緒に出かけていく　　d. 花を飾り、お茶を飲む

❽乾燥地になる恐れがある平原に植林する。これは砂漠化を防ぐために、欠く（　　　）活動である。

a. ゆえに　　b. べからざる　　c. や否や　　d. んがため

❶父はよく「俺が社長になった（　　　　）、何でも好きなものを買ってやる」と言っていた。

a. あかつきでは　　b. あかつきには　　c. 羽目になる　　d. そこそこに

❷遅れた私が飲み代を払う（　　　　）。

a. 羽目にした　　b. にかこつけた　　c. 羽目になった　　d. と思いきや

❸テロリストは形勢が不利（　　　　）、退却を始めた。

a. なり　　b. そばから　　c. が早いか　　d. とみるや

❹子供を抱えあげた（　　　　）、腰を痛めた。

a. や否や　　b. 拍子に　　c. が早いか　　d. そばから

❺髪の毛が濡れていたが、ドライヤーをかける（　　　　）、寝た。

a. のもそこそこに　　b. とみるや　　c. が早いか　　d. そばから

❻俺のパソコンを貸してやると言った（　　　　）、貸さざるを得ない。

a. ことだし　　b. がゆえで　　c. こととて　　d. 手前

❼子供のくせに、なまじ親が金持ちなものだから、（　　　　）。

a. 節約する　　b. 使いたくない　　c. 無駄遣いする　　d. よくがまんする

❽せっかく熱心に調べたことだし、みんなで（　　　　）。

a. 調査しよう　　b. 発表すべきだ　　c. すばらしい調査結果だ　　d. いい結果が出た

❾早朝の（　　　　）、全員には連絡がつかなかった。

a. こととて　　b. 分には　　c. 手前　　d. がゆえに

❿幼い子供ながらも、親の離婚の意味が（　　　　）。

a. わからなかった　　b. わかってほしい　　c. わかったようだ　　d. わかっていこう

⓫熱心に説明してもらったかいもなく、（　　　　）。

a. 理解したい　　b. 理解した　　c. 理解しよう　　d. 理解できなかった

⓬友人から預かっている絵を汚し（　　　　）、補償が大変だ。

a. でもしたら　　b. ものなら　　c. くらいなら　　d. ていたら

⓭いかにがんばっても、初めての人にはこのゲームを終わらせるのは（　　　　）。

a. 簡単だ　　b. 無理だ　　c. 無理とはいえない　　d. 簡単になるはずだ

⓮あの会社に頼むの（　　　　）、価格の交渉はきちんとしたほうがいい。

a. ところで　　b. はそれまでで　　c. でもしたら　　d. はいいとして

⓯リハビリをしていれば、（　　　　）こそすれ、これ以上悪化することはないでしょう。

a. よくなる　　b. よくなって　　c. よくなり　　d. よくなった

⓰一人でできるならまだしも、（　　　　）くせに、何でもしたいと言うな。

a. できる　　b. できない　　c. できて　　d. できた

⓱忙しい（　　　　）、ご飯を食べる時間ぐらいあるでしょ。

a. とて　　b. ことだし　　c. はさておき　　d. はどうあれ

⓲春になると、花が咲いて、山（　　　　）山は、ピンクに染まる。

a. という　　b. とて　　c. なりに　　d. といえども

❿「外見（　　　　）、おいしければいいでしょ」と母は失敗したケーキを出した。

 a. なりに b. はどうあれ c. といえども d. とて

⓴大新聞（　　　　）、こんな誤報記事を出すとは、信じられない。

 a. たるや b. ときたら c. ともなると d. ともあろうものが

㉑技術が技術だけに、（　　　　）作れるというものではない。

 a. だれも b. だれか c. だれにも d. だれでも

㉒山田さんは、仕事が終わらなくて、到着が 30 分遅れる（　　　　）だ。

 a. かぎり b. もよう c. ところ d. ずくめ

㉓あとはテーブルに料理を並べるだけだから、準備が（　　　　）。

 a. できないのも無理はない b. できないのも同然だ

 c. できるのも無理はない d. できたも同然だ

㉔いろいろ調べたけど、結局答えは（　　　　）だった。

 a. 分かるまい b. 分かるまえ c. 分からずじまい d. 分からないまで

㉕やる気がしないから、試合に出ないなんて（　　　　）ほかだ。他のメンバーに失礼だ。

 a. あっての b. なりの c. もっての d. かぎりの

㉖イベントのため、朝からギターを（　　　　）、とうとう指が切れてしまった。

 a. 演奏しごしで b. 演奏っぱなしに c. 演奏しづめで d. 演奏しじみて

㉗彼のコンサートは、年齢を感じさせないステージで、最初から最後まで歌い（　　　　）だった。

 a. やら b. つ c. どおし d. なり

㉘商店街で、ひったくりをした犯人を、近所の人が 5 人（　　　　）で捕まえた。

 a. がかり b. ぐるみ c. どおし d. ずくめ

㉙春の行楽シーズンで宿泊代が高いのは、いわず（　　　　）でしょうが、こんな狭い部屋でも 2 万円もするのね。

 a. じまい b. がてら c. もがな d. ながら

㉚運転中に、きれいな桜に見とれていたら、前の車にぶつかる（　　　　）。

 a. ところだろう b. ところだった c. ところではない d. ところではなかった

㉛ぜいたく言わないの。中小企業でも、この就職難に就職できた（　　　　）。

 a. だけましだ b. ことしかない c. ことばかりだ d. のみである

㉜地震で開かなくなったドアを力（　　　　）引っ張ったが微動だにしなかった。

 a. のきわみ b. のかぎり c. のいたり d. のためし

㉝言葉がわからなくても国際交流できるのは、スポーツに（　　　　）ことではない。

 a. かかわった b. ともなった c. おぼえた d. かぎった

㉞最近の子供は小さいうちから周りの空気を気にしすぎる（　　　　）がある。

 a. がち b. ぎみ c. きらい d. ためし

㉟この問題については相談を受けても、救済の（　　　　）がないのが現状だ。

 a. ゆえ b. はめ c. すべ d. よぎ

㊱彼と一緒だと、プロジェクトがうまく運んだ（　　　）がない。もう嫌になる。

　　a. ためし　　b. きざし　　c. もよう　　d. みだし

㊲彼女とは幼なじみなので、異性としてみない（　　　）がある。

　　a. きざし　　b. すべ　　c. かい　　d. むき

㊳社員を疑い出すと（　　　）がないなんて、社長が言うべきことではない。

　　a. わけ　　b. だに　　c. つみ　　d. きり

㊴ことここに至っては、医者でも何（　　　）。

　　a. もできない　　b. もできよう　　c. にもなろう　　d. にもならない

㊵政府が不正融資問題に（　　　）いる間に、緊急を要する問題が起こり、対応のまずさが露呈してしまった。

　　a. ふまえて　　b. てらして　　c. かまけて　　d. あいまって

㊶環境基準に（　　　）みても、十分な数値は得られず、安全性に欠けることがわかった。

　　a. そくして　　b. てらして　　c. いたって　　d. ひきかえて

㊷名もない野に咲く花も、華道家の彼女の手（　　　）、見事な芸術品になる。

　　a. にてらしては　　b. にかまけては　　c. にかかっては　　d. にふまえては

㊸A社は、4月の新商品発売を（　　　）、販売強化キャンペーンを繰り広げる予定だ。

　　a. かわきりに　　b. かえりみず　　c. 前にして　　d. 禁じえず

㊹環境問題への意識の高まり（　　　）、エコカーの売り上げが増えている。

　　a. ときたら　　b. とおもいきや　　c. にもかかわらず　　d. とあいまって

㊺彼女は、大金持ちのお嬢様（　　　）、自分一人で電車に乗ったこともないそうだ。

　　a. とあいまって　　b. とあって　　c. をもって　　d. をおいて

㊻卑怯なことに、彼は、力（　　　）で不正の真実を隠した。

　　a. づめ　　b. どおし　　c. ずく　　d. がかり

㊼彼女は、心（　　　）の手料理で、もてなしてくれた。

　　a. こめて　　b. ずくめ　　c. づくし　　d. ながら

㊽今回発覚した不正は、組織（　　　）で行われていた模様だ。

　　a. ぐるみ　　b. だらけ　　c. まみれ　　d. づくし

㊾彼女は、「世間（　　　）の幸せで十分なのに…どうして」といつも言っていた。

　　a. ほど　　b. なみ　　c. ぶり　　d. ぎみ

㊿カメラのレンズ（　　　）映った風景から、ふるさとを思い出した。

　　a. がけに　　b. ごしに　　c. なみに　　d. ぶりに

51この小説の主人公は、皮肉（　　　）ことばかり言うのが人気の秘密だ。

　　a. めいた　　b. らしい　　c. きわみ　　d. まみれ

52彼は若いのに、年寄り（　　　）話し方をする。

　　a. ごとき　　b. もがな　　c. じみた　　d. まじき

53息子を逮捕され、泣き崩れる母親の姿は見るに（　　　）ない。

　　a. かぎり　　b. しのび　　c. いたり　　d. ためし

(54)お急ぎの（　　）、人身事故の影響で大変ご迷惑をおかけしております。

a. ところを　b. ものを　c. ときを　d. ことを

(55)税金を使っているのだから、政治家は、国民に事実関係を説明（　　）。

a. すべくもない　b. すべくだ　c. すべからずだ　d. すべきだ

(56)自分の意見を言うことは大切だが、人を傷つけるような言葉は（　　）

a. 許すべくことである　b. 許すべくもない

c. 許してしかるべきだ　d. 許すべくして許した。

(57)法律に触れることをしたのだから、厳しい処分が（　　）。

a. あるべくもない　b. あるべくしてあった　c. あってしかるべきだ　d. あるべからずだ

(58)ここのところ、残業続きで忙しい（　　）。何とかならないのかな。

a. にこしたことはない　b. のなんのって　c. ものやら　d. たらんとする

(59)このかばん、ちょっと小さいけれども、1 泊旅行に行く（　　）十分な大きさだと思うよ。

a. 分には　b. いかんでは　c. ならでは　d. であれ

(60)同僚に手伝ってもらおうとしたら、嫌だ（　　）向こうを向いた。

a. のごとく　b. のなんのって　c. とばかりに　d. とは言わず

(61)当社は年齢（　　）、優秀は人はどんどん採用いたします。

a. とは言わず　b. いかんでは　c. にしてはじめて　d. によらず

(62)新入社員（　　）、もう 5 年も勤めている君がそんなミスを犯すとは思わなかったよ。

a. なりに　b. もさることながら　c. ならいざ知らず　d. と思いきや

(63)留学するなら、1 年（　　）、2 年ぐらい行ってみたい。

a. とは言わず　b. はおろか　c. にもまして　d. だに

(64)来月は少し暇になりそうだから、休暇を取って（　　）と部長に言われた。

a. はばからない　b. さしつかえない　c. こしたことはない　d. たまらない

(65)引き受けた仕事を途中で投げ出すなんて、無責任な（　　）。

a. のも無理はない　b. でもなんでもない　c. ことこのうえない　d. きらいがある

(66)彼が舞台に登場したら、悲鳴とも歓声とも（　　）声が上がった。

a. 言わぬ　b. つかぬ　c. 及ばぬ　d. 思わぬ

(67)彼女の部屋に行ったら、壁（　　）天井（　　）お気に入りの俳優の写真がはってあって、びっくりした。

a. なり / なり　b. といわず / といわず　c. というか / というか　d. であれ / であれ

(68)事故で電車が止まってしまった。帰りたいけど、どうした（　　）。

a. ものやら　b. ものを　c. のなんのって　d. と思いきや

(69)あれだけサボっていたら、授業についていけなくなる（　　）。

a. には及ばない　b. のも無理はない　c. のも同然だ　d. のを禁じ得ない

(70)娘さんのプレゼントのネクタイ（　　）、少々派手でもしないわけにはいかないね。

a. ならでは　b. いかんでは　c. といえども　d. とあっては

(71)歴史を（　　）、現在や未来を語ることはできないだろう。

a. 知らずして　b. 知らんがために　c. 知るまいと　d. 知るべくして

(72)無理してためる必要もないが、貯金は多い（　　　）。

a. といったらない　b. すべがない　c. までもない　d. にこしたことはない

(73)田中は残業が多すぎる（　　　）、給料が少ない（　　　）、毎日文句ばかり言っている。

a. といい / といい　b. だの / だの　c. というか / というか　d. なり / なり

(74)友子は社交的（　　　）、おしゃべり好き（　　　）、初めて会った人ともすぐ親しくなれる。

a. だの / だの　b. であれ / であれ　c. といい / といい　d. というか / というか

(75)この講義を聞けば、真の国際人（　　　）者に求められるものがわかるはずだ。

a. にたえない　b. たらんとする　c. であっての　d. べからざる

(76)あのボクサーは1年以内にチャンピオンになってみせると言って（　　　）。相当な自信だ。

a. かなわない　b. やまない　c. はばからない　d. 過言ではない

(77)この辺もちょっと（　　　）間に変わったものだ。

a. こず　b. こぬ　c. きず　d. きぬ

(78)あんなひどいやつ、友達（　　　）。絶交だ！

a. といっても過言ではない　b. 以外のなにものでもない　c. でもなんでもない　d. までもない

(79)子供たちは、照りつける日差し（　　　）、プールで元気に遊んでいた。

a. にかまけて　b. と相まって　c. をものともせず　d. ともあろうものが

(80)忙しいのは確かだが、考え（　　　）、充実した日々とも言える。

a. ばこそ　b. ようによっては　c. たるや　d. こそすれ

(81)どう思う（　　　）、そのニュースについて知らないので、答えられないよ。

a. ともあれ　b. ものなら　c. も何も　d. なり

総合問題のこたえ

4
①b ②c ③d ④b ⑤a ⑥d ⑦c ⑧b ⑨a ⑩c ⑪d ⑫a ⑬b ⑭d ⑮c ⑯b ⑰a
⑱a ⑲b ⑳d ㉑d ㉒b ㉓d ㉔c ㉕c ㉖c ㉗c ㉘a ㉙c ㉚b ㉛a ㉜b ㉝d ㉞c
㉟c ㊱a ㊲d ㊳d ㊴a ㊵c ㊶b ㊷c ㊸a ㊹d ㊺b ㊻c ㊼c ㊽a ㊾b ㊿b (51)a
(52)c (53)b (54)a (55)d (56)b (57)c (58)b (59)a (69)c (61)d (62)c (63)a (64)b (65)c (66)b (67)b (68)a
(69)b (70)d (71)a (72)d (73)b (74)d (75)b (76)c (77)b (78)c (79)c (80)b (81)c

5 次の文の（★）に入る最もよいものをa～dから一つ選びなさい。

❶おいに今度一緒に（　　　）（　　　）（　★　）（　　　）、毎日のように「おじちゃん、いつ連れてってくれるの？」と電話がかかる。

 a. が最後 b. 行こうか c. 動物園に d. と言った

❷おれが（　　　）（　　　）（　　　）（　★　）、両親のために家を建てたい。

 a. 契約金が b. プロ選手になって c. あかつきには d. 入った

❸（　　　）（　★　）（　　　）（　　　）のは、車が故障してみんなが来るのが遅れたせいだ。

 a. 羽目になった b. 私 c. 料理を作る d. ひとりで

❹（　★　）（　　　）（　　　）（　　　）が、全国大会に出場できることになった。

 a. かたわら b. 歌っていた c. 育児の d. ママさんコーラス

❺兄は（　　　）（　　　）（　　　）（　★　）を何もしない。

 a. レポートで b. 忙しい c. 家の手伝い d. のにかこつけて

❻敵軍は（　　　）（　　　）（　★　）（　　　）、一気に進行してきた。

 a. 形勢が b. とみるや c. 自分たちの d. 有利

❼（　　　）（　★　）（　　　）（　　　）、夜中に買いに行った。

 a. アイスが食べたくて b. 拍子に c. たまらなくなり d. ふとした

❽会社の倒産で失業したが、（　★　）（　　　）（　　　）（　　　）どこにも転職できない。

 a. ものだから b. 高給を c. なまじ d. もらっていた

❾（　　　）（　　　）（　　　）（　★　）、朝早くから洗濯とは、主婦になると大変ね。

 a. 天気がいい b. いくら c. とはいえ d. 久しぶりに

❿昨晩（　　　）（　　　）（　　　）（　★　）が、やはり数学の問題は解けなかった

 a. 覚える b. 覚えた c. だけは d. だいたい

⓫妻を怒らせてしまったが、（　　　）（　★　）（　　　）（　　　）だった。

 a. プレゼント b. アドバイスは c. でもしたら d. 友人の

⓬大勢の前で（　　　）（　★　）（　　　）（　　　）時間がかかるかだ。

 a. どのくらいの b. 発表する c. 問題は d. のはいいとして

⓭クリーニングに（　★　）（　　　）（　　　）（　　　）服じゃないよ。

 a. 高級な b. ほど c. 出してまで d. 保管する

⓮水は貴重なものだから、（　　　）（　★　）（　　　）（　　　）と祖母は言う。

 a. たりとも b. いけない c. 無駄にしては d. 1滴

⓯香辛料をいれれば、（　　　）（　　　）（　★　）（　　　）はずなのになあ。

 a. ことはない b. おいしく c. まずくなる d. こそなれ

⓰いろいろ問題が（　　　）（　★　）（　　　）（　　　）いい大会だった。

 a. それ b. あったが c. なりに d. 終わってみれば

⓱彼女は、人がいないと（　　　）（　　　）（　★　）（　　　）困る。

 a. から b. きらいが c. サボる d. ある

⓲ 立派なカメラがあっても（　　　）（　　　）（ ★ ）（　　　） だ。
　　a. 同然　　　b. なら　　　c. 持っていないも　　　d. 使いこなせない

⓳ 友達に（　　　）（　　　）（ ★ ）（　　　）がある。
　　a. 本　　　b. で　　　c. 返していない　　　d. 借りっぱなし

⓴ せっかく大学に入学できたのに、（　　　）（　　　）（ ★ ）（　　　）しまつだ。
　　a. ついていけなくなる　　　b. ばかりで　　　c. 遊んで　　　d. 授業に

㉑ 彼は何度頼んでも態度を（　　　）（　　　）（ ★ ）（　　　） だ。
　　a. だから　　　b. やめるまで　　　c. 変えないの　　　d. つきあいを

㉒ 吸収合併の（　　　）（　　　）（ ★ ）（　　　）よく平静に仕事ができるものだ。
　　a. 危機　　　b. 部長　　　c. は　　　d. にあって

㉓ その地域では、語学（ ★ ）（　　　）（　　　）（　　　）行われていた。
　　a. 国際交流が　　　b. 学習熱　　　c. とあいまって　　　d. 盛んに

㉔ 今回の審議会の発表は、（　　　）（　　　）（ ★ ）（　　　）ものだった。
　　a. ずくめで　　　b. しがたい　　　c. 納得　　　d. 異例

㉕ この海岸には、天女が降りた（　　　）（　　　）（ ★ ）（　　　）が残っている。
　　a. 伝説　　　b. 話　　　c. という　　　d. めいた

㉖ 新しいアパートを見に行ったら、隣の（　　　）（　　　）（ ★ ）（　　　）じろじろ見られた。
　　a. メガネ　　　b. おばさんに　　　c. 部屋の　　　d. ごしに

㉗ 地震で家が崩れその下に何時間も（　　　）（　　　）（ ★ ）（　　　）恐ろしい。
　　a. だに　　　b. なんて　　　c. 考える　　　d. 閉じ込められた

㉘ 勉強しなかったのだから、（　　　）（　　　）（ ★ ）（　　　）が、やはり不合格は嫌なものだ。
　　a. 落ちる　　　b. 落ちた　　　c. のだ　　　d. べくして

㉙ 逮捕され、犯人は（　　　）（　　　）（ ★ ）（　　　）認める供述を始めた。
　　a. 容疑　　　b. ながらに　　　c. 涙　　　d. を

㉚ 彼は（　　　）（　　　）（ ★ ）（　　　）には様々な悪事を繰り返していたことを告白した。
　　a. 至りで　　　b. 若げ　　　c. 過去　　　d. の

㉛ 新型ウィルスは、瞬時に他の細菌と結合し強力な細胞に生まれ（　　　）（　　　）（ ★ ）（　　　）特徴を持つ。
　　a. 見逃す　　　b. 変わる　　　c. べからざる　　　d. という

㉜ さっき（　　　）（ ★ ）（　　　）（　　　）けど、どうしたらいいんだろう。
　　a. 買った　　　b. ものの　　　c. 覚えのない　　　d. 請求書が来た

㉝ 早く（　　　）（ ★ ）（　　　）（　　　）そんなにひどくなったんだよ。
　　a. 今ごろになるまで　　　b. 病院に行けば　　　c. 放っておいたから　　　d. 治ったものを

㉞ けんかした（　　　）（ ★ ）（　　　）（　　　）彼女は向こうを向いてしまった。
　　a. もう口も利きたくない　　　b. 顔を合わせても　　　c. とばかりに　　　d. ばかりなので

㉟ お世話になった（　　　）（　　　）（ ★ ）（　　　）わけにはいくまい。
　　a. 少々無理をしても　　　b. 田中さんの頼み　　　c. 断る　　　d. とあっては

㊱そんなに若いと、（　　　）（　★　）（　　　）（　　　）というものだろう。
　a. 両親の許しを得る　　b. 一人暮らしを始める　　c. ことは無理　　d. ことなしに

㊲成功は（　　　）（　★　）（　　　）（　　　）ので、我々はこうして日々努力しているのだ。
　a. ものではない　　b. なくしては　　c. 得られる　　d. 自らの努力

㊳休みを取れない（　　　）（　　　）（　★　）（　　　）旅行ぐらい行きましょうよ。
　a. 忙しいなら　　b. ほど　　c. いざ知らず　　d. 暇なら

㊴あなたの家には、（　　　）（　★　）（　　　）（　　　）までもないよ。
　a. 迎えに来てもらう　　b. わけじゃあるまいし　　c. 初めて行く　　d. わざわざ

㊵今行っている（　　　）（　★　）（　　　）（　　　）を変えざるを得ないかもしれない。
　a. 方向性　　b. 実験の結果　　c. いかんでは　　d. 今までの

㊶初めて（　　　）（　　　）（　★　）（　　　）に圧倒された。
　a. テレビとは違う　　b. 舞台ならでは　　c. の迫力　　d. 劇場に足を運び

㊷日本では、（　　　）（　★　）（　　　）（　　　）にこしたことはないだろう。
　a. とも限らない　　b. いつ地震が起こる　　c. ので　　d. 準備しておく

㊸夏の旅行はどこへ行こうと妻に言われたけれども、どこへ（　　　）（　★　）（　　　）（　　　）行けないよ。
　a. も何も　　b. 休みが取れないんだから　　c. 行く　　d. 行こうにも

総合問題のこたえ

5　①d　②c　③d　④c　⑤c　⑥d　⑦b　⑧c　⑨c　⑩b　⑪b　⑫d　⑬c　⑭a　⑮c　⑯d　⑰d
　　⑱c　⑲c　⑳d　㉑c　㉒b　㉓b　㉔c　㉕d　㉖a　㉗c　㉘b　㉙a　㉚c　㉛a　㉜c　㉝d　㉞b
　　㉟a　㊱d　㊲b　㊳c　㊴b　㊵c　㊶b　㊷a　㊸d

附錄——翻譯

Chapter 1　同時に・すぐに（同時・立刻）

1-1 ➡ その後で（在那之後）

1　～が最後（如果～）

①如果讓機會逃走一次，也許就不會再來第二次了。
②如果讓這個孩子在百貨公司看到了想要的玩具，那麼在買給他之前，他都不會離開那裡。
③如果和多嘴的她說了，明天之內，你的秘密會傳遍全公司喔！

2　～てからというもの（自從～後）

①自從發生事件後，都利用校車通學。
②自從母親出院後，持續著睡睡醒醒的狀態。
③自從家附近開了遊樂園後，街道變得更擁塞了。
④自從兒子考上志願學校後，變得一點都不認真讀書。

3　～あかつきには（到～時、到～之際、～之時）

①我被告知「這個企劃成功之際，你就是部長囉」。
②問題解決之時，大家到溫泉之類的去慶祝一番吧！
③取得永久居留權之時，也許會找到好工作吧！
④候選人大聲吶喊著：「我當選了之後，到時這個村裡也會建造新幹線車站」。

4　～羽目になる（竟然～、竟然到了～的地步、窘境）

①喜愛打電動的青年，因為想要有錢買電動遊戲，竟然因此走上竊盜犯一途。
②因為連別人的工作也接了下來，結果竟然連續三天都不能好好睡覺。
③因為翹太多課，考試之前竟然到了幾乎熬夜的地步。
④因為商品進貨太晚，被指責違反契約，陷入要繳納違約金的窘境。
⑤因為契約失敗，結果竟然陷入被貶職至大阪的窘境。

1-2 ➡ ついでに（順道）

1　～かたがた（同時也～）

①母親擔心獨居的我，所以來拜託管理員（關照我），同時也來看我。
②報告畢業消息時，大家同時也一起拜訪了高中時代的老師家。
③為了告知婚禮一事，同時也告知近況。
④父親為了我的婚禮到東京時，同時也與從前的友人們見面。

2　〜がてら（順便〜）

①父親總是在附近的公園散步,順便尋找寫作業餘俳句的題材。
②難得來到旅館賞花,要不要順便和大家一起用個午餐之類的?
③正在進行復健的母親,能夠一個人出去運動順便購物。
④測試新買的機器時,順便試用了。效能很快,還不錯。

3　〜かたわら（一面〜一面〜）

①外子一面工作,一面也幫忙地方上的少年足球隊。
②最近一面做家事、一面在網路上買賣股票的主婦據說增多了。
③一面以運動選手身分活躍,一面也學習當個指導者。
④一面寫小說,一面也在大學當約聘教師。

4　〜にかこつけて（借口〜、托故〜）

①借口為足球加油吶喊,年輕人們大聲喊叫喧鬧。
②百貨公司藉著情人節,大量販售巧克力。
③借口工作繁忙,母親放著家事不顧。
④有孩童借口店員沒在看而偷竊。

1-3 ➡ すぐ①（立刻①）

1　〜が早いか（才剛〜就〜）

①孩童才剛吃完早餐,立刻拿著書包跑了出去。
②才剛寫完答案,就交了出去立刻離開教室。
③肚子餓的貓才剛看到小鳥,就立刻猛撲了過去。
④在電車上座位剛空出來,原本站著的阿姨立刻坐了下來。
⑤才剛接到球,選手立刻盤球前進奔向對方區域射門。

2　〜そばから（一〜就）

①小時候,母親一炸了天婦羅,我就會伸手拿來吃。
②一學就會忘,我想這樣再怎麼學也沒用。
③開店當初,客人一剛回去,立刻就來了另一個客人。
④我一丟掉,爺爺就會撿巨大垃圾回來。家裡的垃圾不會減少。
⑤「我從今天開始要讀書喔!」兒子一剛說完,就被朋友邀出門了。

3　〜なり（馬上〜）

①一回到家,馬上打開了電腦。因為很在意棒球比賽的結果。
②客人一喝了咖啡,馬上變得痛苦起來。因為犯人在裡面下了毒。

③年輕女性一坐上電車，馬上開始化妝。

④兒子一說完「沒有時間了」，馬上飛奔出去，也沒帶便當。

⑤收銀台的店員一從客人那裡收到現金，馬上就檢查那張一萬圓鈔票。

4 ～とみるや（一發現～立刻）

①書局一發現寫真集賣得好，立刻進貨並且擺放在店門口。

②一發現 A 黨獲勝了，人們立刻開始一個接一個，聚集在 A 黨的辦公處。

③偷竊犯一發現無法逃避警方的追擊，立刻拿出刀子抵抗。

④母親一發現隔壁街道的超市比較便宜，立刻騎腳踏車飛奔過去。

1-4 ➡ すぐ②（立刻②）

5 ～拍子に（才剛～時候（結果）、同時）

①才剛咬下堅硬的食物，結果牙齒就咬斷了。

②才剛摔倒，結果錢包和手機就從提袋裡飛了出去。

③才剛一眨眼，結果忘了的事情就突然想了起來。

④剛才瞬間不知怎麼地，手臂就抬不起來了。（慣用語句）

6 ～や／～や否や（一～立刻）

①營收減少的情報一流出去，股價立刻下降，大家紛紛賣出。

②小孩在母親不在的時候哭泣，一見到母親的身影，立刻停止不哭了。

③問題一解決，立刻又發生了下個問題。狀況是一樣的。

④雜誌一介紹這間店，立刻連續數日大排長龍。

⑤搖滾歌手一登上舞台，會場立刻響起高昂的歡呼聲。

7 ～もそこそこに（隨便～馬上）

①兒子隨便吃了早餐，馬上飛奔出家門。如果再早起十分鐘不就沒事了。

②（他）工作隨便應付完，馬上開心地離開公司。他今晚好像有約會。

③拜訪律師事務所時，草草打了聲招呼，就馬上進入討論。

④部下的說明也很隨便（聽聽），上司馬上拿了大衣，準備外出。

⑤她連喜歡的咖啡都只隨便喝喝就馬上離開了。

Chapter 2　理由・逆接・仮定（理由・逆接・假定）

2-1 ➡ 理由（理由）

1 ～手前（既然～）

①既然要販賣生鮮食品，所以我時常注意洗手。

②顧慮到既然約定「要參加」，就沒辦法丟下餐會不管。
③顧慮到既然自己是年紀最輕的，那幫大家倒茶也是理所當然。
④顧慮到既然外子在 A 電器公司上班，其他公司的產品就算好，也不能買。
⑤在小孩面前夫婦就不應該吵架。

2 なまじ～（ものだ）から（正因為～所以）

①正因為家中有寬廣的空間，所以母親什麼都不丟棄，全都留下來。
②正因為影印如此便利，所以學生自己都不寫，總是影印別人寫的內容來讀。
③正因為會英文，所以接待外國客人的事情全都讓我做了。

3 ～ことだし（～ましょう）（好不容易～（～吧））

①道子的結婚典禮，好不容易大家都到齊了，來照張久違的全家福照片吧！
②高速公路的費用好不容易下降了，所以想說下次開車回老家吧！
③好不容易買了昂貴的電腦及印表機，乾脆今年的賀年卡就自己做。

4 ～ゆえ（に）／～がゆえ（に）（因為～）

①因為年輕，所以有時會失敗及犯錯。
②因為這個島是離島，所以雖然不方便，但卻寧靜祥和。
③從前，因為身為女性，而受到差別待遇。

5 ～こととて（由於是～）

①由於是鄉下，什麼都沒有，還請您享用。
②由於是突發事件，連絡遲了，實在抱歉。
③雖然是剛開店還不熟手，但讓客人發怒實在很糟糕。
④雖然是連續假日，但連絡晚了，是我們的責任。

2-2 ➡ けれども（但是）

1 ～と思いきや（想說～結果）

①今天想說可以早點回家，結果五點之前部長來了，交付了我緊急的工作。
②由於睡過頭，想說要遲到了，結果時鐘走太快，總算是來得及上課。
③想說新商品會比較方便，結果因為有太多功能，使用方法很複雜。

2 ～とはいえ（雖說～但）

①雖說早預測到了，但竟然那麼早就被革職。
②因為哥哥是醫生，雖說是休假日，但也不知道什麼時候會被醫院傳喚。
③雖說是工作，但這樣每天晚歸，很可能把身體弄壞。

3 　**〜だけは〜が（雖然〜但）**

①拍賣期間雖然去了百貨公司，但沒能買到想要的東西。
②雖然已和會長連絡了開會的事情，但不知道他能否撥冗出席。
③雖然在期限之前交了報告，但對內容沒有自信。

4 　**〜ながら（も）（不過〜）**

①他雖然是學生，不過開了公司，擁有（讓人）無法想像那是二十幾歲的人會擁有的高收入。
②許多人雖然知道抽菸對身體不好還是抽。
③進公司兩個月。雖然沒有自信，不過每天努力著。

5 　**〜かいもなく／〜がいもなく（雖然〜但沒有效）**

①雖然幫忙加了油，但我們高中還是輸了。
②雖然努力了，但考試還是落榜。明年再來吧！
③職業網球選手，雖然接受了腳骨折的手術，但沒有辦法再打網球了。
④遇到這個工作之前，沒有生活意義，只是渡日子。

2-3 ➡ 「もし、〜」① （「如果，〜」①）

1 　**〜ていたら〜た／なかったら〜た（如果〜就、如果沒有〜就）**

①高中時，如果再多認真一點，入學考試就不會考得那麼辛苦了。
②去年冬季登山時，如果途中沒有折返，那麼現在就已經不在人世囉！
③如果那時不注意紅燈，絕對就會與卡車撞上的喔！

2 　**〜うものなら（假如〜）**

①如果把拜託我買的東西忘了，太太就會不讓我吃晚餐喔！
②如果在資源回收的前一晚就把垃圾拿出去，附近的人們就會開始尋找犯人。
③如果正在研究的癌症特效藥成功了，也許就會成為大富翁吧！

3 　**〜でもしたら（如果〜之類的）**

①如果反駁指導教授的意見之類的，的確會拿不到學分。
②怎麼用髒手在揉眼睛！如果失明之類的，要怎麼辦才好？
③如果把借來的相機弄壞了之類的，會很糟糕，所以不要讓小孩碰觸吧！

4 　**〜くらいなら（既然〜乾脆）**

①既然喝了之後會不舒服，那乾脆一開始就不要喝。
②既然是要和田中一起去，那我乾脆自己去。那樣比較輕鬆。

③既然要忍耐不吃，那我乾脆不想減肥了。

5 ～ばそれまでだ（如果～也無濟於事）

①即使投保昂貴的生命保險，如果死了也無濟於事，自己也領不到。
②就算做出了大發明，如果沒有拿到專利也無濟於事，會被別人模仿。
③就算料理做得好吃，如果店裡不乾淨，也無濟於事，客人不會來第二次。

2-4 ➡ 「もし、～」② （「如果，～」②）

6 いかに～うと／が（無論多麼～也～、不論怎麼～也～）

①無論再怎麼工作，生活也完全不會變好。
②無論雙親與朋友如何擔心，本人也完全不在意。
③無論怎麼謝罪，只是口頭上道歉，也不會被原諒的吧！
④現在就算如何健康，但也已經上了年紀，還是不要勉強比較好喔！

7 ～うと～まいと／～うが～まいが（不論有沒有～）

①不論有沒有下雨，和網球不同，足球是不會中止的。
②不論有沒有喝酒，同學會的參加費金額都相同，實在很奇怪。
③不論有沒有讀書，結果都要自己承擔責任。
④他說「不論工作有沒有增加，都和我無關」，然後不肯幫忙。

8 ～たところで（即使～也）

①距離電車發車只剩兩分鐘，即使現在用跑的也沒有用。
②即使練習面試，努力找工作，也贏不了那些靠關係的傢伙。
③即使現在和客人道歉，對方也不會再來店裡第二次了吧！
④今天天氣陰，即使登上展望台，也看不到富士山的喔！

9 ～はいいとして（先不論～）

①先不論寫論文這件事，連題目之類的都還沒確定，這才是問題。
②先不論女兒要進醫學系，讀書的費用要從哪裡來。
③先不論沒有人能去部長家，重點是要怎麼好好地談這件事。
④先不論電視畫面很大，如果擺了電視，就沒辦法擺下床了。
⑤老鼠們討論著：「先不論在貓頸上掛鈴鐺這方法的確很好，問題是誰要來做這件事。」

Chapter 3　目的や驚きの表現（表現目的或驚訝）

3-1 ➡目的・意思・意識①（目的・意思・意識①）

1 ～まい／まいか（絕對不～、應該不～吧）

①就算發誓「絕對不再喝酒或抽菸」，還是有很多人沒辦法戒掉。
②我相信認真的田中，絕對不會做這種事吧！
③已經比約定的時間晚了三十分鐘。我想事到如今應該不會來了，所以決定一個人出門。
④按照預定，也差不多到了能夠抵達的時間，但應該不會是發生事故了吧？

2 ～まいと（不想～）

①輸了比賽之後，不想再輸第二次，因此開始了比從前更為嚴苛的訓練。
②有很多在學校被欺負的孩子，因為不想讓家人擔心，所以無法和人討論。
③颱風天時風很強勁，為了不想讓傘被吹走，所以用力壓著。

3 ～うにも～ない（就算～也）

①想要做自己國家的料理，不過沒有材料，就算想做也做不出來。
②由於不了解他提問的用意，因此就算想回答，也回答不出來。
③就算想求救，也因為太懼怕而無法出聲。

4 ～んがため（に）／～んがための（為了想～）

①選手們為了想奪取金牌，不惜用睡眠時間來努力練習。
②最近為了想能夠多賣出商品，不斷宣傳。
③為了想再建父親所創的公司，選擇了與其他公司合併的道路。
④母親養育年幼的三個孩子，為了想生存下去，工作到很晚。

3-2 ➡目的・意思・意識②（目的・意思・意識②）

5 ～たらんとする（想成為～）

①想成為領導者的人，怎麼能那麼懦弱呢？
②在這樣經濟狀況差的時候，更有必要抱持著想成為優良企業的強烈意願。
③想成為一流選手，私生活的自我管理也不能怠惰。
④她之所以辭掉工作，可說是表現出了想成為好媽媽的意願。

6 ～分には（只是為了～）

①如果只是為了個人享受，那麼影印應該也沒問題吧！
②如果只是為了幫忙，那沒有問題，但不能幫他做所有的作業。

③如果只是看還好，實際上若要做運動，是非常辛苦的喔！
④這個襯衫，如果只是在家裡穿，還不算差，但沒辦法穿出門啊！

7 ～てみせる（絕對會～）

①這次的比賽，絕對會贏給你看，請來加油啊！
②將來絕對會成為有名的鋼琴家。
③贏了樂透絕對會買別墅，請等著吧！
④持續研究下去，絕對會開發出新的藥物。

8 ～覚えはない（不記得有～、不記得該～）

①我不記得有說過要買這輛車喔！也沒有簽契約。
②她為什麼生氣呢？我不記得有做過讓她生氣的事情。
③「這個工作到明天為止要做好！」「你搞什麼！我不記得該被你命令」。
④失敗是我的錯嗎？我不記得該被他這樣說。

3-3 ➡驚き（驚訝）

1 ～といったらない／～ったらない（～不知該如何形容～）

①考卷發回來時他的表情真是不知該如何形容。想必是考得很差吧！
②那間店的拉麵難吃得不知該如何形容。這樣子客人還會去啊！
③突然有爆炸聲響，驚訝得不知該如何形容。

2 ～（とい）ったらありゃしない（～不知該如何形容才好）

①最近忙得不知該如何形容才好。偶爾也想去玩啊！
②他所說的話，總是很愚蠢，不知該如何形容才好。
③田中又硬把工作推給了我。氣得不知該如何形容才好。

3 ～とは（還真是～）

①那個總是在哭的小秋子，變得如此漂亮，還真是令人驚訝。
②大學的應考手續竟然如此麻煩，還真是沒想到。
③那樣的大企業，竟然會破產，還真是意外。

4 ～のなんのって（～極了、不得了）

①那間店的咖哩好吃極了，是其他店吃不到的喔！
②冬天的山裡非常寒冷。我還以為會被凍死。
③早上起床後，發現鬧鐘停了。我急得不得了。

5 **～も何も（別說～）**

①我被告知快點還錢，但別說還錢了，我根本不記得有借錢呢！
②「那個人是誰，認識嗎？」「別說認識了，那是我們公司社長啦！」
③別說交報告了，老早就過了繳交期限了啦！

3-4 ➡場合によって（依照場合）

1 **～ようによっては（依照～不同）**

①「這幅畫看起來像什麼？」「依照觀賞方式不同，看起來又像花瓶，又像個女人呢！」
②要看怎麼想了，比起一邊工作一邊累積壓力，搞不好換工作還比較划算。
③新商品依照使用方法不同，也許會比較方便，但卻佔空間呢！
④道歉函依照寫法不同，（可能）會變成只是在找藉口。

2 **～いかんだ／～いかんでは（就看～）**

①能不能當上部長，就看這個月的營業成績了。
②就看對方如何回應，搞不好會打官司。
③明天的活動，就天氣來看要中止了。
④早點和我討論就好了，到了現在，怎麼做都沒辦法了。
⑤因為興趣而開始畫畫，但無論如何都沒有時間，沒辦法好好地專心一致。

3 **～によらず（與～無關、與～不同）**

①她與外表不同，意志非常頑強。
②之前學過「物體的落下速度，與物體的重量無關，是保持一定的」。
③北極星與季節或時間無關，總是可以在正北方見到。
④這裡的打工薪資，與工作內容無關，一律相同。

4 **～（の）いかんによらず／～（の）いかんにかかわらず／～（の）いかんを問わず（不論～）**

①已提出的資料，不論任何理由，都不退還。
②不論原因如何，偷竊別人的物品就是不被原諒的。
③這個活動不論國籍，誰都可以參加。
④不論檢查結果如何，總之有必要暫時定期到醫院（治療）。

3-5 ➡みたいだ（像是）

1 **～とばかり（に）（像是在說～）**

①問了大家有沒有意見之後，她像是在說「我等很久了」一樣，開始抱怨。

②到了情人節之前，糖果業界像是在宣告正是此刻，開始宣傳巧克力。（＝現在正是機會）
③在國會當中，首相一失言，在野黨便像是在說「正是此刻」一般，追究責任。
④玩電動時，父親瞪著我，像是在說「既然有閒就快點去唸書」。真討厭啊！

2 ～んばかり（に）（幾乎像是～）

①社長快要破產的樣子，幾乎像是要下跪一樣，拼死地拜託借貸。
②耶誕商戰（氣氛濃厚）的店裡，排滿了幾乎像是要滿出來一樣的商品。
③他幾乎像是要叫大家來觀賞一樣，把他第一個小孩的照片排在桌上。

3 ～（が）ごとく／～（が）ごとき（如同～、像～）

①如同上述，已在幹部會議上決定了。
②櫻花花瓣如同起舞一般散落。
③像你這樣，（我）沒有理由會輸給你的。（＝像你這樣弱的人）
④無論身體多差，山田不可能輸給像小孩這樣的對手。

4 ～かのごとく／～かのごとき（宛如～）

①她雖然是第一次碰面，但用宛如以前就認識般的態度說話。
②宛如我做了什麼壞事一般，請不要對別人說。
③貪污事件被發現了，但幹部們卻宛如與自己無關一般行動。

Chapter 4 　強調と並列（強調及並列）

4-1 ➡ 限定と強調①（限定及強調①）

1 ～にして（も）（就連～也、同時也是～）

①就連身為專家的他，也沒辦法解決，外行人的我是不可能的。
②就連現代醫學也有無法治癒的疾病。
③古代遺跡當中，有許多就連現代科學也無法解開的謎。
④這個產品，就連技術最強的公司，也能讓他們說出「真是很難開發啊」。
⑤他身為公司社長的同時，也是數學家。（×にしても）

2 ～にしてはじめて（正因為～才能夠、到了～才）

①正因為是專家山田，才能夠察覺這個問題。（＝除了山田之外都沒辦法）
②這本動物紀錄，正因為是與動物一起生活、對自然了解透徹的他，才能夠寫出來的。
③真是高超的得勝方式。正因為是橫綱，才能夠展現出這樣的技巧！
④這份巧妙的味道，正因為是在有名餐廳修業過的廚師，才能夠做出來的。
⑤到了第三次後，才終於通過司法考試。這麼一來就能成為律師了！
⑥到了三十五歲，才第一次去聽古典音樂的音樂會。

3 **～てこそはじめて（直到～才）**

①直到失敗後，才會真正了解到這份工作的困難吧！
②直到社長低頭認錯，客人才願意諒解，所以如果只是一般社員…（道歉也無用吧）。
③直到離開父母一個人生活，才了解父母所賜的恩惠。
④直到比別人多一倍的努力，才得來這份優勝。
⑤原本認為自然之類的，都是理所當然的存在，直到失去了之後，才了解這份價值。
⑥關於資訊，直到應該了解的人真正懂了，才會有用。看要如何活用這份資訊。

4-2 ➡ 限定と強調② （限定及強調②）

4 **～ばこそ（正因為～）**

①「為什麼如此嚴苛呢？」「正因為愛，有時候是有必要嚴苛！」
②正因為是人類，所以可以使用言語來溝通。
③遊手好閒不工作，也能得到雙親的幫助，正因為雙親身體健康。
④正因為想到家人的事情，許多人就算工作辛苦也能夠忍耐吧！

5 **～なくして（は）～ない（如果沒有～就沒辦法）**

①如果沒有父親的經濟援助，就沒辦法大學畢業了。
②她表示「如果沒有家人的協助和支持，就沒辦法得到優勝」。
③如果沒有市場調查，就沒辦法了解消費者動向，所以實行問卷調查。
④如果沒有對人的體貼心，大概就沒辦法順利處理人際關係吧！

6 **～なしに／～なしに（は）（沒有～、未～）**

①若沒有事先告知，請不要動我的東西。
②這裡的購物網站，沒有登錄信用卡也可以使用。
③沒有努力就想成功，這種事別想比較好。
④未滿 18 歲者，未經雙親同意不能購買手機。
⑤未經許可在此停車，請繳交罰金一萬日圓。

7 **～あっての（正因為有～）**

①正因為有顧客，才有公司。因此不能不好好對待客人。
②正因為有失敗，才有成功。不是有句話「失敗為成功之母」？
③所謂藝術家，正因為有才能，才從事這樣的職業，很辛苦呢！就連要維持才能都很辛苦。
④我已經戒酒和菸囉！正因為「留得青山在，不怕沒柴燒」。（慣用句＝任何事都是要先有了生命才能
　　夠做）

4-3 ➡ 限定と強調③ （限定及強調③）

8　～ならでは（只有～才）

①這個動畫是只有這間製作公司才做得出來的。繪畫及顏色都很有特色。
②這種美味，是只有料理比賽日本冠軍的小林，才做得出來的味道。
③這是木匠一點一滴用心製作的家具，有著只有手工才感受到的溫暖。
④在櫻花下享用便當、暢飲啤酒，這是只有日本才見得到的景象。

9　～以外のなにものでもない（根本是～）

①女性擅長做料理，這件事情根本是偏見。
②未經許可在街道上做買賣，這件事根本是違反交通法的。
③對我來說，用外文書寫，根本是一件痛苦的事。
④明明沒什麼大事，卻在大半夜裡打電話，這根本是違反常識。

10　（ただ）～のみならず（不僅是～也）

①她不僅是外表棒，性格也很好。
②電腦遊戲不僅是價錢高，也有對兒童腦部造成負面影響的疑慮。
③那個國家不僅是資源豐富，也出了許多優秀人才。
④他不僅是希望和平，也做了許多祈求和平的活動。

11　11 ひとり～のみならず／ひとり～だけでなく（不只是～）

①削減二氧化碳這個議題，不只是企業的，也是個人的問題。
②找工作困難，不只是大學生會面臨的，發生金融危機之後的求職者們都會遭遇的。
③導入新系統一事，不只是管理階層，也應該詢問社員們的想法。
④國境問題不只是我國，而是全世界的問題。

4-4 ➡ 並列 （並列）

1　～であれ～であれ（不論～或～）

①不論男或女，都應該尋找能夠活用自己能力的工作。
②他所說的話，不論真或假，現在都沒辦法確認了。
③不論是百合或薔薇，都不要帶有香味的花去探病！

2　～ては～、～ては～（～就～、～又繼續～）

①跌了就站起來，再跌又繼續站起來。人生就是這樣反覆著。
②昨天女性友人聚集一堂，一手拿著紅酒，做了料理就吃，又做又繼續吃，度過了愉快的時刻。
③聽說年輕時，他每天過著醉了就吵架的日子。

3 ～つ～つ（忽～忽～）

①她往來於幻想世界及現實世界之間，撰寫小說。
②在大霧的對面，湖面忽現忽隱。
③兩位選手忽前忽後，來到了終點。

4 ～といい～といい（不論是～或是～）

①這杯咖啡不論是味道或是香氣，都非常棒。
②不論是哥哥或是弟弟，那對兄弟總是只給人添麻煩。
③他不論是稍微做個表情，或是講話方式，都很像死去的父親。

5 ～なり～なり（也好～也好～）

①冰箱裡的果汁也好，牛奶也好，喜歡的都可以喝！
②公司資訊不論是問人也好，在網路上查詢也好，很簡單可以獲得。
③休假時外出也好做些什麼也好，請自由行動。

6 ～だの～だの（と）／～の～の（と）（說是～還是～）

①說是討厭這顏色啦、還是不喜歡這設計之類的，完全都不穿母親所買的衣服。
②我被說是會變漂亮，還是會變瘦之類的，總之讓我買下了高價的化妝品和藥。
③這個房間沒有空調，所以一直抱怨說是太熱或太冷之類的。

7 ～うが～うが／～うと～うと／～だろうが～だろうが／～だろうと～だろうと（就算～就算～）

①就算生病，就算受傷，也不能夠休息好幾天。
②就算太貴，就算東西不好，也不得不在有人情的那間店購買。
③道具就算是用借的，就算是用買的，怎樣都沒關係，若有需要請準備好。

8 ～というか～というか／～といおうか～といおうか（不論是～或是～、是～還是～）

①不論是雙親不好，還是學校不對，兒童不正當的行為，是來自教育問題。
②要說是不親切，還是不學習，最近的店員實在很差勁。
③不論你是容易受人影響，還是沒有自己的想法，總之沒有信念。

9 ～といわず～といわず（不論是～或～）

①他不論是在夏天或冬天，整年都一直在喝啤酒。
②他不論是早餐或晚餐，都常常攝取營養補充品。
③不論是小孩或大人，都可看到他們用手機在玩遊戲的情景。

10 ～とも～ともつかぬ／～とも～ともつかない（不知究竟是～還是～）

①他不知究竟是要去餐會還是不去，回答得很曖昧。
②和上司提出想請假時，他的回答不知究竟是肯定還是否定。
③我說落榜時，母親喊出聲，不知究竟是驚訝還是嘆息。

11 ～かれ～かれ（或～或～）

①不論或早或晚，消費稅增加只是時間的問題而已。
②歌手說「不論聽眾或多或少，都要努力唱歌」。
③不論或好或差，考試的結果到下個月就會知道了吧！

Chapter 5 「程度」と「とり立て」（「程度」與「提起」）
5-1 ➡ 程度①（程度①）

1 ～からある／～からする／～からいる／～からの（～之多、～之高）

①從一年前就開始寫的論文，有五百張之多，我用手寫完成了。
②十五萬圓之高價的包包，不能隨便免費收下。
③觀眾有三萬人之多的音樂會場，停電造成大恐慌。
④這間神社每年正月有兩百萬人次之多的參拜者。
⑤三千人之多的客人，一同站起身來拍手。

2 ～というところだ／～といったところだ（差不多～）

①這個時期很容易捕獲魚，今年大概也和往年差不多。
②這輛電動車，就算加速，最高時速也差不多 100 公里。
③那間店賣的東西，就算怎麼貴，大概也差不多一萬日圓左右。
④這時候下雨大概也差不多兩小時，不會變大雨。
⑤颱風勢力差不多減弱了，但還不能大意。

3 ～てまで／～てまで～ない（甚至還～）

①甚至還對父母說謊，因為無論如何實在很想要這個電玩遊戲。
②甚至還又向銀行借了錢，為了擴大事業，有這種必要嗎？
③我不想甚至還要和朋友借禮服，去參加什麼宴會之類的。
④這實在不是值得到甚至還需要買 DVD 來看的電影。

4 ～ないまでも（雖然不到～）

①因為感冒，雖然不到敢說恢復到原來的樣子，但我想至少回復到了能夠做家事的狀態。
②已經如此認真了，雖然不到一百分，但大概能拿八十分吧！

③雖然不到要大幅變更原計劃，但多少不得不修改。
④本店雖然不至於要降價，但就來做附贈甜點的特惠吧！
⑤雖然不到違反契約，但的確與一開始的契約條件不一樣了。

5-2 ➡ 程度② （程度②）

5 ～たりとも（就算～也、哪怕～也（不））

①她很吝嗇，所以如果是不必要的金錢，大概就算一塊也不會拿出來吧！
②（我）曾經有段時光，為了不漏聽老師的任何一句話而拼命努力做筆記。
③比賽中，守門員就算只是一瞬間，也不能不集中精神。
④大戰前，無論是誰，若說了天皇的壞話，都是不可原諒的。

6 ～はおろか（不僅～連、別說是～就連～也～）

①曾身為城市小孩的他，虧他能在這種不僅沒有百貨公司，連便利商店都沒有的地方住得下來。
②我被她討厭蟲的態度嚇到了呢！因為她別說是蟑螂，連蝴蝶也很害怕。
③腳傷總是治不太好。別說是跑步，連走路都不行。
④如果不景氣，公司別說會減薪，連裁員都稀鬆平常。

7 ～すら／～ですら（甚至連～）

①自從戰爭開始之後，糧食不足，甚至連米都變得無法取得了。
②疾病惡化後，甚至連自己一個人都沒辦法進食。
③說是為了安全，甚至連讓小學生帶手機的父母親也增加了。
④甚至連老師都沒有預測到成績如此下滑。

8 ～こそすれ～ない／こそあれ～ない（也只會～而不會、也只是～而不會）

①就算景氣不好，如果降低價格的話，也只會銷售量增加，而不會減少吧！
②就算社會變化激烈，資訊的重要性也只會升高，而不會喪失。
③這樣下去，這個政權的支持率也只會降低，而不會上昇。
④泡麵也只是方便，而不會對健康有益。
⑤競爭對手的他，只會是競爭者、是朋友，而不會是敵人。

5-3 ➡ 程度③ （程度③）

9 ～に足る（值得～、足夠～）

①新部長是值得信賴的人物。
②請出示足夠證明這個物品屬於你的證明。
③藉著筆試，發表被認可足夠參加面試的人。
④山田雖然是新人，但獲得了值得表揚的成績。

⑤我想拿到足夠被學校推薦的分數。這麼一來，就可以免學費。

10 ～もさることながら （不僅是～）

①這個旅行不僅是行程（很棒），就連費用面都很划算。
②新的洗衣機不僅是好用，就連環保這一點，都不輸其他廠牌。
③不僅是份量，就連品質都比起之前的產品高出好幾倍。這會暢銷喔！
④這棟大樓的特徵是：不僅是外觀很漂亮，耐震性也很強。

11 ～ならまだしも （若是～還好）

①若是只差 10 ～ 20% 還好，網路上販售的價格，會有 50% 以上的差距，是怎麼回事呢？
②若能夠走路還好，如果接受了手術，也還不知道是否能站立，恐怕不會表示想接受手術吧！
③若是不能使用網路還好，連電腦都不能接上電源，這是怎麼回事呢？
④若是堅固還好，顏色和材質都很糟，而且還馬上破裂，這樣是賣不出去的。

12 たかが～くらいで／ぐらいで （不過是～而已、而已）

①不過是爬個樓梯而已，就那麼喘不過氣嗎？
②不過是掉了十塊而已，不要這樣哭。媽媽會再給你的。
③不過是雪而已，就這樣高興…。對炎熱國家的居民來說，很稀奇吧！
④不過是有點暗而已，就不敢一個人去廁所啊！

5-4 ➡ とりたて① （提起①）

1 ～にしても （就算～也）

①就算哪天結了婚，也不想改變現在的姓氏。
②假設就算有了一百萬日圓，大概也不會買那間公司的股票吧！
③就算換工作，也希望至少和現在差不多的薪水。

2 ～としたところで／～にしたところで （即使～也）

①即使入團考試合格了，也不能保證能成為一流選手。
②即使是我，也因為並非身為社長，沒有決定權喔！
③即使行李很重，也不至於拿不動，所以不必叫計程車。

3 ～とて （就算～）

①就算是高級店，如果店員的態度被客人嫌棄，營業額也不會增加。
②若違反交通規則，就算是未成年者，也必須支付罰款。
③就算是訓了他一小時的話，我想他自我中心的個性還是不會改變。
④就算我方有些困擾，對於對方也不會造成任何影響。

4 **〜といえども（雖然〜也、就算〜也）**

①父親說，雖然已經 25 歲了，但也只是大學生，結婚還太早。
②雖然贏了，也只是 30 比 29 而已，不能說是實力比較高。
③對我來說，這個皮包雖然很貴，但如果節省一些，下個月也不是不能買。
④就算是經濟學者，之前也沒有預測到景氣這樣低下吧！
⑤就算是已經習慣的山田，如果稍有閃神，也會出錯。

5 **〜という〜は（所有的〜）**

①這座山到了秋天，所有的樹都會轉成紅葉。
②由於地震，所有的書都從書架上掉下來。
③所有的鑰匙都試過了，每一個都不合。

5-5 ➡ とりたて② （提起②）

6 **〜はさておき（先不論〜）**

①先不論社長，你也給了部長婚禮的喜帖嗎？
②先不論是否開車去，要早點預約住宿。
③這間餐廳，先不論口味如何，侍者的服務還真差。
④先不論實力，就話題性來考量的話，還是請受歡迎的她來演出吧！

7 **〜はどう（で）あれ（不論〜）**

①不論結果如何，認可這份努力吧！
②不論事態如何，既然已約定了，若不好好實行，會很令我困擾的。
③不論外表如何，這裡的蔬菜很美味喔！
④不論內容如何，若不遵守報告的提交期限，就拿不到學分。

8 **〜なりに（盡力〜）**

①關於這個問題，我盡力思考過了，但沒有找出好的解決方式。
②良子才八歲，但幼小的他盡力思考要怎麼做才能幫助生病的母親。
③工作很忙碌，雖然沒有能夠自由的時間，但盡力想要擠出一些自己的時間。
④父親說，雖然發生了很多事，但也盡力過了一段美好的人生。

9 **〜ならいざしらず（如果是〜就算了）**

①如果是新進員工就算了，他已經在這裡五年了，竟然會連社長的臉都不認得。
②如果是單身就算了，都已經結婚了，多少也應該節儉一點不是嗎？
③如果是在超市買就算了，在銀座的高級商店買洋裝，實在是身分不相襯。
④如果是沒錢就算了，明明有錢，卻欠債不還，這樣的人真不是朋友啊！

5-6 ➠ とりたて③ （提起③）

10 ～ときたら （提到～）

①提到田中，他又不工作、又不遵守約定，真令人困擾啊！
②提到這輛車，一直不斷在修理它，還是又壞掉了。真煩。
③提到我們大學的宿舍，繁瑣的規矩很多。不信任學生。

11 ～たるや （說起～、說到～）

①說起他對工作的自信心，實在是很了不起的。大家都不會有怨言。
②說起敵國的攻擊，實在是很過分，連學校及醫院都破壞了。
③說起他不及格時的那份後悔，實在是很不得了。

12 ～ともあろうものが （明明是～）

①他明明是業務高手，竟然忘記與客人的約定。
②明明是一流的報紙，竟然刊登這種八卦報導。
③明明是國會議員，卻不優先考慮國民的生活，這怎麼行呢！
④明明是職業選手，卻一不小心忘記規則，實在不像話！

13 ～ともなると／～ともなれば （若是～）

①若是到了十二月，由於一年將要結束，不由得就慌張了起來。
②若是暢銷小說家，一個月在好幾本雜誌上連載是很普通的事。
③若是在有名高級餐廳的宴會，那麼連穿著也要注意。
④若是他國的國王造訪日本，那麼在機場和路上警備的人數是很不得了的呢！

14 ～を余儀なくされる／～を余儀なくさせる （不得不～）

①由於颱風的影響，飛機停飛，因此我不得不在機場等候。
②病情惡化而讓討厭住院的他不得不入院。
③隨著公司的業績降低，公司員工們不得不辭職。

5-7 ➠ その他 （其他）

1 ～が～ （な）だけに （以～）

①這個房間離車站很近。以場所來說雖好，但房租高，也沒辦法的吧！
②這個通知以這樣的寫法，對於需要資訊的人，會無法理解的。
③以這附近的客層，越高價的商品賣得越好，因為大家只買高級品喔！
④正因為現場演奏是這樣的音樂種類，所以有很多年輕人。年紀大的人沒什麼興趣。

2 ～うに（也會～）

①像影印機的使用方法這種事，不用問也會懂，為什麼還要問呢？
②如果有禮貌地詢問，應該也會告訴我的，為什麼不願意呢？
③如果你沒錢，那麼（他）會願意借你的，為什麼不說實話呢？
④如果好好地下指示，那麼就算是新人也會做的，指示得不清不楚，所以才會出錯。

3 ～にいわせれば／～からいわせれば（依據～的意見、依據～的發言、依據～的看法）

①地震發生前，據說會有地震雲出現，但依據專家的發言，這是完全沒有根據的說法。
②依據「相機通」的發言，相機似乎不要使用數位的比較好。說是實在太喜歡按快門的聲音了。
③一般潮流不看重專業家庭主婦，依據我的看法，我認為專業家庭主婦是職業管家。

4 ～と（は）うってかわって（與～完全不同）

①這次的電影與前次截然不同，音樂和影像都經過深思熟慮呢！
②與到昨天為止的寒冷完全不同，變得溫暖了。這樣一來櫻花應該也會早開吧！
③與白天的熱鬧完全不同，這條街晚上行人很少，有些寂寥。
④今年的學生，與去年完全不同，認真且穩重呢！

Chapter 6 「ない」と「もの」（「否定」與「もの」）
6-1 ➡ ず・ぬ①（否定「ず」「ぬ」①）

1 ～ず／～ぬ／～ん（不～）

①我家的孩子，不工作，在家遊手好閒，真困擾啊！
②她不麻煩任何人，靠著一介女子的力量養育小孩。
③「不畏雨，不畏風，不畏冰雪，不畏炎暑，擁有堅強的體魄…」父親以前常這麼說。
④他決心不再回來而離開家，現在更不能依靠雙親。
⑤這麼過份的行為不可原諒！

2 ～ねば／～ねばならない（若不～的話、必須～）

①就算再忙，若不好好吃飯的話，會把身體弄壞的。
②今天若不去的話，也許就再也沒有機會能見面了。
③她很悠哉地在做呢！若不趕快的話，今天晚上會做不完喔！
④不管發生什麼事情，都必須要趕得上畢業論文的繳交期限。
⑤雖然應該不會發生這樣的事件，但為以防萬一，還是必須思考對策。

3 ～ぬ間に（不～時、不～的時候）

①因為很累，大概不小心睡著了，不知不覺間，電視劇就演完了。

②才多久不見，這個城鎮變了很多。

③「趁鬼不在時洗淨（山中無老虎，猴子稱大王）」是指趁可怕的人不在時，盡情放鬆之意。

④一陣子沒去那家店，改裝後像是換了一間店一樣。

4 ～ずして（不～）

①由於對方棄權比賽，因此不戰而勝。

②不論是法國料理、中華料理，若不懂基本，是沒辦法做出美味料理的。

③不看這個導演的作品，是沒辦法談日本電影的。

④由於父親去世，不勞而獲得到遺產，成了有錢人。

6-2 ➡ ず・ぬ②（否定「ず」「ぬ」②）

5 ～ずにはおかない／～ないではおかない（必定會～、非得～）

①年終的霓虹燈飾，我想必定會讓民眾看得入迷吧！

②這部電影必定會將觀賞者帶進夢的世界吧！

③高度先端科技必定會將我們的生活改變吧！

④工作的狀況，陷入了非得向對方抗議「與契約不符」的境地。

6 ～ずにはすまない／～ないではすまない（不能不～）

①（一直）承蒙他的照顧，他住院了我不能不去探病！

②雖然是小孩所做的，但既然把店裡的商品弄壞了，不能不賠償。

③身為雙親，不能不道謝，但不知道幫忙的人叫什麼名字。

④既然那樣擔心，那麼不能不說出事實吧！

7 ～とは言わず（不只～、別說只是～）

①別說只喝一杯，多喝幾杯吧！

②別說只在放假日，有時間的話每天都想騎摩托車。

③別說只是兩、三分鐘而已，來（我這）坐個一、兩個小時吧！

④這麼快樂的會，別說是一個月一次，每星期都想參加呢！

8 ～ならいざ知らず（～就算了）

①如果是新進員工就算了，連中生代員工的你，都會犯這種錯，真傷腦筋啊！

②如果是中小企業就算了，像那樣有名的大企業，還會破產，真令人難以置信。

③如果是十年前就算了，現在若沒有手機，就沒辦法工作。

④如果是小孩子就算了，若是大人的話，就能夠問人或用其他方法前來吧！

6-3 ➡ ～て××ない（「～て××ない」）

1　～てはいられない（無法～、不可～）

①到了晚上十一點，孩子也還沒連絡，我實在坐不住。
②雖然對方是前次的優勝者，但不可畏懼。提起自信挑戰吧！
③雖然本次的營業額奪冠，但競爭者很多。讓我無法安心。

2　～てはかなわない／～てはたまらない（無法忍受～、～得不得了）

①就算公司業績如何不好，但減薪實在讓人無法忍受。
②明明是在會議中決定的事情，卻將失敗全部歸於我的責任，實在讓人無法忍受。
③這個問題複雜得不得了。稍微單純一些來考量吧！
④這個房租高得不得了。搬到其他郊外去吧！

3　～てやまない（打從心底～）

①我打從心底期望著「所有的人們都能和平且寧靜地生活」。
②能夠不歇息地激烈練習，正是因為全員都打從心底相信著勝利。

4　～て（も）さしつかえない（～也沒關係）

①已經退燒了，去學校也沒關係。
②若方便我打電話給您的話，那麼明天十點我會打過去。
③若稍微大一點也沒關係的話，那就用這個桌子吧！
④用電子郵件也沒關係，請回覆我。

5　～てはばからない（毫不忌憚地～）

①她毫不忌憚地說「沒有人像我這樣又美麗運氣又好」。
②部長毫不忌憚地將新計劃的失敗歸咎於部下。
③雖然那位教練總是毫不忌憚地斷言本季會獲得優勝的…。

6-4 ➡ ～ない①（否定「～ない」①）

1　～にこしたことはない（莫過於～、最好是、再好沒有了）

①房間寬敞是最好不過了，但若這樣的話房租就會變貴了，所以…。
②已經做的事情無法挽回了，坦承比較好。
③雖然最好是不整形比較好，但這個時代，外表最重要。因此沒有辦法吧！
④若能夠有錢的話，當然有會比較好。

2 ～に（は）及ばない（不及～、沒有必要～）

①雖然不及高級餐廳，但我們店裡的肉也很好吃喔！
②雖然不及站前的大樓，但這裡也是非常方便的場所喔！
③系列作品的電影和電視劇，（程度）常常不及最初的作品。
④「我過去拜訪您。」「不不，沒有必要讓您特地前來。」
⑤雖然說是住院，但只是檢查而已，沒有必要擔心。

3 ～に（は）あたらない（不至於～）

①判決判定新聞報導的標題並不至於造成著作權侵害。
②希望能夠教我手機電子郵信不至於失禮的書寫方式。
③他會俄文一事，用不著驚訝。因為他（在那）住了五年。
④只是讓座給老人，用不著稱讚。只是做了理所當然的事情而已。

4 ～までもない（沒有必要～）

①看了這個表格及圖，立刻能理解。沒有必要一一說明。
②這樣簡單的計算，沒有必要使用計算機。因為是小學生程度的算數。
③沒有必要特地拜訪顧客，寫信就解決了。
④雖然沒有必要再提一次，但請一定要遵守規則。

6-5 ➡ ～ない②（否定「～ない」②）

5 ～なくはない／なくもない（也不是不～、多少也有～）

①年輕人的想法，也不是沒有辦法理解，但現實並沒那麼簡單。
②從開始學習已經過了六個月，多少覺得日文已經進步了。
③那件毛衣，也不是不適合，但這件的設計比較好！

6 ～ないものでもない／ないでもない（也不是不～、也不是沒有～）

①父親說：「看你的目的，（我）也不是不能借你錢」。
②即使是覺得無聊的工作，也不是對這個世間沒有幫助！
③就算是依靠雙親生活的我，也不是不能自己生活。

7 ～くもなんともない（一點也不～、根本不～）

①沒問題。這樣的傷根本不痛。馬上就會治好喔！
②母親：「我總是在工作，沒辦法陪你，對不起呢！」
　孩子：「即使母親不在，我一點也不寂寞。請不要在意，（放心）努力工作吧！」
③「放假時我去了渡假區喔！你要看照片嗎？」「別人去過的地方的照片，我根本不想看。」

8 　～でもなんでもない（根本稱不上～）

①困擾的時候，完全不幫助我，稱不上朋友。
②因為是把喜歡的事情當作工作，所以這樣的事，根本稱不上辛苦。
③現今的時代，出國旅行根本稱不上特別。很多人去。

9 　～ことこのうえない（非常～、無比、到極點）

①地方上大家上的小學遭毀壞，真是無比悵然。
②提出之前一定要得到部長及課長的同意，真是麻煩極了。
③新招牌製作好了。非常醒目呢！因為是黃色的。

6-6 ➡ ～ない③（否定「～ない」③）

10 　～のも無理はない（～也是理所當然）

①因為沒有讀書，所以不及格也是理所當然的。
②性格那麼差，被討厭也是理所當然的。
③如此一個個手工製作，價錢高也是理所當然的。
④ 20 年不見，沒馬上認出來也是理所當然的。

11 　～とあっては～ない（既然～也沒辦法、既然～也是理所當然的）

①既然是時常關照我的小林先生所託付，沒辦法拒絕！
②既然是女兒的生日，也沒辦法不早些回去！
③既然能見到如此稀有的動物，那麼多人蜂擁而至也是理所當然的。
④既然有票還沒辦法入場，會引起騷動也是理所當然的。

12 　～と言っても過言ではない／～と言っても言い過ぎではない（說～也不為過）

①說這個作品是土生土長城鎮的大自然所創造出來的，一點也不為過。
②說這個災害必定會發生，一點也不為過。因為專家從以前就不斷警告了，卻都被忽視。
③說讀書能豐富人生，我認為一點也不為過。

13 　～ことなしに（並未～）

①並未實際詢問當事者的意見而做判斷，我認為是不好的。
②隨著醫療技術的進步，這種疾病不用手術便可治癒。
③人無法在與他人無牽連的情況下生存下去。

14 　～ではあるまいし／～じゃあるまいし（又不是～）

①又不是病人，從早上開始工作是當然的。

②又不是新人，為什麼這樣簡單的工作也會犯錯呢？
③又不是會給大家帶來困擾，可以帶小孩來參加！

6-7 ➡ もの（「もの」的用法）

1 ～をものともせず（不將～當一回事、不畏～）

①他不將重病當一回事，挑戰自己想做的事情。
②島上的人們，不將數次颱風災害當一回事，勇敢地生存下來。
③不將競爭企業的妨礙當一回事，A 公司推行新的企劃。
④她不畏因傷練習不足，獲得了優勝。

2 ～ものやら（究竟～呢）

①回國的學生現在究竟在做些什麼呢？
②說要去推銷就離開了，還沒回來。究竟到底去了哪裡呢？
③（我）獲得了昂貴的禮物，但對方不是很熟的人，究竟該不該高興呢？
④弟弟說他絕對沒有吃，但也沒有其他人了。究竟該不該相信呢？

3 ～ものを（明明～）

①明明這樣親切地教他，他卻說不必要而拒絕了。
②馬上洗的話會變乾淨的，但卻放著不管，污垢就很難去除。
③一開始誠實以告，明明就會原諒的，但因為說了謊…。
④那時候，如果沒有放棄而努力的話，明明多少就會有結果的。
⑤那時候，如果有來商量的話，明明就可以幫他的。

4 ～ものと思われる（可認為～）

①由管子的腐蝕狀況來看，原因應該是因為老舊了。
②A 公司這次不得已由日本市場撤離，但不久後（一定）會再進入（日本市場）的。
③關於空軍基地的遷移，今後有必要不屈不撓地進行交涉。

Chapter 7 「～だ」「限る」「がある／がない」（斷定、限定、有／沒有）

7-1 ➡ ～だ①（斷定「～だ」①）

1 ～模様だ（～似乎）

①因為大雪，新幹線似乎將會大幅誤點。
②昨晚由於未收集足夠的證據，因此似乎未能逮補他。

③地震之後，仍持續搜索，剛才似乎已救出三人。

2 〜しまつだ（〜終究、結果竟然還是〜）

①由於明天有重要的會議，明明已經說了不要遲到，終究還是晚了三十分鐘。
②竊盜事件增加，鄉下的祖母堅持表示沒問題，結果還是沒鎖上門。
③都特地教他了，才剛教完，結果他還是搞錯而犯錯了。

3 〜まで（のこと）だ（就只好〜）

①收音機雖然壞了，但今天電器行公休。既然如此，就只好自己修理了。
②因為大雪而電車停駛，既然沒辦法回去了，就只好走路回去。
③既然已經下了指示，就只好等待報告了。有好結果就好了！

4 〜まで（のこと）だ（只不過是〜）

①「真稀奇啊！怎麼了呢？」「只不過是經過這附近，順道過來而已。」
②「謝謝。真是幫了大忙。」「沒有，只不過是因為部長說了，所以我幫個忙而已。」
③只不過是為了以防萬一而準備的。不需要擔心。

5 〜ところだった（幾近〜、差點、險些）

①幸好發現到忘了設定鬧鐘，如果就這樣睡的話，險些就要遲到了。
②如果目擊者沒有幫我証明的話，就險些被當成是性騷擾犯人了。

7-2 ➡ 〜だ②（斷定「〜だ」②）

6 〜も同然だ（幾乎〜一樣、簡直跟〜一樣、等同）

①我家兒子總是深夜才回來。什麼門禁，根本就等同虛設。
②別間公司的產品，不如我們公司的那麼吸引人。這次的企劃幾乎也確定是我們公司了。
③買的時候很貴，但在網路拍賣上賣，價格幾乎是半價。
④雖然是很難的數學問題，但解到這裡我想幾乎是解完了，為什麼最後卻不順利呢？

7 〜ずじまい（だ）（就這樣沒〜終於（還是）沒有、未能）

①特地做了料理放進冰箱，結果還是忘了拿出來。
②帶著照片去了，結果聊天聊得忘我，就這樣沒給對方看而回來了。
③想去美術展而買了票，注意到的時候，已經結束了。結果，總是就這樣沒去成。
④就在今天想向社長提出辭職，結果終究還是沒說出來。

8 〜などもってのほかだ／〜なんてもってのほかだ（〜是最糟的、不像話）

①明明被醫生禁止了，又喝了酒，真不像話。

②你這個門外漢跟他這樣的專家說了那樣的話，真是豈有此理。
③年輕女孩在未經允許之下就外宿，真是不像話──父親比平時還要更生氣。
④一邊領獎學金，卻不致力於研究而寫不出論文，真是豈有此理。

9 〜っぱなしだ（〜著，置之不理）

①傍晚我電燈開著就睡著了。
②丈夫總是脫了衣服就丟著，真令人生氣。
③美容師是一整天站著的工作，很辛苦。

10 〜だけましだ（至少還〜）

①新人田中，雖然工作很慢，但至少還很細心。
②小偷雖然偷走了相當大筆的錢，但至少（我的）命還留著。
③雖然事到如今才要求要準備那個，但是至少還好是在演講的前一天。

7-3 ➡ 〜だ③（斷定「〜だ」③）

11 〜づめだ（不斷〜、始終〜）

①這星期就算加了班也做不完，沒得休息不斷工作。
②來不及搭上最後一班的公車，我一整晚都不斷走著。好不容易在五點回到家。
③團體遊覽車上的導遊說話很有趣，車上的參加者笑聲不斷。
④由於新幹線不通，租了車不斷趕路，總算在發表前趕到。

12 〜どおしだ（一直〜）

①由於下雪的影響，車班時間混亂，有些還停駛，在回程的新幹線上我一直站著。
②整夜都一直持續搜索，但沒能發現遇難者。
③新進社員的田中，一直被部長責罵。如果不說要辭職就好了。
④由於是單親家庭，母親兼了（幾份）工作，連覺都捨不得睡一直工作。

13 〜がかりだ（花上〜、順路、依賴）

①由於是很難取悅的女演員，拍攝一幕也要花上一天吧！
②他徹底地做調查，花上五年寫成了這本小說。
③順路經過，剛好有好吃的和菓子店，所以就買來了！
④總是依賴雙親，真令人困擾啊！不快點獨立不行。

14 〜はいわずもがなだ（〜不用提、〜當然）

①因為她住在英國，英文就別提了，德文和法文都很擅長。
②別提這對初學者很困難了，連上級者要攀登這座山都很難，因此需要充足的裝備。
③若不背單字，當然外文是不會進步的。

④雖然忍耐了，但對方突然說了失禮的一句話讓我怒火中燒，終於說出了不提也罷的事情。

7-4 ➡ 限る（限定「限る」）

1 ～を限りに（從～之後）

①「從今天起，再也不喝了」宿醉的隔天早上，友人總是這麼說。
②從本年度之後，大學將遷移到郊外寬廣的校區。
③從此次拍賣之後，持續營業五十年的百貨公司就要停止營業。
④今年的垃圾清運到這此次為止，過年後從六日會再度開始（清運）。

2 ～を限りに／～の限り（用盡～）

①被困在因地震而崩塌的大樓下面，大聲求救。
②弟弟竭盡力氣參加馬拉松大會，得到了第一名。
③這本書，是用盡生命與重病奮鬥的少女的故事。

3 ～限りだ（真是太～）

①稍微爬個樓梯就喘個不停，真是太丟臉了。
②剛來日本的時候，認識的人很少，（心理）非常惶惶不安。
③每天連睡覺的時間都捨不得地努力練習，因此能得到優勝，真是太高興了。
④員工的主張沒能在會議時被採納，真是太可惜了。

4 ～に限ったことではない（不僅限～）

①景氣不好不僅限於日本，這就是所謂全球化的影響。
②困難不僅限於對初學者來說，每個程度都有其困難之處。
③那種動物的數量減少，並不僅限於這個地區。有必要盡早做些對策。
④壓力不僅限於大人，小孩也許更為敏感。

7-5 ➡ ～がある／～がない（有／沒有）

1 ～きらいがある（有～傾向、容易～、有點～）

①許多中高齡的上班族被工作纏身，容易忽略健康管理。
②她在工作上很容易多話。
③完美主義是還好，但是在不起眼的事上有點鑽牛角尖。
④年末有點喝太多酒了，不稍微控制飲酒量不行。

2 ～すべがない（沒有～方法、沒有～辦法、無計）

①也不知道住址，拿到的手機號碼又不通，已經沒有連絡的方法了。

②在製造過程中，有這樣糟糕的事情發生，一般消費者是沒有辦法得知的。
③犯人覺悟到已經沒有逃走的方法了，所以來向警察自首。
④雖然做了手術，但又轉移到其他地方了。已經無計可施了。

3 ～ためしがない（不會～）

①我已經住在這裡很久了，但不曾聽說這樣的謠言。
②至今為止不曾積那麼多的雪，這可能也是氣候變動的影響吧！
③我不曾在情人節收過巧克力。今年會不會有人給我呢？
④他就算被人怎麼樣也不曾動怒。這樣的他竟然會打人，真是無法置信。

4 ～むきがある／～むきもある（有～傾向）

①對於消費稅上漲一事，雖然有反對傾向，但如果沒有其他的財源，（漲消費稅）也是沒辦法。
②她沒有自己的意見，有贊同多數派的傾向。
③輿論有混淆女性天皇與女系天皇的傾向。
④雖然對於日圓狂漲有無法接受的傾向，但就算政府介入又如何呢？

5 ～ばきりがない／～たらきりがない／～ときりがない（～沒完沒了）

①一說起薪水、人際關係這些職場上的怨言，總是沒完沒了。
②想過有錢人的生活、想當上社長經營公司這些事情，如果一直想往上爬，只是沒完沒了。
③哪裡的旅館比較好呢？一開始做比較就沒完沒了。
④若要舉他的缺點，只會沒完沒了，但他不是令人討厭的人！

Chapter 8 「ことばのあいだ」と「名詞にプラス」（「語彙之間」與「名詞附加」）

8-1 ➡ ことばのあいだ①（語彙之間①）

1 ～にあって（在～、面臨～）

①在本世紀，若要說發展了什麼事物，那就是電腦的使用環境吧！
②站在醫院長這樣的立場，比起一般人還更注意健康。
③面臨少子化的傾向，政府苦思對策。

2 ～に即して（依照～因應、就～）

①「因應時代變化去考量大眾媒體戰略」廣告公司的人這麼說。
②「請就你所見到的事實，誠實回答」警察如此說。
③因應國際情勢，改變與對方國家的應對。

3 ～に至って（直到～）

①直到發生了員工過勞死，才開始改善職務工作。
②直到發出了避難命令，也有許多人沒有離開家，災情因此擴大。
③事到如今，接受什麼治療都沒有用。（＝到這種狀況之後）

4 ～に至っては（至於、談到）

①人們對政治的關心低落，至於連前些日子舉行的市議員選舉，投票率也僅有 27%。
②我家的人對機械都很不擅長，至於我媽甚至連手機操作都不會。
③浮世繪展覽非常受歡迎，至於假日則是排在入口的隊伍有如長蛇一般。

5 ～にかまけて（投身於～、只忙於～、專心於）

①只忙於打工，疏忽了課業而沒拿到學分。
②我父親之前只忙於工作而將家庭完全交給母親，他（現在）也會傾聽孩子的問題了。
③因繁忙而沒有連絡，所以她生氣甩了我。

8-2 ➡ ことばのあいだ②（語彙之間②）

6 ～にてらして（對照～）

①對照史實來思考，這個電視劇有些奇怪。
②雖然是小事，但犯罪就是犯罪，希望能對照法律嚴格處罰。
③我國的二氧化碳削減目標，應該對照各國的達成目標來決定。
④對照至今為止的經驗來判斷，做這件事是很勉強的。

7 ～にかかっては／～にかかると（遇上～）

①一經他這位詩人的手，無聊的文章，也會變身為動人的詩篇。
②即使是普通的蔬菜一經廚師的手，看起來就像是豪華的蔬菜料理。
③總是驕傲自滿的政治家，遇上孩童的質問，也招架不住。
④遇上口才好的業務鈴木，無論怎樣的客人都會購買。

8 ～にもまして（比起～更）

①之前就曾被論及，比起以前，地球暖化又更為嚴重了。
②就業的面試，比起筆試更感受到前輩們的建議很重要。
③和旅行費用相較，要請兩星期的假，比起什麼都更麻煩。
④現在的隊伍很強，比起往年，更期待精彩的對戰。

9 ～にひきかえ（相對於～、相反地～）

①相對於隔壁的房子，我家真的很小、很丟臉。
②哥哥喜歡吵架，總是在玩耍。相反地，弟弟成績優秀，受朋友信賴。
③田中先生的公司不僅薪水高，假日似乎也很多。相反地，我的公司薪水完全沒有漲，暑假也只有三天。

真的很想換公司。

④相對於小氣的田中部長，森部長很大方，常常請部下吃飯。

8-3 ➡ ことばのあいだ③（語彙之間③）

10 ～をふまえて（～為基礎、根據）

①人類以過去的戰爭歷史為基礎，在接下來的時代創建和平的社會。

②以大地震的經驗為基礎，必須考量包含防災設備在內的安全對策。

③以去年度的活動成果為基礎，決定本年度的目標。

④以現在的經濟狀況為基礎，檢討刺激景氣的對策。

11 ～をもって（使用～、用～、以～）

①本公司對於開發新藥物，希望使用最新的技術來做出貢獻。

②「請用掌聲來歡迎今天的演講者，森田老師」司儀如此介紹。

③獎項的獲獎者，將用寄送商品的方式來發表。

④以親身體驗過的事情，是不容易忘的。

12 ～をもって（～告一段落）

①本公司將於明年三月一日，與田中電力股份公司合併。

②本月底之後，結束特價活動。

③以上內容告一段落，我的報告就此結束。

④本雜誌感謝（各位）至今為止的閱讀，八月號之後將停止出刊。

13 ～をおいて～ない（除了～之外沒有）

①能夠勝任這樣困難的女演員，我認為除了她之外沒有別人了。

②能讓公司成長的方法，除了人材之外沒有別的了。

③這樣的機會，我想除了現在之外也許沒有了，所以決定留學。

④能夠負責重建公司的，除了他之外沒有了。

8-4 ➡ ことばのあいだ④（語彙之間④）

14 ～を皮切りに（して）（以～為始）

①本次的音樂會，以東京為始，巡迴大阪、京都各地。

②以 A 市動植物公園為始，在縣內各地的自然公園舉辦環境宣傳活動。

③以新商品的發表活動為始，各公司的遊戲機宣傳戰越來越激烈。

④在宴會上，以政治家的招呼為始，名人持續發表演說。

15 ～をよそに（不顧～、無視於～）

①弟弟不顧雙親的擔心，總是不就業，遊手好閒。
②政府不顧國民的痛苦，決心提升消費稅。
③無視於對健康問題的憂慮，年輕人抽煙的狀況並沒有減少。
④無視於其他公司銷售額的低落，我們公司依然狀況良好。

16 ～と相まって（與～相呼應）

①與時蔬相呼應，肉的鮮甜發揮了出來。實在很好吃。
②與日圓上漲相呼應，為求廉價勞動力而轉移的企業也出現了。
③與車稅的減稅相呼應，環保車的大賣，是誰都預想得到的。
④與紀念活動及電視劇的人氣相呼應，做為背景舞台的城鎮，觀光客急速增加。

17 ～とあって（由於～）

①由於是黃金週，不論是哪個觀光地都很熱鬧。
②由於是不常出國公演的舞蹈團造訪日本，票券立刻就售罄。
③在市場當中，由於新鮮好吃的壽司很便宜，所以也有特地由遠方來的客人。
④由於第一志願的大學落榜了，因此他非常沮喪。

8-5 ➡ 名詞プラス①（名詞附加①）

1 ～ずくめ（全～）

①她穿著全黑的衣服現身了。
②當季食材便宜、好吃、又有營養，全是優點。
③千篇一律的生活，讓人幾乎喘不過氣。
④這次的大會，全都創了紀錄。

2 ～まみれ（滿是～）

①選手滿身是汗地繼續練習。
②今天從早上就開始大掃除，滿身是灰塵。
③滿身都是油膩，從早工作到晚，薪水很微薄。
④找到了用來犯罪滿是血的刀子。

3 ～並み（與～同等級、與～同樣、與～相同）

①今天的盛宴與飯店同等級的呢！
②他的高爾夫球技術，與職業選手同等級。
③長期氣象預測表示，今年冬天與往年同樣寒冷。
④希望女兒能夠得到與大家一樣的幸福。（＝一般的）

4 ～ずく（一起～、用盡～）

①關於這件事，也已得到他的贊同。沒有問題。
②明明是一起討論而做的，為什麼到現在才生氣呢？
③孩子使盡力氣將朋友的玩具奪了過來。
④還是有用盡金錢也得不到的東西。

8-6 ➡ 名詞プラス②（名詞附加②）

5 ～ぐるみ（全～）

①我與田中是全家人都有交流。
②從姊妹市來的小朋友們，受到全鎮溫暖的歡迎。
③她上了老鼠會的當，背了一屁股債一貧如洗了。

6 ～づくし（充滿～、都是～、滿是～）

①那裡的料理都是好吃的。
②伊豆：**充滿**花的旅行。這個旅行團，可以在各地賞季節性的花。
③那個美術館雖然小，但對狂熱迷來說，**滿是**寶藏。

7 ～ごし（過～、隔著～）

①經過三年說服原作者，總算拍成電影。
②與 A 公司交涉過了一年，本次總算有結果。
③隔著飯店的窗戶可以見到富士山，真是無法言喻的美麗。

8 ～めく（帶有～、身懷～）

①這幾天變得溫暖，花也開始綻放，總算春意漸濃。（× 夏／冬天氣息）
②晉升考試之前，接到語帶恐嚇的信件。
③孩子的課堂參訪，因為工作而沒辦法去。沒辦法盡到身為父母的責任，而深懷罪惡感。

9 ～じみる（如～一般、像～一般）

①他的發言總是像在說教，真不想聽啊！
②她明明是非常可愛的，婚後完全變成像有家累一般，成了歐巴桑。
③以前有過一首歌說「愛就是全部」，真是像演戲一般的台詞啊！

Chapter 9 「決まりことば」と「べき」
（「慣用語句」與「應該」）

9-1 ➡ 決まりことば①（慣用語句①）

1 〜にたえない（不值得〜）

①那部電影當中女演員的演技不值得一看，很糟糕。
②年紀大的人們常說「最近年輕人的音樂不值得一聽」。
③這篇報導，與事實完全不符，不值得一讀。

2 〜にたえる／〜にたえない（值得〜／不值得〜）

①那位畫家初期的作品不值得鑑賞。晚年的作品不知如何呢？
②這個有機蔬菜，是被遴選出來值得消費者信賴的農家所生產的。

3 〜にかたくない（不難〜）

①當時工廠的勞動條件之差，是不難想像的。
②因交通事故失去家人的人們心情，是不難體諒的。
③連細部都描繪出來，不難想像為了完成作品花費了多少時間。

4 〜にしのびない（令人不忍〜）

①曾經健康的祖母因生病而變瘦的身軀，令人不忍看。
②這樣殘酷的事件，令人不忍聽聞。
③去世丈夫的物品，雖然已經不必要了，但不忍丟棄。

5 〜の至り（〜至極）

①謝謝。能夠得到如此了不起的獎項，實在光榮至極。
②我曾經照著上司說的話，試圖湮滅證據。現在一想起來，實在羞愧至極。
③他年少輕狂，也不去上高中，與行為不良的伙伴們騎摩托車到處兜風。

9-2 ➡ 決まりことば②（慣用語句②）

6 〜の極み（極盡〜、透頂）

①搭乘大型客船悠遊世界一周，這真是極盡奢華。
②販賣完美的商品結果引起事件之類的，（這是）身為廠商極盡痛恨（見到的事）。
③拿國民的稅金進行重組，經營管理群卻得到高額的獎金，這真是極為不負責。

7 ～まじき（不應該～）

①明知危險卻販賣，（這是）身為廠商是不應該有的行為。
②體罰之類的，是教育者不應該有的事情。
③說別人壞話是不應的事情。就算是那麼想，也不應該說出口。

8 ～だに（光是～、連～）

①新型流行性感冒若大流行了起來，可能會死幾萬人吧！光是想像都覺得恐怖。
②光是想起那時公司裁員的作法就令人生氣。
③就算問他關於事件的事，他也毫無反應。

9 ～を禁じ得ない（禁不住～）

①聽了他一邊與重病奮鬥一邊努力生存下來的事，我禁不住流下眼淚。
②以弱小孩童為對象的犯罪正在增加。身為父母，我不禁怒火中燒。
③明明那樣努力過來了，只失敗一次就被開除，我禁不住同情（他）。

10 ～極まる／極まりない（極～／極～）

①購物客將腳踏車停在站前人行道上，實在是極為擾人的行為。
②長久以來市民們所親近的建築物要被摧毀了，真是極為遺憾。
③選手得到了金牌，感觸極深無法言語。

9-3 ➡ 決まりことば③（慣用語句③）

11 ～ともなく／～ともなしに（不經意地～、下意識的）

①在咖啡廳中不經意地看了鄰座，發現上司和他家人愉快地在用餐。
②電車中不經意地聽了年輕人的話，但完全聽不懂。
③交換了手機電子郵件地址之後，下意識地等待郵件。
④年幼的女兒，一邊看電視一邊就無意識地將卡通歌背起來了。

12 ～ともなく／～ともなしに（不知～）

①一到中餐時間，不知從何處來的身著西裝的上班族，聚集過來買便宜的便當。
②不融洽的氣氛持續了很長時間，不知從哪一方開始談起了分手的話題。
③那間咖啡廳中，不知從何時起聚集了想成為小說家的年輕人。
④足球比賽結束後，不知（由）誰開始撿起了垃圾。

13 ～ながらに／～ながらの（帶著～、維持著～、保有～、含～）

①她與生俱來就擁有取悅人的才能。

②孩子們含淚訴說因為生活困苦而沒辦法上學的悲慘狀況。

③最近來自遠方的現場直播成為可能了，所以即使在家，也能夠即時看到地球另一端發生的事。

④這個城鎮仍保有以前的製法在製作醬油。

14 〜ところを（〜時、〜的時刻）

①晚上休息的時刻打電話給您，真是非常抱歉。

②您在繁忙的時刻特意前來，真是感謝。

③天氣不佳時，卻特地出門探病。

④在各位急忙之時電車延誤，造成各位的困擾了。

⑤應是要立刻前往道謝時，卻擔誤了，實在失禮。

9-4 ➡ べき① （應該①）

1 〜べき（應該〜）

①在夫妻責任分擔中，有近八成的意見認為對於養育小孩一事，應該要分擔。

②年輕人也要對自己的生活負責，就這個意義來看，我會去選舉。

③首先，將應該做的事做了之後，再做喜歡的事。

④就算再怎麼被逼問，過去的事情也不應該誠實回答。

2 〜べく（為了想〜）

①各門市為了想攏絡顧客的心，研究提供更佳的服務。

②政府為了想早點解決暖化問題，設置了對策委員會。

③她為了想成為國際地位的律師，努力學習。

④為了想達成與生病的父親的「獲勝」約定，密集努力練習柔道。

3 〜べくして（該〜、必然）

①由於忽視了定期檢查，因此可說事故必然會發生。

②雖然很後悔，但今天隊伍的狀況不好。該輸的比賽還是輸了。

③所謂生物進化就是演變的結果。

④像這樣便利的商品，可以說必然會因人的需求而誕生。

⑤所謂流行趨勢，（就是）若是中年婦女世代開始模仿，就必然會結束的。

9-5 ➡ べき② （應該②）

4 〜べからず（不得〜）

①孩童們無視「此處非相關人員不得進入」的看板，進去然後被罵了。

②不是有句話說「不做不食」嗎？你也去找個打工之類的去做吧！

③別忘初衷，再從基礎開始練習吧！

④從前有「男人遠庖廚」這種說法，但最近喜歡做菜的男性變多了。

5 ～べからざる（不該～）

①雖然說做了壞事，但體罰是不該原諒的行為。
②資源回收運動，是為了減少垃圾不可或缺的活動。
③就算再怎麼生氣，也不該由口中說出那樣的事情。
④由於很好奇，看見了不該看到的事情。

6 ～べくもない（～不可能、不容～）

①由於缺席太多，期望有更高的成績是不可能的。
②再怎麼努力，要達到他的能力是不可能的。
③市中心的高樓價格高昂，要購買是不可能的。
④不管有怎樣的理由，他犯法這件事，是不容懷疑的事實。

7 ～てしかるべきだ（本來應該～）

①決定這樣的大事之前，本來應該要和負責人討論的。
②這樣不合理的系統，本來應該全公司一同來重新評估的。
③幫忙寄回了遺失的護照，本來應該至少要道謝的。
④既然拜託他人寫推薦信，想請對方寄送回來，本來應該至少要在回郵信封上貼郵票的。

國家圖書館出版品預行編目資料

N1 文法特訓：新日本語能力測驗 / 行田悦子， 深谷久
　　美子， 渡邊攝著；王文萱譯 .-- 初版 . --【臺北市】
　　：寂天文化 , 2011.03
　　　　　面；　　公分 . --（日本語能力測驗；C97441601）
　　ISBN　978-986-184-853-2（平裝）
　　1. 日語　2. 語法　3. 能力測驗
803.189　　　　　　　　　　　　　　　　　100003794

N1 文法特訓：新日本語能力測驗

作　　　者	行田悦子／深谷久美子／渡邊攝
日文翻譯	王文萱
校　　對	楊靜如
編　　輯	黃月良

製程管理	林欣穎
出 版 者	寂天文化事業股份有限公司
電　　話	02-2365-9739
傳　　真	02-2365-9835
網　　址	www.icosmos.com.tw
讀者服務	onlineservice@icosmos.com.tw

Nihongo Noryoku Shiken N1 Bunpo Taisaku Hyojun Text

Copyright © 2010 by Etsuko Koda, Kumiko Fukaya, Setsu Watanabe

Originally published in Japan by SHUWA SYSTEM CO., LTD, Tokyo

Chinese translation rights in complex characters arranged with SHUWA

SYSTEM CO., LTD, Tokyo through Japan UNI Agency, Inc., Tokyo

Copyright 2011 by Cosmos Culture Ltd.　版權所有　請勿翻印

出版日期	2011 年 3 月	初版一刷	160101
郵撥帳號	1998620-0	寂天文化事業股份有限公司	

· 劃撥金額 600（含）元以上者，郵資免費。

· 訂購金額 600 元以下者，請外加 60 元。